회귀 경찰의

리셋 라이프

회귀 경찰의 리셋 라이프 22

초판 1쇄 발행 2023년 5월 11일

지은이 | 한길
발행인 | 최원영
편집장 | 이호준
편집 | 송영규 최종건 정재웅 양동훈 곽원호 조정범 강준석
편집디자인 | 한방울
영업 | 김민원

펴낸곳 | ㈜ 디앤씨미디어
등록 | 2002년 4월 25일 제20-260호
주소 | 서울시 구로구 디지털로 26길 111 JnK디지털타워 503호
전화 | 02-333-2513(대표)
팩시밀리 | 02-333-2514
E-mail | papy_dnc@dncmedia.co.kr
블로그 | blog.naver.com/gnpdl7

ISBN 979-11-364-4474-5 04810
ISBN 979-11-364-2581-2 (SET)

한길현대 판타지 장편소설

Papyrus Modern Fantasy

회귀 경찰의

리셋 라이프

22

PAPYRUS
파피루스

1장. Thank you for your service(2)

Thank you for your service(2)

"푸후우."

담배 연기를 뿜어낸 헤밀턴이 종혁이 있던 자리를 응시한다.

그는 방금 전 있었던 대화를 떠올렸다.

"최, 미안하지만 저희 아메리칸 리전은 이미 이와 흡사한 사업을 벌이는 곳과 파트너십을 맺은 상태입니다."

그 말에 종혁의 눈이 빛났다.

"코라 인베스트먼트를 말하는 거군요."

흠칫!

"아, 알고 계셨습니까?"

"사업을 제안하기에 앞서 조사를 하는 건 기본 아니겠습니까. 그런데 그게 저희와 파트너십을 맺는 데 무슨 문제가 있는지 모르겠군요."

"……그렇군요."

생각해 보니 그렇다.

"아메리칸 리전은 회원과 회원 유가족의 이득만 신경 쓰시면 됩니다. 그건 저희도 마찬가지고요."

"크흠. 그렇게 말씀해 주시니 감사합니다."

"조사해 보니 현재 코라 인베스트먼트의 자본금이 약 3000만 달러 정도 되더군요."

그중 2500만 달러가 유동성이 낮은 자산, 부동산에 묶여 있다.

그리고 그 돈도 작년 10월부터 발생한 돈. 즉, 아메리칸 리전 등의 재향군인회들과 파트너십을 맺음으로써 형성된 자본이다.

코라 인베스트먼트의 진짜 자본은 고작 500만 달러에 불과한 것이다.

"뭐, 이건 뒤로하더라도 2500만 달러라……. 그 돈으로 매입할 수 있는 부동산이 몇 개나 될까요. 또 거기서 발생할 소득은요?"

그러나 기빙은 아메리칸 리전에만 3억 달러를 투자한다.

"아시다시피 월세는 집이 좋을수록, 평수가 넓을수록 곱절로 뜁니다."

종혁은 등기부등본 한 장을 꺼내어 내밀었고, 그걸 살핀 헤밀턴은 눈을 부릅떴다.

"여, 여긴?"

센트럴파크가 내려다보이는 고급 아파트였다.

"현재 시세 약 1억 4천만 달러. 총 32층에 객실 수는 65개. 한 객실당 한 달 평균 월세가 2만 달러입니다. 즉, 한 달에 134만 달러의 매출을 올리는 알짜배기 건물이죠."

최상층의 펜트하우스는 월세가 6만 달러다.

원래는 1억 4천만 달러로도 엄두를 낼 수 없는 건물.

무리하게 담보 대출을 받아서 이 건물을 매입했던 소유자가 파산하며 상당히 저렴한 가격에 매물로 나온 것이었다.

헤밀턴은 입을 떡 벌렸다.

싸다. 분명 엄두도 못 낼 가격인데 이게 반값 이하로 후려쳐지니 너무 싸게 느껴진다.

"물론 이건 사업성을 고려하여 준비한 매물이고, 앞서 설명드렸듯이 소외받으신 분들이 들어올 수 있는 아파트들도 차례차례 매입에 들어갈 겁니다."

찌리릿!

종혁은 감전을 당한 듯 떠는 그를 보며 미소를 지었다.

"이런데도…… 저희 둘의 파트너십 체결에 문제가 있을까요?"

"……없군요."

"코라 인베스트먼트는 그들 나름대로 이 미국을 지키기 위해 희생한 분들에게 도움을 주면 됩니다. 지금까지 그래 왔던 것처럼."

이것이다. 종혁이 코라 인베스트먼트에 던지는 질문이.

'너희가 정말 순수한 마음으로 재향군인회와 파트너십을 맺었다면 내가 있든 말든, 이러든 말든 신경 쓰지 않겠지.'

하지만 아니라면?

분명 무리를 하게 될 거다.

종혁은 부디 그들이 사기꾼이 아니기를 바랐다.

"……날을 잡아 연락드리겠습니다. 그리고 저희 아메리칸 리전을 선택해 주셔서 감사합니다."

'여기가 아니면 어딜 선택하겠어.'

아메리칸 리전은 한국전쟁에서 피와 땀을 흘려 주었던 약 180만 명의 참전 용사가 대거 가입되어 있는 단체다.

코라 인베스트먼트의 문제가 아니더라도 이들에게 들어가는 돈은 조금도 아깝지 않았다.

그래서 이곳에 2억 달러, 아니 뉴욕주 전체에 있는 아메리칸 리전에 3억 달러를 투자하는 거다.

"기꺼운 마음으로 기다리고 있겠습니다."

헤밀턴이 먼저 내민 손과 악수를 한 종혁은 다른 재향군인회와 잡은 약속 때문에 지사장실을 빠져나갔고, 남겨진 헤밀턴은 담배 연기를 깊게 빨았다.

"후우우."

'4천만 달러라…….'

기빙이 아메리칸 리전 뉴욕 총괄지사에 투자하는 금액이 2억, 그중 20% 달하는 지분을 양도받기로 했으니 한순간에 무려 4천만 달러에 달하는 부동산을 얻게 된 셈이었다.

여기에 사실상 수익금까지 다 넘겨받는 것이나 다름없었으니 이로 인한 수익은 상상 이상일 터였다.

"숨통이 트이겠군."

현재 직원들 월급도 제대로 줄 수 없을 만큼 자금이 고갈되어 버린 아메리칸 리전.

최소한 직원들의 밀린 월급은 줄 수 있을 듯싶다.

아마 종혁도 말을 하진 않았지만, 그런 의미로 지분을 양도한 것일 터.

기빙과 종혁은 아메리칸 리전에게 있어 천사였다.

"코라 그 스크루지 영감과는 다르게."

지독한 구두쇠의 상징인 스크루지 영감.

마치 거지에게 적선을 하듯 넘긴 2퍼센트의 수익. 헤밀턴은 수치스럽다 못해 모멸감을 느꼈다.

그럼에도 그걸 받아들일 수밖에 없었던 건 결국 그게 이 나라의 영광과 수호를 위해 희생을 한 회원들, 미군에게 도움이 됐기 때문이다.

그래서 한 명이라도 더 혜택을 받을 수 있게 수치심을 참고 협조했었다.

"그런데 이젠 그럴 필요가 있을지 모르겠군."

물론 파트너십 계약을 해지하진 않을 거다. 소액이라지만, 앞으로도 소액일 테지만 분명 아메리칸 리전에 도움을 주니 말이다.

"매커닌 소위, 회원과 유가족들에게 연락 돌려. 코라보다 더 도움을 줄 수 있는 방도를 찾았다고."

"옛썰!"

활짝 웃으며 지사장실을 뛰쳐나가는 비서를 응시하던 헤밀턴은 창가로 걸어가 블라인드를 걷었다.

부우웅!

때마침 건물 지하주차장을 빠져나가는 잘 빠진 람보르기니 한 대.

헤밀턴은 다 타들어 간 담배에서 마지막 한 모금을 빨았다.

그런 그의 입가에 푸근한 미소가 걸렸다.

한편 대로에 접어든 종혁은 한숨을 내쉬었다.

"일단 하나는 끝났고……."

지이잉! 지이잉!

"Hello. Choi……."

-날세, 최 팀장.

종혁의 입가에 본인도 인식하지 못한 웃음꽃이 핀다.

"어르신!"

-허허. 몇 달 못 봤다고 어르신이신가?

"하하. 네, 이사장님."

행복의 쉼터 재단의 권회수 이사장.

"갑자기 어쩐 일이세…… 아차차. 제가 연락을 드린다는 걸 깜빡했네요."

-대체 미국에서 뭘 하고 다니시는 건가? 갑자기 CIA

가 찾아와서 얼마나 놀랐는지 아시는가?

한참 명동의 돈 귀신, 밤의 황제로 불릴 당시에도 보지 못한 CIA. 그들이 그냥도 아니고 아주 공손하게 선물까지 사 들고 찾아왔다.

"여기도 불쌍한 사람들이 많더라고요."

-쯧쯧쯧. 그놈의 오지랖은 거기서도 문제구만.

"하하."

사돈 남 말하고 있다.

이젠 헐벗고 굶주린 사람을 그냥 지나치지 못하는 권회수.

"그래서 그런데 현재 여유 자금이 얼마나 되세요?"

-으음…….

솔직히 없다.

종혁이 곧 미국에서 역사상 최고의 판이 벌어진다고 하기에 재단 운용에 필요한 예산을 제외한 여윳돈 전부를 딸 권아영에게 맡겼다.

-내 도움이 필요한가 보군.

고개를 끄덕인 종혁이 방금 전 아메리칸 리전과 나눈 이야기를 말해 줬다.

"저흰 한국도 털게 될 겁니다, 어르신."

미국이 기침을 하면 한국은 독감에 걸린다.

2008년, 올 9월 이후부터 내년까지 치솟을 환율이 거의 IMF를 연상시킬 정도가 되어 버린다.

한국도, 아니 홍콩과 일본을 비롯한 전 세계 금융 강국

들이 종혁의 타깃이었다.

그 전에 최소한 한국에서라도 사죄의 복지를 시작해야
했다.

"저도 일단 500억 정도를 내놓을 생각이고요. 권&박
홀딩스까지 합하면 대략 천억 정도가 1차로 투입될 예정
입니다."

건물들을 담보 잡아 대출을 할 생각이다.

"그리고 이번 작전이 끝나면, 그 때문에 한국이 힘들
때 대출금을 모두 갚을 예정이고요."

ㅡ그 돈이 1조, 10조가 될 텐데도 말인가?

"돈은 다음에 또 벌면 되죠."

'곧 등장할 전자화폐부터 시작해 돈 벌 곳은 무궁무진
하지.'

일례로 미국이 셰일 오일을 발굴에 본격적으로 뛰어드
는 순간 유가가 요동치며 중동 산유국들과의 긴장감이
더 높아지는 것도 있다.

그게 당장 올해에 벌어지는 일이다.

이렇듯 돈을 벌 수 있는 사건사고들은 사방에 널려 있
었다.

ㅡ허어. 알겠네. 내 뜻이 있는 사람들을 모아 보지.

현몽준 당대표를 비롯해 많은 이들의 얼굴이 권회수의
머릿속에 떠오른다.

"순직한 경찰의 유가족이 먼저 혜택을 받을 수 있도록
해 주세요. 경찰이 아직 순직으로 인정하지 않은, 순번이

밀려 아직 인정되지 못한 순직 경찰의 유가족도요."

종혁에 의해 많은 부분이 바뀐 한국 경찰의 순직 제도. 범인을 쫓다가 사망한다 하여도 순직 처리가 되지 못하던 거지 같은 일은 과거의 잔재가 되어 버렸다.

아직 인력이 부족해 순번이 밀리는 건 있어도 어떤 이유에서건 공무 중 사망을 했다면 순직 인정은 확실시된다고 봐야 했다.

미국은 어쩌다 보니 군인이 먼저 혜택을 받게 됐지만, 한국에서도 그럴 수는 없었다. 종혁 본인은 경찰. 아무리 좋은 뜻이라도 우선순위는 있는 법이었다.

"소방관, 군인 하물며 거리를 청소하다 차에 치여 사망한 환경미화원까지 모두 혜택이 돌아갈 수 있도록 해 주세요. 부탁드리겠습니다."

—걱정 마시게. 알겠네. 그럼 끊지.

안 그래도 예전의 사건 때문에, 누이처럼 여겼던 구옥순을 사칭한 놈들 조직을 찾고 또 스스로를 지키기 위해 퇴역한 특수부대원들과 은퇴한 국정원 요원을 은밀히 지원하던 권회수.

'흘흘. 이런 방법도 있었군. 참 배울 게 많아.'

이 나이에도 배울 게 있다는 걸 가르쳐 주기에 종혁은 참 멋진 사람이었다.

'이번 기회에 은밀히 지원하던 걸 양지로 끌어 올리면 되겠어.'

그럼 아마 권회수 자신을 주시하고 있을 놈들 조직도

아무런 낌새를 눈치채지 못할 거다.

'좋군. 좋아.'

포식을 끝낸 맹수처럼 나른히 웃은 권회수는 행복의 쉼터 재단의 임원들을 소집했고, 빨간불이 들어온 신호등 앞에 차를 세운 종혁은 차창을 내리며 담배를 물었다.

"일단 미끼는 던졌고……."

종혁은 핸드폰을 들었다.

"그레이스 탐정사무소죠? 저 최입니다. 이번엔 한 500만 달러짜리 의뢰를 하려고 하는데요."

―드, 듣고 있습니다!

아직 사기의 정황조차 확실하지 않은 코라 인베스트먼트가 아니다. 코라 인베스트먼트는 그들의 주거래 은행과 부동산에 말을 해 놓고, 입주해 있는 사무실의 건물을 사들이면 된다.

종혁이 의뢰하려는 건 사죄의 복지의 혜택을 받을 사람들이다.

전사자 보상금을 함부로 쓴 유족이나 심성이 고약하고 평가가 박한 전역 군인, 대출을 받아 향락에 빠진 사람들에게까지 혜택을 줄 순 없었다.

이들에 대한 조사가 이뤄져야 했다.

* * *

쿵!

뒤통수를 때리는 충격에 에덤 크루거가 잠시 핸드폰을 바라본다.

"전역 군인에 대한 명단밖에 넘겨주지 못하시겠다는 말입니까?"

'여기도?'

불과 며칠 전까지만 하더라도 자신들에게 매달리듯 재향군인회에 속해 있는 전역 군인들뿐만 아니라 그들의 유가족들의 명단들까지 넘겨주었던 아메리칸 리전을 비롯한 재향군인회들.

그러던 이들이 갑자기 찔끔찔끔 전역 군인의 명단들만을 넘기며 계약을 줄이고 있었다.

"갑자기 이렇게 태도를 바꾸시니 좀 당황스럽군요. 이유를 여쭤도 되겠습니까?"

—무사히 전역을 하신 전우분들 중에서도 처지가 어려우신 분들이 많습니다만? 그렇게 말씀하시니 저희도 좀 당황스럽군요.

말은 당황스럽다고 하는데 음성은 냉랭했다.

에덤 크루거의 눈에 불똥이 튀었다.

'이 거만한 군인 놈들이!'

"아, 너무 갑작스러워서 말이 헛 나왔습니다. 사과드립니다."

—……아무튼 내부 방침이 그렇게 바뀌게 됐습니다. 이해를 부탁드리겠습니다.

"내부 방침이 그러시다면 어쩔 수 없죠. 그럼 그분들

명단을 부탁하겠습니다."

─5분 안에 메일이 갈 겁니다.

통화가 끊긴 핸드폰을 내려놓은 에덤 크루거는 담배를 물며 생각을 정리했다.

"대체 뭐지? 왜지?"

아무리 생각해도 이해가 되지 않는다.

"이놈들이 아무리 돈의 노예가 됐다고 해도……."

이렇게 대놓고 뒷돈을 요구하는 건 아닐 터였다.

재향군인회의 본질은 재향군인들과 그들의 가족들을 위해 봉사하고, 그들의 복지를 위해 앞장서는 것.

물론 그러면서 착복을 하고, 그 돈으로 향락을 즐기는 등 비리를 저지르는 놈들도 많다지만 감히 대놓고 그러는 이들은 없었다.

아니, 그 정도로 멍청한 놈들은 없었다.

재향군인회의 임원은 죄다 간부로 전역한 이들, 고위 임원은 영관급 이상으로 지냈던 이들이었다.

정치도 알 만큼 아는 이들이라는 뜻.

그런 그들이 간단히 세간에 드러날 행동을 취할 리가 없었다.

그렇기에 이 상황이 이해되지 않는다.

'계속 이런 식이라면…….'

도통 어떻게 돌아가는 상황인지 이해가 가질 않았지만, 한 가지만큼은 확실히 알 수 있었다.

상황이 계속 이렇게 흘러간다면 자신들의 목표인 1억

달러를 결코 채울 수 없다는 것.

어쩌면 이 사업을 접어야 할지도 모른다는 섬뜩한 위기감이 에덤 크루거의 심장을 찔렀다.

툭! 툭! 툭!

'설마 혹시⋯⋯?'

책상을 검지로 두드리던 그는 얼른 핸드폰을 들었다.

"마이클? 나야, 에덤."

전 직장의 동료였던 마이클.

"혹시⋯⋯."

-오! 덤에스! 너희 요새 잘나간다며?

에덤 크루거는 잠시 입을 다물었다.

"하하. 벌써 거기까지 소문이 난 거야?"

-소문뿐이겠어? 너희가 센트럴파크의 필 라이트와 로메인을 샀다는 소문이 자자해! 뉴욕의 아파트와 상가를 쓸어 간다는 것도!

필 라이트와 로메인은 30층이 넘는 고급 아파트.

오싹!

'미친!'

"흐음. 로메인은 아직 계약서에 도장을 찍지 않았는데 말이야."

-무슨 소리야? 이미 주인이 바뀌었다는 소문이 파다한데.

"풋. 그걸 믿어? 아무튼 아니야."

-아, 그래? 그럼 필 라이트는 맞다는 거지? 와우, 대

단하네. 그런데 그걸 다 전역 군인들을 위해 쓴다는 게 정말이야? 너희 보스는 대체 어떤 사람인 거야? 성자인 건가? 아니, 그 전에 현물거래로 그 정도나 번 거였어? 비법이 뭐야? 공유 좀 하자고!

"아하하. 그건 나중에 우리 회사에 입사하면 알려 줄게. 그래, 끊어."

─뭐야. 무슨 일로 전화한……

전화를 끊은 에덤 크루거는 뻣뻣해지는 뒷목을 주물렀다.

"……개 같은!"

결국 화를 참지 못해 핸드폰을 집어 던진 그.

사무실에 있던 직원들이 놀라 에덤 크루거를 쳐다본다.

"대체 어떤 놈들이……!"

누군지 몰라도 자신들이 예쁘게 굽고 있던 바비큐에 재를 뿌리다 못해 오물통에 던져 버렸다.

"후우. 아니지."

이미 일은 벌어졌다. 여기서 더 감정에 휩쓸리는 건 증권맨으로서의 자세가 아니었다.

에덤 크루거는 어떤 놈들인지 알아내기 위해 집어 던졌던 핸드폰을 집어 들었다.

그래야 어떻게 대처할지 답을 내릴 수 있을 테니 말이다.

그 순간이었다.

띠리링! 띠리링!

"……예, 사라 심슨 씨. 결정은 내리셨습니까?"

-저, 정말 제가 만 달러를 투자하면 10년 동안 매달 60달러씩 받는 거 맞죠?

"2만 달러면 120달러, 30만 달러면 1800달러입니다. 심슨 씨."

매달 1800달러, 1년에 2만 달러가 넘는 돈이 통장에 꽂히는 거다. 연금으로 매달 받는 돈보다 많고, 은행 이자보다 월등히 높은 액수.

"원금은 그대로 보존된 채 말이죠."

-할게요!

"지금 어디십니까? 바로 가겠습니다."

에덤 크루거의 입가에 비릿한 미소가 맺혔다.

* * *

뉴욕시와 인접한 도시, 뉴욕주에서 4번째로 큰 도시인 용커스.

사라 심슨과 그의 아들을 태운 1972년식 빨간색의 닛산 스카이라인이 한 주택 앞에 선다.

그르릉!

마치 더 달리지 못해 아쉬워하는 듯한 소리.

사라 심슨의 얼굴이 잠시 구겨진다.

소꿉친구이자 연인이었던 남편 댄 심슨이 처음으로 산 차.

별빛 쏟아지는 허드슨강에서 본닛 위에 누워 사랑을 속

삭이던 댄의 청혼은 절대 잊을 수가 없다.

그래서 사라 심슨은 다른 건 다 버려도 이것만큼은 버릴 수가 없었다.

"하아."

습기가 가득한 한숨을 뱉어 낸 사라 심슨은 보조석, 유아용 시트에 잠들어 있는 아들 톰을 가만히 응시했다.

남편 댄과 자신을 반반씩 닮은 톰.

"……웃챠. 톰, 이모를 만나러 갈까?"

그녀는 마당을 지나 주택 안으로 들어갔다.

마치 자신의 집인 양 서슴없이 현관문을 열고 들어간 그녀는 거실을 보곤 흠칫 굳었다.

"언니."

"……왔어?"

술병을 끌어안은 채 거실 소파에 앉아 있는 친언니 애나 파커의 흐릿한 인사에 사라 심슨의 억장이 무너진다.

얼마 전, 사라 심슨 자신처럼 군인인 남편을 잃은 언니. 자신과 똑같이 해외 파병지에서 적군의 총탄을 맞아 사망했다.

대체 하늘은 왜 우리에게 이런 시련을 주는 걸까.

대체 자신들은 무슨 잘못을 한 것일까.

사라 심슨의 눈에서 결국 눈물이 쏟아진다.

비척비척 애나 파커에게 걸어간 사라 심슨은 그녀를 꼭 끌어안으며 눈물을 쏟아 냈다.

하루에도 몇 십 번, 몇 천 번씩 참는 눈물을.

〈24〉 회귀 경찰의 리셋 라이프 22

보고 싶었다. 남편이 보고 싶었다.

"흑! 흐윽!"

"흐으윽!"

애나 파커도 결국 울음을 터트렸다.

참아야지, 참아야지 해도 참을 수가 없는 슬픔.

서로를 끌어안은 자매는 서로를 위로하고 의지하며 슬픔을 나누었다.

그렇게 얼마나 울었을까.

톰이 깨려는 듯 칭얼거리자 그녀들은 다시 또 억지로 눈물을 참는다.

"후우우. 밥은 먹었어? 언제 먹었어?"

"……오늘 아침?"

"안 먹었네."

아마 남편 마틴 파커의 장례식 이후로 제대로 먹은 것이 없을 것이다. 아니, 먹을 생각도 들지 않았을 터였다. 사라 심슨 자신도 그랬으니까.

그래서 이렇게 찾아온 것이었다. 몇 달 전 언니가 그랬던 것처럼.

"밥 차릴 테니까 톰 좀 안고 있어 봐. 조던과 릴리는?"

올해로 15살이 된 조카 조던과 10살 된 릴리.

"학교에…… 갔을 거야."

그렇게 대답하는 애나 파커의 얼굴이 일그러진다.

엄마가 되어서 자식들이 지금 뭘 하고 있는지 모르고 있다. 엄마 실격이었다.

"오늘 목요일이야. 정신 차려, 언니."

"⋯⋯맞아. 차려야지."

"안 되겠다. 일단 씻고 와. 톰은 이리 주고."

사라는 이번에도 몇 달 전 언니가 그랬던 것처럼 언니를 욕실에 밀어 넣고는 톰을 안은 채 식사를 준비했다.

며칠간 술만 마셨을 언니의 속을 달랠 수 있는 음식들로.

"후우. 고마워."

반조차 비워지지 않은 묽은 수프와 빵.

그러나 사라 심슨은 별다른 말 없이 식탁을 정리한 후 설거지를 시작했다. 이 정도라도 먹은 것이 기적이기에.

쏴아아! 끼릭!

"휴우. 커피 마실래?"

"그래서 무슨 일 때문에 찾아온 건데?"

흠칫!

놀라는 사라 심슨의 모습에 애나 파커가 씁쓸히 웃는다.

아무리 정신이 없다지만, 자매인 동생의 버릇을 모를까. 계속 곁눈질을 하는 건 할 말이 있다는 뜻이었다.

"⋯⋯마틴의 사망 보상금은 어떻게 할 거야?"

순간 애나 파커의 눈에 경계심이 어린다.

사라 심슨은 한숨을 내뱉었다.

"마틴 쪽 가족들에게 많이 시달렸나 보네. 언니, 나 언니 동생인 사라야. 지금 이 질문과 상황이 익숙하지 않아?"

"아⋯⋯."

그러고 보니 익숙했다.

몇 달 전 매부인 댄 심슨의 장례식을 치른 후 사라 심슨의 집에서 그녀 또한 이와 똑같은 질문을 던졌었다.

"너도 나도…… 참 가족 운은 없다. 그치?"

그땐 댄의 친척들이 댄의 전사자 보상금을 노렸고, 이번엔 마틴의 친척들이 마틴의 전사자 보상금을 노렸다.

정작 댄과 마틴의 부모는 가만히 있는데도.

애나 파커는 씁쓸히 웃으며 입을 열었다.

"연금 형식으로 받을 생각이야."

노리는 사람이 너무 많다.

그럴 바에는 차라리 매달 얼마의 돈을 받아 가계에 보태는 쪽이 나았다. 한꺼번에 돈을 찾을 수 없도록 공증까지 받을 생각이었다.

"혹여 내가 잘못되어도 조던과 릴리가 굶지 않게는 해야 하니까."

"그래? 흠. 언니 지금부터 내가 하는 말 오해하지 말고 들어."

"말해."

사라 심슨은 일단 어제 에덤 크루거와 계약을 맺으며 받은 카달로그를 꺼내어 내밀었다.

"아메리칸 리전과 비즈니스 파트너십을 맺은 코라 인베스트먼트라는 곳에서 하는 사업이야."

"임대 사업이네. 너 설마…… 응?"

수익에 관한 부분과 원금 보전이라는 단어를 발견한 애

나 파커의 눈이 동그랗게 커진다.

"이, 이게 정말이야?"

고개를 끄덕인 사라 심슨은 에덤 크루거에게 들은 이야기를 그대로 들려주었다.

"30만 달러면 1년에 2만 달러……."

간호사인 자신의 월급과 연금으로 지급될 보험금까지 더하면 풍족하진 못하더라도 두 자식을 키우는 데 무리는 없을 것이다.

그런데 정말 이 정도 수익을 낼 수만 있다면 자식들을 부족함 없이 키우는 게 가능했다.

"어떻게 할래?"

자매라서 그런지 에덤 크루거와 이야기를 나눌 때 보이던 어수룩한 모습이 아닌 당당한 모습을 보이는 그녀.

'내가 힘들 때 언니가 도와줬으니 이번엔 내가 도와줘야 해.'

사라 심슨은 간절하기까지 했다.

"이거…… 정말이지?"

"방금 아메리칸 리전과 비즈니스 파트너십을 맺은 곳이라고 말했잖아."

애나 파커는 잠시 생각에 잠겼고, 사라 심슨은 그런 언니의 모습에 애가 탔다.

"그리고 크루거 씨가 나만 알고 있으라면서 말해 줬는데, 1인당 30만 달러 이상도 투자할 수 있대."

"……보상금 전부를 투자할 수 있다고?"

"응. 전사자 유족들에겐, 특히 어린 자식이 있는 유족들에겐 그런 혜택을 주려는가 봐."

에덤 크루거는 그런 이유를 들먹이며 초과 투자에 대해 말해 주었다.

"다만 자신들도 위험을 감수하는 거라 그 상품을 가입했을 때 정산 비율이 원래보다 10퍼센트 정도 낮대."

"위험?"

"이런 혜택을 일부 사람들한테만 줘 봐. 다른 사람들이 가만히 있겠어? 거기다 보상금을 모두 가져가면 아메리칸 리전에서 제동을 걸 수도 있고."

"……그 사람에게 들었구나?"

동생 사라는 이런 걸 생각할 만큼 똑똑한 사람이 아니었다.

"칫."

'확실히 맞는 말이긴 해.'

누군 더 받는데, 누군 덜 받는다?

재향군인회 내에서 분란이 일어날 거다.

그건 아메리칸 리전도 바라는 일이 아닐 거다.

'무슨 일이 생길지 모르니까 5만 달러는 남겨 놓는다고 쳐도…….'

애나 파커는 깊은 생각에 빠졌다.

그때였다.

"언니, 지금 상황에서 이런 말을 하긴 미안한데, 살 사람은 살아야지."

이 역시도 애나 자신이 동생 사라에게 했던 말.

애나는 손을 잡아 오는 동생의 모습에 입술을 달싹이며 복잡한 표정을 지었다.

"난……."

"다녀왔습니다."

오늘 하루 많이 피곤했는지 낯빛이 어둡고 어깨가 굽은 애나의 아들 조던과 릴리가 들어온다.

"이모!"

토다닥 달려와 사라에게 안기는 릴리.

사라는 엄마의 눈치를 살피는 조카의 머리를 쓰다듬으며 조던을 봤다.

"잘 지냈니, 조던?"

"저야 뭐……."

우물쭈물거리던 조던은 이내 릴리를 불러 2층으로 올라갔고, 사라 심슨은 그 모습을 보며 안타까워했다.

예전엔 참 활기찼던 조카, 조던.

그런데 미들스쿨에 진학한 이후부터는 계속 저렇게 기죽은 모습을 보인다.

"언니, 조던 학교에서 무슨 일 있는 거 아냐?"

답답해하는 그녀의 모습에 애나는 2층으로 올라가는 조던과 릴리를 보며 입술을 깨물었다.

그랬다. 자신은 자식을 부족함 없이 키워야 할 의무가 있었다. 자신의 몸이 부서지더라도 말이다.

사라는 결정을 내렸다.

"그 사람 연락처 가지고 있지?"

"어? 이, 이렇게 빨리 결정을 내리려고?"

"일단 이야기는 들어 보려고."

사라가 돌아간다면 자신은 또 정신을 놓을 것이다.

하루에도 수백, 수천 번 떠오르는 남편의 모습.

남편을 잃은 슬픔은 그 어떤 위로의 말로도 당장 극복할 수 있는 일이 아니었다.

그러니 정신이 멀쩡한 지금 결정을 내려야만 했다.

조던과 릴리, 두 아이를 위해서라도.

"아, 알았어. 내가 연락할게."

* * *

"예. 그럼 3시간 뒤에 뵙겠습니다."

통화를 종료한 에덤 크루거는 입술을 비틀었다.

"드디어 눈덩이가 커졌군."

산꼭대기에서 굴린 눈덩이가 드디어 커지기 시작하고 있다.

원래의 계획을 수정하길 잘한 것 같다.

"계획했던 대로 진행했다면 더 좋았겠지만……."

사실 투자 모집이 뜸해질 때쯤 꺼내려 했던 초과 투자라는 카드.

계획에 차질이 생긴 만큼 어떤 변수가 발생하지 몰랐다.

에덤 크루거는 완벽했던 자신의 계획에 미세한 균열을

만든 방해꾼을 향해 분노를 토했다.

"기빙…… 이 빌어먹을 것들!"

복지재단 기빙의 투자사업부.

이놈들 때문에 이미 많은 게 어그러졌다.

놈들이 나타나기 전까지 만해도 모든 걸 통제하고 있었는데, 상황이 통제를 벗어나려 하고 있었다.

절대 그래선 안 되는데도 말이다.

"확 총이라도 쏴 버렸으면 좋겠군."

에덤 크루거는 이를 갈았다.

* * *

"모두에게 발신을 했다는 겁니까?"

—예.

정확히는 이런 혜택을 받을 자격이 있는, 성실히 군 생활을 한 장병과 더 큰 욕심을 부리지 않는 유족들에게만 연락을 했지만 그것까지 종혁에게 말할 필요는 없었다.

—최근 전사한 전사자 유족들에겐 연락을 하지 않았습니다.

"이유가 있을까요?"

—그들에겐 마음을 추스릴 시간이 필요하니까요.

종혁은 그럴 줄 알았다며 고개를 끄덕였다.

남편을, 아내를, 자식을, 부모를 잃은 슬픔.

슬픔이 너무 지독해 이성이 흐려지는 시기.

이건 잘한 거다.

―코라 인베스트먼트의 투자를 받은 유족과 장병들에게도 연락을 하지 않았고요.

입단속을 하며 언론에 노출되는 건 피하는 동시에, 이미 냄새를 맡은 언론들에게는 엠바고를 걸어 놓은 상태다. 군인들만 이런 혜택을 받는다면 분명 말이 나올 테니 말이다.

확보한 부동산에 이번 서브프라임 모기지 사태로 모든 것을 잃은 사람들이 입주하기 전까지는 단속을 해야 됐다.

종혁은 그 말에 고개를 끄덕이면서 그 속에 숨은 다른 뜻을 읽어 냈다.

'코라를 배려하는군.'

코라 인베스트먼트는 재향군인회가 어려운 시기에 손을 뻗어 준 은인이었다.

그들의 태도가 다소 불만스럽다고 한들 기분이 나쁘다며 그 은혜를 배신할 순 없었을 거다.

'안 좋은 소문이 많았었는데…….'

돈이 모여들면 그 돈에 눈먼 사람이 나오는 건 어쩔 수 없는 일이다. 인간이 욕망을 이겨 내기란 쉽지 않은 일이니까.

마찬가지로 재향군인회도 그렇게 돈에 눈이 먼 이들이 저지른 비리와 관련된 소문이 무성했었는데, 아무래도 회원들을 위해 무리를 했던 것이 와전된 게 아닐까 싶었다.

이 나라를 위해 희생한 군인들에게 더 많은 복지와 혜택이 돌아갈 수 있도록 하기 위해 행동했던 것들이 말이다.

"무슨 말인지 알겠습니다. 그래도 일단 코라 인베스트먼트와 계약을 맺은 이들의 명단을 주시겠습니까?"

ㅡ음. 계약을 무를 순 없을 텐데요.

최소 3년 계약이다. 코라 인베스트먼트는 한 번 투자를 하면 3년간 투자금을 뺄 수 없다고 계약서에 명시해 뒀다.

그 안에 투자금을 빼면 위약금이 발생한다.

"예, 맞습니다. 3년이죠."

ㅡ아! 무슨 말인지 알겠습니다. 5분 안에 메일로 넘겨드리겠습니다!

"알겠습니다. 그럼 수고해 주십시오."

통화를 종료한 종혁은 사무실을 둘러봤다.

웅성웅성.

족히 300평은 되어 보이는 거대한 사무실, 복지재단 기빙의 투자사업부를 가득 채운 사람들.

월 스트리트 출신의 증권맨들이다.

경기 침체 등 여러 이유로 직장을 잃은 엘리트들. CIA가 고르고 고른 사람들이다.

"보스! 이것 좀 봐 주시겠습니까?"

"난 이제 보스가 아니라니까요."

보스는 옆에서 생기 가득한 얼굴로 일을 하고 있는 장년인이다.

미국을 주저앉힐 뻔했던 닷컴 버블에서 활약을 했지만, 서브프라임 모기지의 위험성을 상부에 성토하다가 잘려 버린 인물.

여기 있는 사람들 대부분이 그런 사람들이다.

짜악!

300평 사무실 전체를 울리는 박수소리에 모두의 시선이 종혁에게로 향한다.

"전 이제 물러나지만, 한 가지만 당부하겠습니다. 우리 투자사업부의 존재 의의는 이거 하납니다. 보다 많은 이들에게 혜택들!"

"예!"

사무실을 쩌렁쩌렁 울리는 대답에 종혁은 다시 한번 외쳤다.

"보다 많은 이들에게 혜택을!"

"보다 많은 이들에게 혜택을!"

"어려운 이들에게 도움의 손길을!"

"어려운 이들에게 도움의 손길을-!"

"그를 위해 궁리하고, 또 궁리하십시오!"

"예-!"

다시 우렁차게 대답한 직원들은 눈빛을 뜨겁게 번들거리며 컴퓨터와 자료를 응시하기 시작했고, 종혁은 그 모습을 보며 고개를 끄덕였다.

지이잉! 지이잉!

"예, 최종혁입니다."

-어디야? 얼른 달려와! 사건이야!

순간 종혁의 눈이 번뜩였다.

"어딘데요?!"

-용커스!

"먼저 출발하세요, 벤! 곧 따라가겠습니다!"

통화를 종료한 종혁은 투자사업부의 새로운 부장이 된 장년인을 응시했다.

"……앞으로 투자사업부를 부탁하겠습니다."

"맡겨 주십시오. 이렇게 일할 맛 나는 직장을 내 손으로 박살 낼 생각은 없으니!"

그동안 오직 최대한의 이득만 좇으며 살아온 그.

그러나 기빙은 다르다.

최소한의 이득.

가진 자금을 모두 써도 되니 사람이 사람답게 살 수 있는 세상을 만드는 거다.

이보다 더 보람찬 직장이 있을까.

그동안 수익성 때문에 투자를 포기해야 됐던 모든 사업 아이템들이 그의 머릿속을 휘몰아쳤다.

그런 그와 뜨거운 악수를 나눈 종혁은 몸을 돌려 사무실을 뛰쳐나갔다.

'이젠 코라에만 집중할 수 있겠군.'

지금쯤 뭘 하고 있을지 참 궁금한 코라 인베스트먼트.

종혁은 그 생각을 하며 용커스로 향했다.

* * *

용커스시의 외각을 도도하게 흐르는 허드슨강 근처에 위치한 존 리버사이드 병원.

벤이 뒤늦게 도착한 종혁에게 왜 이제 왔냐는 듯 눈으로 타박한다.

"무슨 사건이에요?"

"카라, 그년이야."

"……빌어먹을."

뉴욕주 여기저기서 사기를 치고 도망치며 FBI의 골치를 아프게 만드는 사기꾼 카라 허드. 꽃뱀이다. 미국 말로는 골드 디거.

그런데 이 수법이 꽤 치밀하다.

부유한 의사나 검사, 교수 등을 목표로 삼는 카라 허드는 일단 목표물이 있는 직장에 청소부나 사무 보조 등 비정규직 직원으로 잠입을 한다.

그리고 어떻게든 목표와 접점을 만들어 자연스럽게 친분을 쌓고, 연인 관계로 발전한다.

그런데 이 다음이 골 때린다.

"이번에도 라스베이거스?"

"어, 라스베이거스."

연인이 된 순간 카라 허드는 목표물을 라스베이거스로 데려가 술을 진탕 먹인 후 정신을 취약하게 만들어 결혼식을 올린다.

혼인을 입증하기 위해 복잡한 절차를 거쳐야 하는 다른 주와 달리, 결혼 절차가 거의 지하철 티켓 끊는 수준인 라스베이거스.

혼인증명서 발급소에서 혼인증명서에 사인을 하고, 결혼식장이나 교회에서 주례의 사인을 받으면 그날 바로 법적인 부부가 되어 버린다.

심지어 일부 교회에선 아예 혼인증명서를 비치해 두기도 한다.

그래서 라스베이거스는 결혼과 이혼의 도시라고도 불린다.

이렇게 법적인 부부가 되어 버리는 순간, 카라 허드는 이혼 위자료를 요구한다. 아주 막대한 위자료를.

만약 거부를 한다면, 스스로 이혼을 해 달라며 찾아올 수밖에 없게 협박을 한다.

직장에 아내를 패는 남편이라고 소문을 퍼뜨리거나 하는 등 사회생활에 지장을 주겠다고 협박을 하는 거다.

의사나 검사, 교수 등 사회적 지위를 갖춘 이들은 그러한 소문 하나로 모든 것을 잃을 수도 있기에 여기서 대부분 포기하고 카라 허드에게 위자료라는 명목의 거액을 건넸다.

6년 전 뉴욕시에서 처음으로 시작해 미국 전역을 누비며 이런 식으로 총 10건의 사기 행각을 벌인 카라 허드.

정말 지독한 년이었다.

"피해자는요?"

"응급실 전담 의사. 환자로 위장을 했대. 실제로 정강이에 골절상을 입었고."

"……진짜 난 년이네, 이거. 일단 피해자부터 만나러 가죠."

"연락을 했으니까 곧 나올…… 아, 저기 나오네."

응급실문이 열리며 초췌한 인상의 삼십대 의사가 걸어 나온다.

"FBI신가요."

목소리에 활기가 없는 그.

"……일단 사정부터 듣도록 하죠."

종혁은 그를 응급실 옆 벤치로 안내했고, 벤은 피해자에게 따뜻한 커피를 내밀었다.

"후. 이야기는 경찰에 모두 했는데요."

"그래도 부탁드리겠습니다. 혹시 압니까, 새로운 정보를 발견할 수 있을지?"

"……제가 그녀를 만난 건 4개월 전이었습니다."

지붕에서 추락해 정강이뼈가 골절됐다고 찾아온 카라 허드.

그러나 그가 봤을 때 그건 망치 같은 둔기에 의한 타격으로 부러진 골절이었다.

그럼에도 절대 아니라고 외치던 그녀. 그 간절한 눈빛에 그는 결국 입을 다무는 걸 택할 수밖에 없었다.

'독한 년.'

이후 카라 허드는 치료해 줘서 고맙다고 직접 만든 샌드위치를 싸 왔고, 그렇게 점차 연인 관계로 발전해 갔다.

그리고 라스베이거스에 여행을 가서 자신도 모르게 결혼식을 올리게 됐다. 물론 결혼을 해도 아깝지 않은 여자라 나중에 프러포즈를 하겠다고 말하며 짧지만 좋았던 결혼 생활을 이어 갔다.

'햐, 이 양반 아직도 정신을 못 차렸네.'

그렇지 않고서는 '좋았던', '그녀' 같은 단어를 쓸 리가 없었다.

"그러더니 한 달 전이었나? 제게 좋은 투자처가 있다고 말하더군요."

"투자처요?"

"네."

친구 및 지인들끼리 십시일반 돈을 모아서 작은 콘도를 구매하겠다고 한 거다. 그것도 근처 허드슨강 상류에 위치한 콘도를.

움찔!

종혁과 벤, 드롭의 눈이 빛난다.

'수법이 달라졌다?'

"전 그 사람에게 그런 재주가 있었나 하고 놀라워하면서도 수익이 실제로 실현되자, 아니 그런 것처럼 보이자……."

"아예 통장을 맡기셨군요."

"……예."

그리고 사라졌다.

종혁뿐만이 아니라 이미 진술서를 확인한 벤과 드롭마저 이마를 붙잡는다.

"처음엔 무슨 일이 생긴 거 아닌가 신고도 했습니다. 그러다 무슨 단서가 발견된 거 없냐 경찰서에 들렀다가 수배 전단을 보게 됐고……."

"정식으로 신고를 하셨군요."

"네."

"혹시 카라 허드와 함께 콘도를 구매하려 한다는 친구나 지인들에 대해 말한 적은 없습니까?"

"있습니다. 아니, 그중 한 사람이 저희 병원에 있기까지 하죠. 하지만……."

다 거짓이었다.

"아, 저 사람입니다."

잠시 쉬는 시간을 가지려는 듯 저마다 따뜻한 김이 올라오는 종이컵을 든 채 이쪽으로 다가오다 흠칫 놀라는 여성 간호사들.

피해자는 그중 붉은 머리의 삼십대 중반 흑인 간호사를 가리켰다.

"저, 저도 피해자예요!"

종혁들이 입은 점퍼의 FBI 로고를 보자마자 빽 소리를 지르는 그녀. 종혁들은 의아해했고, 그걸 어떻게 오해한 건지 그녀는 다시 소리를 질렀다.

"저 선생님의 여자친구가 좋은 투자처가 있다고 접근

했다고요!"

'아나, 이 동네 경찰 씨발……'

이런 중요한 내용을 누락시켰다.

혈압이 솟구쳤다.

"어떻게 된 일인지 말해 주실 수 있겠습니까?"

"말할 것도 없어요. 그 여자가 말하길 저 선생님께서 투자를 할 만큼 좋은 투자처가 있는데, 나도 해 볼 생각 없냐고 접근해 왔다고요."

헛웃음을 지은 벤은 설마 하는 표정으로 물었다.

"설마 돈을 건네신 겁니까?"

"……네. 만 달러요."

"마, 만 달러?"

동료 간호사들이 놀라자, 그들의 눈치를 살핀 흑인 간호사는 버럭 소리를 질렀다.

"선생님도 투자를 하신다고 할 정도니 괜찮을 줄 알았죠!"

한 번씩 샌드위치를 챙겨서 병원으로 찾아왔던 카라 허드.

다정한 연인으로만 보였던 그 모습에, 설마 의사의 여자친구가 사기를 칠 거라고는 의심도 하지 않았기에 믿고 투자를 했다.

'이 씨발년. 수법이 진화했네.'

더 많은 돈을 벌고자 한 것인지, 아니면 FBI의 수사망이 좁혀지자 수법을 달리한 것인지는 모르겠지만 이전

10건의 사기와는 다른 수법이었다.

"혹시 간호사님 같은 피해자가 더 있습니까? 아니면 뭔가 특별한 말을 했다던가? 어디가 좋더라, 어디를 가고 싶다는 등의⋯⋯."

무의식 중에 나오는 그 지명이 카라 허드의 다음 목적지나 아지트일 수 있었다.

하지만 흑인 간호사와 응급실 전담의는 고개를 저었다.

"그런 말은 들어 본 적 없지만, 피해자는 제가 아는 것만 2명 정도 돼요. 연락처가⋯⋯."

그녀가 불러 주는 연락처들을 적은 종혁은 아쉬워하면서도 감사의 뜻을 담아 고개를 숙였다.

"꼭 잡겠습니다."

종혁이 한껏 정중한 모습을 보이자 그녀의 표정도 누그러진다.

"부탁드릴게요. 그 돈, 제 막내딸 백신 맞힐 돈이란 말이에요."

"어떻게든 잡겠습니다."

다시 한번 고개를 숙인 흑인 간호사는 다른 간호사들과 함께 다시 병원으로 들어갔고, 의사인 피해자도 더 할 말이 없다는 듯 인사를 하곤 응급실로 들어갔다.

찰칵! 치이익!

"후우. 그나마 다행이네요."

"같은 생각이야. 이 미친년이 무슨 생각인지 모르겠지만, 이러면 쉽게 잡을 수 있겠어."

그동안 목표물인 피해자 외에는 딱히 인간관계를 형성하지 않은 카라 허드.

그런데 지금은 주위 사람들과 커뮤니케이션을 하고 있다.

즉, 카라 허드의 얼굴이 더 많은 사람들에게 노출되고 있다는 거다. 이러면 신고가 들어올 확률도 커진다.

'그동안 뭔 짓을 해도 잡히지 않았으니 간땡이가 부은 거지.'

모든 범죄자는 거의 이럴 때, 아니면 잡혀도 처벌이 미약할 때 그 수법이나 잔인함이 진화한다.

"씨발년."

종혁은 다른 피해자를 만나러 갈 준비를 하는 벤과 드롭을 향해 입을 열었다.

"먼저 가세요. 전 볼일 좀 보고 따라갈게요."

최근에 전사한 군인의 유가족. 그 유가족 중 한 명이 이곳 용커스의 존 리버사이스 병원에서 일한다.

혹시나 출근했다면 잠시 만나고 갈 생각이었다. 혹여 코라가 접근하지 않았다면 기빙에 대한 이야기도 살짝 흘리기 위해 말이다.

"……요새 수상해. 왜 이렇게 밖으로 돌아다니는 거야?"

종혁은 씁쓸히 웃었다.

"뭐든 가시적인 게 나오면 말해 드릴게요."

"뭐야, 사건이었어? 도와줄 건 없고?"

"아직은?"

"알았어. 피해자들은 나랑 드롭이 만날 테니까 늦지 않게만 합류해."

"술 살게요."

씩 웃은 벤과 드롭은 차로 향했고, 종혁은 담배를 끄며 병원 로비로 향했다.

그 순간이었다.

"저……."

"아, 예."

방금 전 흑인 간호사의 곁에 있던 동료 간호사 중 한 사람. 흑인 간호사의 반응에 다른 이들과 약간 다른 반응을 보였던 사람이다.

종혁은 카라 허드에게 사기를 당한 두 사람보다 더 초췌한 그녀의 모습에 속으로 혀를 찼다.

"……혹시 어딘가에 큰돈을 투자하신 겁니까?"

움찔!

그걸 어떻게 아냐는 듯한 간호사의 눈빛에 종혁은 한숨을 내쉬었다.

"일단 앉으실까요?"

자리를 권한 종혁은 근처의 자판기에서 따뜻한 음료수를 뽑아 그녀에게 내밀었고, 잠시 아무 말 없던 그녀는 이내 결심을 한 듯 조심스럽게 입을 열었다.

"……투자는 정말 믿을 만한 단체가 보증을 선다고 해도 조심해야 할까요?"

"정부기관을 말씀하시는 겁니까?"

"그와 비슷하기는 해요. 재향군인회 중 아메리칸 리전이라고……."

종혁의 눈이 동그랗게 떠졌다.

"혹시 성함이 애나 파커 씨 아니십니까?"

"저를 아세요?"

종혁은 옅게 웃으며 명함을 내밀었다.

"아메리칸 리전 및 여러 재향군인회와 비즈니스 파트너십을 맺은 복지재단 기빙과 저희 FBI가 협력을 맺고 있습니다. 그래서 이야기를 듣게 됐습니다."

"기빙?"

눈을 끔뻑이는 그녀.

종혁의 미간이 좁아진다.

"……코라 인베스트먼트에 투자를 하셨군요."

"FBI도 아는 곳인가요?!"

그녀의 얼굴에 희망과 절망이 동시에 어린다.

동생이 권유를 하기도 했지만, 충분히 타당하다 생각했기에 가입을 했지만 이렇게 정신을 애써 붙잡고 다시 직장에 나오니 생각이 많아진 그녀.

"재향군인회와 파트너십을 맺고 있다기에 혹시 모를 상황을 대비해 주시고 있습니다. 그런 뜻을 펼치는 곳에는 날파리가 끼어들 수도 있으니까요."

"아아……."

"이야기를 들을 수 있을까요?"

"아, 네. 제가 이번에 군인인 남편이 전사를 하면서 정부에서 보상금을 받았어요. 그리고 그걸 코라 인베스트 먼트에 모두 투자를 했고요."

"전부요? 코라 인베스트먼트는 한 사람당 최대 30만 달러밖에 투자를 못할 텐데요?"

"부양할 가족이 있는 유족들은 추가 투자를 더 받더라고요."

움찔!

종혁은 주먹을 꽉 쥐었다.

"……호오, 그래요?"

'이 새끼들?'

"그 부분을 자세히 이야기해 주실 수 있겠습니까?"

아무래도 벤들과의 합류가 늦어질 것 같았다.

* * *

"푸흐."

방금 전 걸려온 전화에 돌연 웃음을 터트린 에덤 크루거가 주위를 둘러보며 신색을 정리한다.

'역시 한 번 구르기 시작하니 돈이 돈을 불러오는군. 그런데…….'

아메리칸 리전을 통해 투자를 한 친구에게 들었다며 자신도 투자를 할 수 있겠냐던 연락.

드디어 먹잇감이 먹잇감을 물어 오는 상황까지 이르렀다.

시원하게 굴러가는 눈덩이에 에덤 크루거는 만족스러운 미소를 지었다.

그러나 한편으로는 마음에 걸렸다. 전화를 걸어온 상대가 재향군인이나 그 유가족이 아닌 일반인이었기 때문이다.

'대표님과 이야기를 나눠 봐야겠군.'

에덤 크루거는 대표실로 들어가 방금 전의 통화 내용을 말해 주었다.

"일반인이라…… 결국 올 게 왔군."

중국계 장년인이 생각에 빠진다.

이 임대 사업은 재향군인과 그들의 유가족들만을 대상으로 이루어져 왔다.

다른 사람들이 보기에는 그들만이 혜택을 누리는 것처럼 보일 수도 있는 상황.

시기와 질투가 어떤 일을 불러일으킬지 알기에 그들 스스로도 입단속을 할 수밖에 없다.

그러나 그 비밀이 언제까지고 지켜질 거라곤 생각지 않았기에 에덤 크루거와 장년인은 언젠가 이런 상황이 올 것이라 예상하고 있었다.

아니, 이런 상황까지 상정하여 계획을 짜 둔 상태였다.

"지금까지 얼마나 모였어?"

"약 3100만 달러입니다."

기빙이라는 놈들이 갑작스레 등장한 이후 일주일 동안은 고작 120만 달러밖에 모으지 못했다.

하지만 이마저도 다행이라 생각할 수준.

그만큼 기빙이 뿌리고 다니는 계약은 미친 수준이었다. 돈을 마치 겨울의 뉴욕에 뿌려지는 눈처럼 뿌리고 있었다.

"……비율을 높인다고 해도 재향군인회에서 이쪽으로 계약을 주선해 주진 않겠지?"

"지금까지 해 놓은 게 있으니까요. 기빙처럼 20퍼센트의 지분을 주지 않는 이상 불가능할 겁니다."

"쯧. 어쩔 수 없군. 하자."

기빙이 나타난 이후로 계약의 수가 확 줄어 버렸다. 조금씩 다시 회복하고 있기는 하지만, 이대로라면 그들의 목표인 1억 달러 달성은 요원해 보였다.

어떻게든 목표를 달성하기 위해선 이젠 수단을 가릴 때가 아니었다.

"하지만 저희의 일이 노출될 위험성이 있습니다."

취지에 맞지 않는 일이라고 의심하는 사람이 생길 수 있다.

이런 이유 때문에 이렇게 상의를 하러 온 거다. 혼자서 결정할 수 없는 일이기에.

"어쩔 수 없잖아. 그럼 여기서 접어? 그럼 지난 3년간의 노력은?"

"……후우. 그럼 목표액을 낮추죠. 6천만 달러로. 그리고 깔끔하게 반씩 나누고 범죄인 인도 조약이 맺어지지 않은 나라로 가는 겁니다."

3000만 달러. 죽을 때까지 풍족하게 살 수 있을 거다.

"쯧. 어쩔 수 없지. 그렇게 해."

그 이상 욕심내다간 발목이 잡힐 것 같다는 위기감이 든다.

같은 생각인 에덤 크루거는 그렇게 목표치를 재설정한 후 약속을 잡은 이를 기다렸다.

그렇게 얼마나 기다렸을까.

코라 인베스트먼트의 문을 열며 종혁이 들어온다.

그에 에덤 크루거는 살짝 놀랐다.

'부자?'

한참 월 스트리트의 증권맨으로 활약을 할 때 상사들이 걸치고 다녔던 초고가 명품들의 향연. 아는 사람만 아는 커스텀 명품들에 에덤 크루거의 머릿속이 핑핑 돌아가기 시작한다.

"어서 오십시오. 전화받은 에덤 크루거입니다."

"찰리 우라고 부르면 됩니다."

"혹시 중국계……?"

"예, 그렇습니다."

"오! 이거 우연이군요! 저희 대표님도 중국계시거든요!"

"아, 그런가요?"

"잠시만 기다려 주십시오! 대표님!"

대표실로 들어간 에덤 크루거는 곧 환하게 웃는 장년인을 데리고 나왔다.

"하하. 안녕하십니까, 소형제!"

장년인의 광둥어에 종혁도 광둥어로 받아쳤다. 한껏 기뻐하는 얼굴을 지으며.

"이 먼 타지에서 광둥어를 쓰는 분을 만나게 될 줄은 몰랐군요! 전 닝더 출신입니다!"

"오오! 동향 사람이군요! 난 저우닝 출신입니다!"

"바로 옆 동네군요!"

뜨거운 악수를 나누는 둘.

종혁은 상기된 얼굴로 자리에 앉았다.

하지만 이내 곧 어두운 표정을 지었다.

"형님과 더 이야기를 나누고 싶지만······."

"허허. 나도 그런 마음이 크지만 곧 약속이 있군요."

"저런······."

어쩔 수 없다는 듯 한숨을 내쉰 종혁은 에덤 크루거를 봤다.

"다 필요 없으니, 내 돈은 얼마까지 넣을 수 있습니까?"

다짜고짜 본론이 훅 들어왔지만, 에덤 크루거는 놀라지 않았다. 기분이 좋은 중국인들이 이런 식으로 투자를 한다는 걸 알기 때문이다.

눈앞의 사내처럼 젊고 돈이 많은, 정확히는 부모가 돈이 많은 이들은 돈 무서운지 모르고 돈을 막 써 댔다.

"하하. 일단 사업 설명부터 듣고······."

"1차로 3백만 달러. 얼마까지 줄 수 있습니까?"

움찔!

에덤 크루거와 장년인은 잠시 서로를 보며 눈을 빛냈다.

엄청난 호구가 넝쿨째로 굴러 들어왔다.

그럼 이 호구가 달아나지 않게 해야 했다.

"크흠. 원래는 30만 달러가 맥시멈이긴 한데, 대표님과 동향 사람이시기도 하니 달에 2만 5천, 아니 3만 달러를 맞춰 드리겠습니다."

"아, 그래요?"

까드득!

종혁의 마음속에서 이가 갈린다.

'이 개새끼들⋯⋯.'

취지에 맞지 않는 투자를 받는 것도 모자라, 전역 군인이나 유가족들보다 더한 혜택을 준다?

사기가 맞다.

종혁의 눈빛이 차갑게 가라앉았다.

* * *

"하하. 안녕히 가십시오."

배웅까지 나온 에덤 크루거와 코라 인베스트먼트의 대표.

미소가 활짝 핀 그 얼굴들에 주먹을 꽂아 넣고 싶지만, 아직은 혐의를 입증할 수가 없다.

애써 화를 누르며 지하주차장으로 내려온 종혁은 주먹을 들었다.

꽈아앙!

움푹 들어가는 람보르기니의 트렁크.

"이 새끼들을 어떻게 조져야 할까……."

현재까지 피해자가 약 900여 명, 총 피해액 약 3100만 달러.

그 돈은 나라를 지키기 위해 총탄 앞에 선 젊은이들의 피와 신념이고, 사랑하는 이를 가슴에 묻은 가족의 절규다.

이 돈 필요 없으니 다시 살려 내라는 절규.

저놈들은 이 숭고하고 슬픈 돈을 집어삼키려는 거다.

불처럼 타오르던 종혁의 눈이 이내 곧 호선을 그렸다.

"그래, 그러면 되겠네."

모든 사기란 목표 액수가 있는 법이다.

종혁은 일단 이것부터 맞춰 줄 생각이었다.

"어디 얼마까지 처먹을 수 있는지 보자."

하지만 그 돈 맛은 결코 맛있지만은 않을 거다.

"예, 헨리."

과르릉! 과아앙!

붉은색의 람보르기니가 쏜살처럼 튀어 나갔다.

* * *

'……푸핫!'

아무래도 종혁이 행운의 토끼발이었나 보다.

종혁과의 계약을 마치자마자 쏟아진 투자금들.

모두 종혁처럼 지인에게 들었다면서 자신도 투자를 할 수 없겠냐며 문의를 해 왔다. 그것도 30만 달러, 50만 달러씩 엄청난 거액의 투자를.

덕분에 고작 한 달 만에 무려 2100만 달러의 투자를 모집했다.

이걸로 달성한 금액은 약 5200만 달러.

순식간에 하향 조정을 한 목표치인 6000만 달러에 근접해졌다.

"역시 크루거 씨."

"정말 대단합니다. 비법이 뭐예요?"

존경이 가득한 직원들, 아무것도 모르는 병신들의 존경 어린 시선에 에덤 크루거의 콧대가 높아졌다.

"발로 뛰는 거."

"예?"

"언제까지 책상 앞에 앉아서 투자자를 기다릴 거야?"

"……."

'병신들. 그러니까 잘리지.'

회사는 어떤 직원이든 데리고 있을 만한 가치가 있어야 계속 고용하는 법이다. 그렇지 않으면 저들처럼 회사가 어려워졌을 때 바로 잘리는 거다.

"에덤!"

에덤 크루거는 대표실의 문을 열고 손가락을 까딱이는 장년인의 모습에 그에게 다가갔다.

그런 에덤 크루거를 대표실 안쪽으로 낚아챈 장년인의

얼굴에 흥분과 초조함이 가득하다.

"안 됩니다."

"왜! 돈이 돈을 불러오는 상황이잖아!"

밖의 눈치를 보는 그의 모습에 에덤 크루거의 눈빛이 싸늘해졌다.

"그러다 파탄이 납니다."

"뭐?"

"그렇게 욕심을 부리다가 파탄이 나는 거란 말입니다."

욕심을 부리다가 팔아야 할 지점에 못 팔고, 그러다 고점에서 물리고, 그렇게 인생이 망하여 거리에 나앉게 되는 거다.

월 스트리트의 모든 증권맨들에게 요구되는 미덕이 왜 절제겠는가. 욕심을 부리다가 망하는 이들이 모니터 속에 가득하기 때문이다.

그렇기에 월 스트리트의 증권맨들은 사냥꾼이다.

그런 멍청한 먹잇감들을 사냥하는 사냥꾼.

"우리의 목표는 6천만 달러예요. 그걸 명심하세요."

이 이상 먹었다가는 무조건 탈이 난다.

타이밍도 하늘이 돕는 듯 좋다.

2004년에 재선에 성공하며 8년간 재임한 망언의 전쟁광 에임 부시가 내년이 되면 대통령직을 내려놓고 야인으로 돌아간다.

지난 8년간 반복된 에임 부시의 삽질로 공화당의 참패는 사실상 예정된 수순.

거의 모든 미국 시민들, 깨어 있는 시민들의 시선이 민주당의 대선 후보들에게 쏠려 있고, 골수 공화당 지지자들은 그런 민주당 후보들을 까 내리기 위해 전력을 다하고 있다.

이렇게 시끄러울 때 사라져야 한다.

그게 사냥꾼의 미덕이었다.

이런 그의 말에 장년인의 눈빛이 차갑게 가라앉는다.

"……이봐, 애덤. 대표는 나야."

이번 일에 돈을 댄 사람도, 겉으로 건실한 회사처럼 보일 저 밖의 인력을 끌어모은 사람도 자신이다.

먹다 배가 터져도 그걸 결정할 사람은 자신이었다.

'이 병신이?!'

에덤 크루거의 눈에 불똥이 튀는 순간이었다.

벌컥!

"대표님! 크루거 씨!"

다급히 문을 열며 들어온 직원이 대표실의 TV를 켠다.

ㅡ추락하는 경제, 치솟는 물가, 이에 곤경에 처한 뉴욕 주민들을 위해 월세를 저렴하게 제공하겠다고 나선 곳이 있어 화제입니다. 그 화제의 주인공을 저희 CNN에서 만나 보겠습니다. 안녕하십니까, 코렛 씨.

코렛 힐먼. 미국의 유명한 인권운동가 여성으로 올해 48살이다.

ㅡ이렇게 꾸민 모습을 보는 건 처음인 것 같네요. 예전에 저희 뉴스에 출연하셨을 땐 꽤…… 하하.

-저도 이제 한 재단의 대표니까요. 그때처럼 추레하게 다닐 수는 없죠.

-오, 이런. 추레하게 다녔다고 인정을…… 읍스! 크흠. 아무튼 코렛 씨가 복지재단의 대표가 됐다는 말을 듣고 제가 얼마나 놀랐는지 모릅니다. 정말 이 사람이라고? 이름만 같은 사람이 아니라?

-후후. 훌륭한 생각을 가지신 분께서 후원해 주신 덕분에 이렇게 슈트를 입을 수 있게 됐죠. 이 자리를 빌어 다시 한번 감사하다 인사를 드리고 싶네요.

-예. 재단에 출자된 자본이 15억 달러라는 소리를 들었습니다.

-빙산의 일각이에요. 그분께서 말하시길 15억 달러는 1차에 불과하다고 했으니까요.

쿵!

'15억 달러가 전부가 아니라고?'

이미 지인들을 통해 기빙의 출자금을 알고 있던 에덤 크루거의 입이 떡 벌어진다.

-맙소사……. 대체 그분이 누구십니까?

-세상에 드러나길 원하지 않은 분이니 노코멘트. 다만 한 가지 팁을 드리자면 한국계라고 할 수 있겠네요.

-사우스코리아를 말하는 거겠죠?

-네, 그곳이요. 저희 기빙은 그분이 이 미국에서 평생 토록 벌어들인 돈으로 설립된 단체예요.

-복지재단이죠.

진중한 앵커의 목소리에 TV 앞에 앉은 사람들의, 미국 시민들의 눈과 귀가 집중된다.

-네, 복지재단이에요.

-휘유. 15억 달러, 아니 그 이상의 예산을 지닌 복지재단이라……. 어려운 상황에 처한 분들에게 좋은 소식이군요. 그런 취지에 맞게 마이애미와 뉴욕에서 대규모 복지를 벌인다는 말을 들었습니다.

-무조건적인 지원은 아니에요.

-당연하죠. 자식을 망치고 싶으면 언제든 원하는 것을 쥐여 주라는 말도 있으니까요.

-또 저희만 단독으로 하는 것도 아니죠.

-그 말을 듣고 저는 다시 한번 놀라고 말았습니다. 재향군인회와 협약을 맺었다네요.

-이 나라를 위해 피와 땀을 흘려 가며 헌신한 그분들께서 이 어려운 시기에 다시 한번 이 나라를, 미국의 시민들을 구원하기 위해 막대한 출혈을 감수하시기로 한 거죠.

-……Thank you for your service.

스튜디오에 잠시 숙연함이 감돈다.

-그 시작으로 뉴욕시를 비롯한 뉴욕주에 5억 달러의 예산을 할당했습니다.

현재 이 예산은 전액 집행이 된 상태고, 이로 인해 집과 희망을 잃은 수만 명의 사람이 다시 일어설 수 있는 발판, 월세지만 추위와 더위를 피할 수 있는 집을 얻게 됐다.

-수만 명······.

-또한 저희 기빙은 마이애미와 뉴욕을 기점으로 점차 미 전역으로 지사를 늘려 갈 예정이고요.

-그게 가능한 겁니까? 한 지사에 5억 달러의 예산을 집행했다면······ 음, 좋은 뜻을 펼치는 당신께 하면 안 되는 말이지만, 그보다 집행되는 예산이 적다면 분명 말이 나오게 될 겁니다. 어디든 후안무치한 사람들은 있는 법이니까요.

코렛 힐먼은 앵커의 우려에 걱정 말라는 듯 웃어 주었다.

-아까 말씀드렸듯이 이번 15억 달러는 1차에 불과합니다. 우려하시는 일이 벌어지지 않을 겁니다.

-정말······ 할 말이 없군요. 제가 미국 시민들을 대표할 순 없지만, 이 미국을 대표해 코렛 씨와 익명의 독지가분께 감사하단 말씀을 드리고 싶습니다.

-지금 병상에 누워 계신 그분께서 들으신다면 좋아하시겠네요.

-병상이라면?

-현재 폐암 말기세요.

스튜디오가 잠시 경악에 물들고, 에덤 크루거는 장년인을 봤다.

'이런데도 계속 욕심을 부릴 거야?'라는 에덤 크루거의 시선.

기빙에 출자된 15억 달러가 1차에 불과하단다.

그런데 그게 CNN 뉴스에 탔다. FOX NEWS와 더불어 미국 시민들이 가장 많이 보는 뉴스에.

이젠 자신들에게 투자를 했던 투자자들이 돈을 돌려 달라고 하지 않으면 다행일 상황이 됐다.

그때였다.

-그런데 이 어려운 시기에 자신의 잇속만 챙기려는 사람들이 있죠. 헌신의 상징인 그분들을, 시민을 보호하는 것 외엔 아무것도 모르는 바보라면 바보라 할 수 있는 영웅들을 방패로 삼으려는 사람들이.

쿵!

'미친!'

도둑이 제 발 저린달까.

에덤 크루거와 대표인 장년인이 튀어나올 듯 부릅뜬 눈으로 TV를 노려본다.

-그런 못된 사람들이 있다는 말입니까?

언제든 중립적이어야 함에도 앵커임에도 분노를 드러내는 그.

-저도 대략적인 정보만 들은 상황이니 노코멘트 할게요. 그들 외에 다른 선량한 분들이 괜한 오해를 받으면 안 되니까요. 이 뉴스를 시청하고 있을 모든 언론사들에게도 부탁드리죠. 추측성 기사는 내지 말아 주세요. 당신들의 기사로 도움이 간절히 필요한 시민이 도움을 받지 못할 수도 있으니까!

그런 코렛 힐면의 강력한 경고는 에덤 크루거의 귀에

들리지 않았다.

'저년은 대체 우리에게 무슨 억하심정이 있기에!'

띠리링! 띠리링!

"네! 코라 인베스트먼트…… 네? 아뇨. 지금 뉴스에 나오는 회사는 저희가 아닙니다!"

띠리링! 띠리링!

갑자기 폭주하기 시작하는 전화기들.

에덤 크루거의 핸드폰도 미친 듯 울어 대기 시작한다.

작년에 출시된 새 시대의 혁신, 스마트폰을 꽉 쥔 에덤 크루거는 대표를 응시했다.

난입해 TV를 틀었던 직원이 나가면서 조용해진 대표실.

"……마무리 단계에 들어가지."

"알겠습니다."

낯빛이 딱딱하게 굳은 에덤 크루거는 전화를 받으며 밖으로 나갔다.

"예, 애나 파커 씨. 얼마 전에 입금된 이익금은 확인하셨나요? 저런, 아직 확인하지 못하셨다고요?"

안타까운 말투로 말을 하면서도 표정은 냉랭한 그.

이야기를 더 나누던 에덤 크루거가 드디어 본론을 꺼냈다.

"혹시 지금 시간 되십니까? 이번에 내부 방침이 약간 바뀌어서 말이죠. 아니요. 그건 아닙니다. 대표님께서 애나 씨처럼 힘들고 어려운 분들에겐 초과 투자를 더 받는 게 좋지 않겠냐 하셔서요. 정산 비율도요. 네, 네."

그의 눈빛이 분노와 짜증으로 번들거렸다.

＊　＊　＊

-다시 한번 감사하다는 말씀을 드립니다.

-앵커님도 수고하셨어요.

FBI 뉴욕지국 캘리 그레이스의 수사팀 사무실.

한구석에 걸려 24시간 내내 뉴스를 방영하는 TV를 응시하던 종혁이 입술을 비튼다.

"역시 인권운동을 하는 사람이라서 그런지 말발이 좋네."

입가에 미소를 그린 종혁은 오늘따라 푸근한 커피를 홀짝이며 자리로 향했다.

쿠당!

벤이 책상 위에 엎어진다.

"그래서…… 어디로 간 거냐고……."

FBI는 엿 먹으라는 듯 뉴욕에서 필라델피아로 향하는 95번 도로의 휴게소에서 신용카드로 핫도그를 사 먹고 증발해 버린 카라 허드.

95번 도로를 탔을 때 갈 수 있는 모든 도시와 CCTV를 뒤져 봤지만 그녀를 찾을 수 없었다.

필라델피아에서 그녀가 쓴 자동차를 발견한 것만으로도 기적이었다.

'이놈의 미국은 참 좋은데 땅이 더럽게 넓다는 게 문제야.'

"중국이냐, 씨벌."

베이징에서 범죄를 저지르고 쓰촨으로 튀어 버리면 잡

을 수 없는, 아니 아예 찾을 수조차 없는 중국.

미국도 그와 별반 다를 게 없었다.

"힘내자고요. 일단 공개 수배는 했잖아요."

"그래야지……. 응? 최, 전화 오는 거 아냐?"

"아, 그러네."

종혁은 자신의 책상 위에 올려놓은 핸드폰을 들었다가 눈을 빛냈다.

"……알겠습니다. 도움을 주셔서 감사합니다."

통화를 종료한 종혁은 벤을 응시했다.

"코라가 튈 준비를 하는 것 같습니다."

코라 인베스트먼트가 주거래 은행에서 부동산을 담보로 거액의 돈을 대출하려 한다는 CIA의 정보.

종혁은 이 정보를 곧바로 벤과 드롭에게 알렸다.

이미 한 달 전 그들이 사기꾼임을 직감한 순간 벤과 드롭에게 이 사실을 알렸던 종혁.

짜아아아악!

그 순간 벌떡 일어난 벤의 커다란 박수 소리에 사무실 안에 있던 모든 요원들과 개인 사무실 안에 있던 캘리 그레이스마저 고개를 내밀며 벤을 응시한다.

"모두 잘 들어! 코라 인베스트먼트라는 사기 조직이 도망칠 준비를 하는 것 같다!"

그렇게 말한 벤은 종혁을 봤다. 이후의 말은 종혁 네가 말하라는 듯.

"사기 대상은 방금 전 뉴스에서 언급된 재향군인회의

회원인 전역 군인과 전사 군인의 유가족 천여 명입니다."

슬렁!

"……이런 개새끼들이?!"

"이 새끼들 보소?"

순간 끓어오르는 분노.

개인 사무실에서 걸어 나온 캘리 그레이스도 팔짱을 끼며 묵직한 분노를 드러낸다.

그리고 종혁에게 계속하라고 눈짓한다.

상사의 허락이 떨어지자 종혁은 아낌없이 분노를 표출했다.

"이 새끼들을 그냥 둬야겠습니까?"

"NO-!"

"잡아야지 않겠습니까!"

"YES-!"

"움직여! 도청 장치 신청해!"

순간 바빠지는 요원들.

종혁도 총을 챙겨 들었다.

철컥!

종혁의 눈에 살의가 들어차기 시작했다.

* * *

수많은 사람들이 맛있는 점심을 먹고 난 오후.

그러나 언제 어떻게 변화할지 모르는 증시 때문에 햄버

거나 샌드위치로 간단히 점심을 깨운 코라 인베스트먼트
의 직원들이 피곤해지는 정신을 한 잔의 커피로 깨운다.

"에덤."

"아, 예. 대표님."

약속이 있는 듯 코트를 입은 대표.

에덤 크루거도 코트를 챙기며 몸을 일으킨다.

"대표님과 잠시 미팅이 있어서 나갔다 올 테니까 적당
히 하고 퇴근해."

"예!"

"다녀오세요!"

몸을 일으켜 배웅을 하는 직원들.

둘은 그들을 향해 손을 흔들어 주며 사무실을 빠져나갔다.

"하아!"

갑자기 한숨을 내쉬는 코라 인베스트먼트의 직원들.

"이봐, 요새 대표님과 에덤 씨 좀 이상하지 않아?"

"너도 그렇게 느꼈어?"

2주 전쯤부터 묘하게 쌀쌀맞아진 것 같은 에덤 크루거
와 대표.

"일은 잘 진행된다고 들었는데."

재향군인회와 비즈니스 파트너십을 맺은 코라 인베스
트먼트.

그에 관한 건 에덤 크루거와 대표가 모두 관리하느라
정확한 사정은 알지 못했지만, 유치한 고객의 숫자가 천
명이 넘는 것으로 알고 있었다.

"지치신 걸까? 헤이, 존. 뭐 들은 거 없어?"

에덤 크루거가 외부 미팅을 나갈 때면 가끔 잡무를 도맡던 직원, 존은 고개를 저었다.

그가 맡았던 일이라곤 계약까지 끝마친 회원의 사후 관리 정도일 뿐, 자세한 내용은 아는 바가 없었다.

"음…… 업무가 너무 과중되셔서 그런 거 아닐까?"

"회원 수가 얼마나 되는데?"

"내가 다 도와 드리는 건 아니라서 잘 모르겠고, 천 명은 넘으시는 거 같던데."

"처, 천 명? 투자액은?"

"대충 추산해 봤을 때 한 4천만 달러 정도는 될 것 같더라고."

"그 정도나?"

경악했던 직원들의 표정은 이내 어두워졌다.

4천만 달러와 천 명의 회원.

심지어 이것도 존이 알 수 있는 범위 내에서의 예상이었으니, 실제로 이것보다 많을 것이 분명했다.

"이거 우리가 도와 드리지 않아도 괜찮은 거야?"

코라 인베스트먼트의 전 직원이 운용하는 자금을 모두 합쳐도 4천만 달러의 10분 1 수준에 불과했다. 아무래도 눈치가 보일 수밖에 없었다.

"다음에 말씀드려 보자고. 아, 누구 몸에 좋은 음식에 알고 있는 사람 없어?"

단둘이서 여기까지 투자를 받아 내는 데 얼마나 고생을

했을까. 그들은 동료임에도 그 부분을 알아주지도, 도와주지도 못해서 미안할 수밖에 없었다.

"내가 알아볼게. 전 직장 동료가 그런 거 좋아했어."

"난 비타민 종류로 알아볼게."

그들은 자신들이 모르는 곳에서 애를 쓴 에덤 크루거와 대표를 위해 움직이기 시작했다.

* * *

한편 엘리베이터 안.

"……푸흐!"

"아직 뉴욕을 벗어나지 않았습니다."

"어흠흠. 알았어. 걱정 말라고."

대표는 그렇게 답했지만 다시 웃음을 터트렸다.

나흘 전, 승인이 된 대출.

그 액수와 이번 사기의 마지막 단계에서 밑바닥까지 끌어모은 돈을 모두 합하니 무려 7200만 달러였다.

그들이 재설정한 목표치보다 무려 1200만 달러는 많은 액수. 둘이서 나눈다고 해도 3600만 달러다.

물 쓰듯이 펑펑 써도 평생 쓸 수 있을까 생각되는 액수.

"대표님."

"알았다니까."

띵!

지하주차장에서 내린 둘은 자동차로 향했다.

나란히 세워진 둘의 차.

대표가 봉투 하나를 꺼내어 에덤 크루거에게 넘겼다.

"자, 여권."

여권을 확인한 에덤 크루거의 표정이 묘해진다.

"이젠 마지막이니 한 가지 묻고 싶군요. 대체…… 날 어떻게 찾아낸 겁니까?"

자신이 중심되어 움직이긴 했으나, 이 계획의 시작은 대표가 자신을 찾아와 제안한 것으로 시작되었다.

현재 미국을 지옥에 빠트린 서브프라임 모기지, 그 시초가 되는 주택담보대출 상품에 대해 위험하다고 경고하며 거부한 이유로 잘린 에덤 크루거.

그는 자신을 해고한 회사보다 그렇게 돈을 벌어다 주었는데 자신이 잘릴 때 단 한마디도 보태지 않은 고객들에게 더 큰 배신감을 느껴야 했다.

그때, 대표는 자신을 찾아와 그 분노를 사그라뜨릴 방법이 있다며 자신에게 이번 계획을 제안했었다.

'그리고 도대체 무슨 일을 하던 사람이길래…….'

재향군인회에 속한 회원들과의 계약은 자신이 따냈으나, 애당초 대표가 아메리칸 리전 등 재향군인회와의 로비를 성공적으로 해내지 못했더라면 시작조차 못할 사업이었다.

도대체 무슨 일을 하던 사람이기에 이런 방대한 계획을 세울 수 있었던 것인지 궁금하지 않을 수 없었다.

움찔!

몸을 굳힌 대표가 이내 나른하게 웃는다.

"이봐, 에덤. 세상엔 돈이면 안 되는 게 없어."

"무슨⋯⋯."

찰칵! 치이익!

대표는 담배 연기를 뿜으며 잠시 옛일을 추억했다.

2000년, 닷컴 열풍이 미 전역을 휩쓸 때 함께 편승했던 그.

그리고 2001년, 지옥이 펼쳐졌다.

부모님이 남긴 유산까지 모조리 날리는 그는 폐인으로 살아가게 되었다.

그렇게 절망과 분노에 빠진 그에게 운명처럼 한 사람이 다가왔다.

자신을 설계자라 소개한 어떤 동양인.

그의 제안은 참으로 흥미로웠고, 대표는 그에게 몇 가지 대가를 건네는 조건으로 이번 사기의 설계도와 에덤의 신상을 받을 수 있었다.

'투자 유치를 한 재향군인회의 명단이 왜 필요한지는 모르겠지만⋯⋯.'

그런 건 아무래도 좋을 만큼 설계자가 건넨 사기 설계도는 매력적이었다.

재향군인회들의 누구를 어떻게 공략해야 되는지까지 모든 게 나와 있던 설계도. 자신은 그저 그 설계도에 나와 있는 대로 따른 것뿐이다.

이렇게 여권 위조 같은 뒤처리를 해 줄 수 있는 업체까지도 그들에게 소개를 받았다.

입가에 비릿한 미소가 매달린 대표는 에덤 크루거를 보며 담배 연기를 뿜었다.

"돈이면 이런 사기의 설계도도…… 믿었던 사람들에게 배신당한 사람도 모두 얻어 낼 수 있지."

믿었던 사람들에게 배신당했다는 말에 에덤 크루거의 미간이 굳는다.

"왜? 이해가 안 돼?"

"……아니요. 그 정도면 됐습니다."

더 이상 물어봐선 안 된다.

그런 위기감이 에덤 크루거의 머릿속을 강렬하게 울린다.

"그래? 그럼 줘야지?"

대표의 눈빛이 낮게 가라앉자 에덤 크루거는 자신의 명함에 어떤 숫자를 적어 대표에게 넘겨줬다.

"여기 있습니다."

자금의 세탁까지 맡았던 대표.

그러나 믿을 수 없기에 그들의 돈이 최종적으로 모이는 계좌의 비밀번호 앞자리 6자리는 대표, 뒷자리 4자리는 자신이 설정하기로 했다.

둘은 서로의 비밀번호를 교환했고, 전화로 은행에 확인을 했다.

"흐흐. 그럼 다음에 또 보자고, 에덤. 우린 서로 참 잘 맞는 것 같으니까!"

"훗. 다신 만나지 맙시다."

코웃음을 친 에덤 크루거는 차에 탄 후 대표가 준 여권을 찢어 차창 밖으로 던지곤 놀라는 대표를 뒤로한 채 주차장을 빠져나갔다.

'내가 이 여권을 어떻게 믿어?'

2001년 9월 11일 테러가 난 이후 여권 확인이 강화된 미국. 하자가 있는 것을 썼다가 공항에서 붙잡히기라도 한다면 낭패였다.

그는 품 안의 위조된 여권, 얼굴 사진만 바꾼 사촌의 여권을 두드리며 공항으로 향했다.

* * *

웅성웅성.

오늘도 나가려는 사람들과 들어오려는 사람들로 가득한 존 F 케네디 국제공항.

옷가방을 든 에덤 크루거가 출국 게이트를 넘는다.

"통과."

여권 속 사진과 에덤 크루거의 얼굴을 번갈아 보더니 이내 손을 까딱이는 직원.

"후우."

출국 게이트를 넘은 에덤 크루거가 작게 한숨을 내뱉는다.

이미 한 번 실험을 해 본 것이지만, 불안한 건 어쩔 수 없었다.

돈을 불려 주겠다는, 해외에 투자를 하려면 여권이 필

요하다는 말을 곧이곧대로 믿은 버지니아 시골에 사는 멍청한 사촌의 여권.

외모가 비슷했기에 사진을 바꿔 재발급받는 건 쉬웠다.

그래도 방심하지 않은 애덤 크루거는 자카르타로 향하는 비행기에 올랐다.

퍼스트클래스에 앉아 애써 초조함을 삼키던 애덤 크루거는 이내 곧 비행기가 이륙하자 웃음을 터트렸다.

"푸흐!"

한 번 터져 나오자 멈추지 않는 웃음.

한참을 킥킥거리던 애덤 크루거는 비행기가 고도에 오르자 치즈와 와인을 주문했다.

월 스트리트의 증권맨일 당시엔 참 많이 먹었던 치즈와 와인.

세월의 묵직함을 가득 담은 쌉쌀한 레드 와인이 목구멍으로 넘어가니 그의 어깨가 축 늘어진다.

"아, 끝났네."

드디어 모두 끝났다.

내일, 어쩌면 모레.

코라 인베스트먼트의 직원들과 이 부동산 임대 사기에 투자를 한 바보들이 상황을 파악했을 때쯤이면 자신은 따뜻한 남쪽에서 잘 빠진 미녀들과 함께 파티를 즐기고 있을 터.

쏴아아 파도와 함께 밀려오는 따뜻한 열대 해변에서 여유를 즐기고 있을 자신의 모습을 떠올리니 다시 웃음이 튀어나온다.

"크크큭! 푸흐흐흐! 아, 진짜 미치……."

"야, 좋냐?"

흠칫!

고개를 돌린 에덤 크루거는 덩치 큰 동양인, 아니 자신의 좌석을 둘러싼 종혁과 사람에 어떤 위기감을 느끼고 눈을 부릅떴다.

"누, 누구……."

"글쎄, 누굴까? 맞춰 볼래? 참고로 네가 1년 전 사촌을 만나러 버지니아에 가고, 거기서 여권을 위조한 것까지 모두 알아낼 정도로 정보를 수집할 수 있으며 비행기 안에 총기류를 가지고 탑승할 수 있는 정부단체야."

"……?!"

"오, 눈치챘네?"

활짝 웃은 종혁은 그의 멱살을 잡았다.

"그럼 좀 맞자."

이놈이 도망을 쳤으면 어떻게 됐을까.

가족의 핏값을, 목숨값을 맡겼던 이번 사건의 피해자들.

분명 끔찍한 선택을 내리는 사람들도 많았을 거다.

그걸 떠올리니 피가 거꾸로 솟은 종혁은 주먹을 들어올렸고, FBI 요원들은 슬그머니 에덤 크루거의 좌석 주변을 감싸며 주위의 시선을 차단했다.

빠악! 빠아악!

"컥! 커억!"

에덤 크루거의 억눌린 비명 소리와 함께 비행기가 회항을 했다.

* * *

이른 아침의 용커스.

애나 파커의 집 부엌이 아침을 준비하는 애나 파커와 사라 심슨에 의해 시끄럽다.

"언니, 애들은 내가 학교에 보낼 테니까 들어가서 자. 어제 야간 근무였잖아."

애나 파커는 고개를 저었다.

남편이 죽은 후 져 버렸던 엄마로서의 의무. 그것이 비록 얼마 되지 않는다고 해도 엄마로서 실격이었다.

몸이 부서지는 한이 있더라도 다신 애들을 방치할 수 없었다.

"잠은 애들 학교 보낸 후에 자도 돼. 수프 맛 좀 봐. 괜찮아?"

"언니, 당근 수프는 언제나 최고지!"

"우리 동생이 왜 이렇게 넉살이 많아졌지?"

"나도 한 아이의 엄마거든!"

"풋. 마무리 좀 해 줘. 난 애들 깨울게."

"응!"

싱긋 웃으며 계단으로 향하던 애나 파커는 깜짝 놀랐다.

"엄마, 굿모닝."

"안녕히 주무셨어요."

대체 무슨 일인지 깨우지 않았음에도 일어나 내려오는 아이들.

다 씻은 것도 모자라 심지어 톰까지 품에 안은 조던의 모습에 애나 파커는 잠시 굳어 있다가 이내 푸근히 웃었다.

"잘 잤니? 좋은 아침이야. 어서 내려와. 밥 먹자."

아무래도 전날 밤 남편이 아이들의 꿈에 나타났나 보다. 아니면 자신이 돌보지 못한 그 짧은 사이에 철이 들어 버렸거나.

뭐든 서운한 모습이었다.

애나 파커가 흐뭇한 미소를 짓던 그때, 그녀의 귓가로 충격적인 내용의 뉴스가 흘러들었다.

-다음 뉴스입니다 약 7200만 달러의 사기 혐의로 FBI에 검거된 코라 인베스트먼트의 에덤 크루거……

털썩!

다리에 힘이 풀려 주저앉은 애나 파커.

"어, 엄마!"

조던과 릴리가 경악하며 달려왔지만, 애나 파커에겐 들리지 않았다.

"사, 사라…… 사라-!"

"왜! 무슨 일이야! 언니 무슨…… 아!"

애나 파커가 뻗은 손가락을 따라 시선을 돌렸던 사라 심슨도 그대로 주저앉는다.

"이모!"

"아…… 아아아……."

안 된다.

그 돈이 어떤 돈이던가.

나라와 가족을 지키려다 흘린 피와 목숨이며, 혹여 본인이 잘못되어도 가족은 풍족하게 살아갈 수 있도록 배려한 땀과 책임이다.

"아, 아니야……. 아닐 거야……."

아니어야 했다. 절대 아니어야 했다.

하지만 그녀들의 눈에선 눈물이 쏟아져 나오기 시작했다.

그때였다.

쿵쿵쿵!

두들겨지는 현관문.

조던은 다시 정신을 놓아 버린 엄마와 이모, 그리고 안절부절못하는 동생 릴리의 모습에 입술을 깨물며 현관으로 다가갔다.

"누구세요?"

"FBI입니다. 혹시 애나 파커 씨 안에 계실까요?"

"……엄마! FBI래요!"

"FBI?"

애나 파커와 사라 심슨이 다급히 달려가 방범창과 현관문을 연다.

쿠당탕!

"그, 그 사람들은 잡은 건가요?! 잡은 거죠?! 잡았다고 해 줘요!"

종혁은 함께 있는 사라 심슨의 모습에 살짝 놀랐다가 이내 걱정말라는 듯 푸근히 웃어 주었다.

"걱정 마십시오. 애나 파커 씨와 사라 심슨 씨가 놈들에게 빼앗긴 돈은, 남편분들이 남기셨던 유산은 곧 다시 여러분에게 돌아가게 될 겁니다."

그들이 빼돌린 돈이 담긴 계좌는 이미 확보한 상태. 그 돈은 곧 다시 원래의 주인에게 돌아갈 것이다.

"……감사합니다. 정말 감사합니다."

종혁은 자신의 손을 붙든 채 바들바들 떠는 그들의 모습에 한숨을 내쉬었다.

"감사합니다. 정말 감사합니다!"

"네. 그럼 수고하세요."

종혁은 다시 한번 눈물로 머리를 조아리는 둘을 뒤로하며 차로 향했다.

"오길 잘했네."

이번 사건의 해결에 큰 단서를 주었던 사라 심슨과 애나 파커.

이 둘에게만은 꼭 직접 전해 주기 위해 찾아왔는데 그러기를 정말 잘한 것 같다.

차를 출발시킨 종혁은 열린 차창을 통해 들어오는 따뜻한 바람에 담배를 물며 나른한 미소를 지었다.

―Country roads! take me home. To the place I belong―!

"벌써 봄인가."

시간이 참 빠른 것 같다.

"이제 몇 개월 안 남았네."

이 미국에 진정한 지옥이 도래하는 날이.

한국으로 다시 돌아갈 날이.

"그런데⋯⋯."

돌연 미간을 좁히는 종혁.

"분명 어디서 봤던 얼굴인데⋯⋯ 어디서 봤더라?"

애나 파커의 아들로 추정됐던 십대 소년.

미국의 일에 대해선 깜깜 그 자체인 종혁이 낯익다 느
낄 정도면 분명 어떤 방식으로든 큰일인 게 분명하다.

"파커. 조던 파커⋯⋯."

종혁은 조던의 풀네임을 계속 되뇌며 FBI 뉴욕지국을
향해 나아갔다.

─이 노래가 군인들이 가장 좋아하는 곡이라죠? 언제
나 고향집으로 가고 싶기 때문이라는군요. 이 나라의 군
인들은 오늘도 이 외로움과 고통을 참아 내며 이 나라를
수호하기 위해 목숨을 바치고 있습니다. Thank you for
your service. 이 나라를 지켜 주셔서 정말 감사합니다.

그렇게 사건은 끝을 맺었다.

2장. 악마의 달콤한 속삭임

악마의 달콤한 속삭임

콰앙!

"후우……."

어지간한 역도선수들도 대회에 맞춰 충분히 몸을 만들어 뒀을 때나 들어 올릴 무게의 바벨이 바닥을 부술 듯 꿍음을 울렸고, 이 모습을 바라보던 헬스장 회원들은 경악한 시선으로 혀를 내두른다.

"지금 몇 개 했지?"

"30개 10세트."

"저게 어떻게 로이더가 아닐 수 있는 거야?"

스테로이드 등의 약물을 사용해 근육과 기량을 손쉽게 늘리는 로이더. 그건 여기 있는 회원들에겐 욕이나 다름 없다.

온몸의 근육이 찢어지고 뼈가 부서질 듯한 고통 속에서

겨우겨우 해내는 1kg의 증량. 그것은 신이 그들에게 유일하게 허락한 쾌락이자 성취감이고, 자부심이었다.

"정말 동양은 신비의 나라가 맞는 것 같아. 한국으로 여행을 가 봐야 하나?"

"난 평소에 먹는 게 더 궁금해."

"아, 나도. 프로틴은 어느 브랜드 걸 이용하지?"

"저번에 보니까 아무거나 다 먹는 것 같던데?"

"진짜?"

수근거리던 100kg이 넘어가는 덩치들은 결국 참지 못하고 입을 열었다.

"이봐, 최! 평소에 먹는 게 뭐야?"

순간 종혁의 입에 쏠리는 시선.

종혁은 수건으로 땀을 닦으며 별거 아니라는 듯 대답해 주었다.

"특별히 챙겨 먹는 거라면…… 산삼?"

그래서 한국에서 산양삼이나 산삼이 발견됐다고 하면 일단 무조건 사들이고, 없다면 미국산을 주로 이용한다.

웬만한 산양삼보다 배는 좋은 미국산 산삼.

그리고 세계 각국에서 스태미나에 좋다는 식재료는 보기에 비위가 상하지만 않는다면 다 챙겨 먹는 편이다.

"아, 장어랑 복분자도 일주일에 한 번은 챙겨 먹고."

산수유도 챙겨 먹는데, 이건 건포도처럼 말려서 챙겨 다니며 입이 심심할 때마다 먹는다.

"이것도 뭐 특별히 더 챙겨 먹는다는 거지, 먹기야 딱히 가리는 거 없이 다 먹죠."

"뭐? 식단 조절도 안 하는데 이런다고?"

"즐겁자고 하는 운동인데 닭가슴살만 먹고는 못하죠. 저 도넛 좋아해요."

"미친…… 사, 산삼 뭐?"

"누가 메모지 좀 가져와!"

"최! 다시 불러 줘!"

종혁은 눈이 돌아간 회원들의 모습에 고개를 저으며 탈의실로 향했고, 회원들은 그런 종혁을 뒤따랐다.

평소와 다를 게 없는 모습이었다.

그렇게 아침 운동을 끝내고 샤워까지 마친 종혁은 개운한 기분으로 출근을 했다.

"최."

"오우, 최! 왔어?"

"출근길은? 막히지 않았고?"

"다들 최가 출근하는 전용 도로를 만드는 거 어때?"

"오오! 좋은 의견!"

오늘따라 유독 반기는 FBI 요원들.

그럴 수밖에 없다.

에덤 크루거를 검거함으로써 이 사무실에 있는 모든 요원들에게 상여금이 내려졌기 때문이다.

하마터면 뉴욕주에 있는 천여 명의 재향군인회 회원들이 거리에 나앉을 뻔했다. 이 나라를 지키기 위해 목숨을 바친 군인들과 그들의 유가족이.

만약 에덤 크루거를 검거하지 못했다?

그럼 뉴욕주의 주지사 모가지부터 날아가는 거다.

그걸 막았으니 500퍼센트 상여금은 아무것도 아니었다.

'거기다…….'

탕비실에서 커피를 따르던 종혁이 탕비실 한쪽 벽에 걸린 상패를 보곤 피식 웃는다.

대통령 감사패.

미 대통령의 이름으로 표창장이 하사됐고, 그 외에도 미 국방부 장관과 아메리칸 리전의 회장 등 군 조직과 관련되어 있는 단체의 정점에 있는 양반들이 감사패를 전해 왔다.

에덤 크루거가 검거된 후 피해자의 숫자가 발표된 바로 다음 날 말이다.

"이 동네는 이런 게 빨라서 좋네."

회귀 전의 한국이었다면 이런 표창장이 내려오기까지 꽤 시간이 걸렸을 터였다. 물론 지금은 경찰 복지의 일환으로 빠릿빠릿하게 처리하지만 말이다.

"그나저나 설계자라……."

종혁의 눈이 가늘어진다.

코라 인베스트먼트의 대표가 말한 설계자의 존재.

설계자.

종혁으로선 낯선 개념이나 존재가 아니다. 한국에도 이런 범죄 설계자가 존재하니 말이다.

소정의 돈을 받고 범죄를 설계해 주는 설계자.

범죄를 저지르고 수사기관을 따돌리는 데서 쾌락을 느끼는 게 아니라, 자신이 설계해 준 범죄가 성공하는 것에서 쾌락을 느끼는 진성 변태들.

설계도를 팔았다는 걸 입증할 수 없기에 아주 골치 아픈 놈들인데, 거슬리는 점이 있다.

"이 동네는 설계자가 영업도 뛰나?"

너도나도 설계도를 사길 원하니 콧대가 하늘을 뚫는 설계자들. 그건 이 미국도 마찬가지일 수밖에 없다.

'초짜 설계자가 아니고서야. 게다가……'

계속 놈들을 신경 써서 그런지 왜인지 놈들의 냄새가 나는 것 같다.

최근에야 행보가 약간 달라지긴 했지만, 웬만해선 모습을 드러내지 않은 채 범죄를 지휘하는 놈들 조직.

설계자와 놈들 조직의 방식이 유사하긴 하다.

코를 긁적이던 종혁은 혀를 찼다.

"쯧."

이 설계자란 놈이 놈들의 조직원인지 아닌지는 둘째 치고, 이놈을 어떻게 잡아야 할지가 막막하다.

마치 똥을 싸다 끊은 듯한 기분에 종혁은 머리를 벅벅 긁으며 자리로 향했다.

그때였다.

"최."

종혁은 개인 사무실에서 고개만 빼꼼 내민 채 부르는 캘리 그레이스에게 다가갔다.

"무슨 일이세요?"

"음. 이제 한국으로 복귀해야 하는 게 네 달 정도 남았나?"

그녀는 그렇게 말하며 전화기 앞 책상을 두드렸다.

빨간 불이 들어와 있는 내선 전화기.

종혁은 눈을 빛냈다.

"지금이 4월이니까 아무래도 그렇죠. 확실히 정해진 건 아닙니다."

웬만하면 박종명 경찰청장이 임기를 다 마치고 물러날 때까지 FBI에서 있고 싶다. 물론 한국과 러시아에서 수작을 부리고 있는 놈들 때문에 불가능하지만 말이다.

"흠. 그렇단 말이지. 그래서 하는 말인데……."

"홍보부 같은 곳에 파견 가라는 거라면 안 갈 겁니다."

코라 인베스트먼트 사건을 해결한 후 인터뷰 요청이 쇄도하기 시작한 FBI 뉴욕지국.

종혁은 거기에 어울려 광대놀음을 하고 싶지 않았다.

하지만…….

"뭐 FBI 시스템을 정리한 파일을 넘겨주시고, 한국으로 복귀하기 보름 전에 전 부서를 순환할 기회를 준다면 생각해 보죠."

어느 부서든 간에 배울 점은 많았고, 그렇다면 그만큼 다양한 부서를 경험해서 나쁠 건 없었다.

한국 경찰의 부족한 점들을 메우려면 FBI의 시스템과 노하우를 조금이라도 더 면밀히 살필 필요가 있었다.

'보름이면 충분하지.'

"뭣?!"

펄쩍 뛰는 캘리 그레이스.

"아니, 그건……."

"아니면 안 합니다."

종혁의 단호한 대답에 캘리 그레이스는 미간을 좁힌 채 선뜻 대답하지 못했다.

종혁이 요구하는 FBI 시스템을 정리한 자료에는 극비 문서도 포함되어 있기 때문이다.

그 순간이었다.

똑똑!

"보스! 대통령 경선 후보가 찾아왔습니다."

"나를?"

의아해하며 일어서면서도 시간을 벌 수 있어서 다행이라고 생각한 캘리 그레이스. 그만큼 종혁의 요구는 약간 무리한 일이었다.

'에라이.'

종혁은 조금만 더 밀어붙였으면 성사됐을 일이 어그러지자 원망을 담아 요원을 노려봤지만, 요원은 무슨 일인지 캘리 그레이스의 눈치를 보며 종혁을 힐끗거린다.

'뭐지?'

"어…… 부른 대상이 보스가 아닙니다."

"그럼?"

요원은 슬그머니 종혁을 봤고, 종혁은 눈을 껌뻑였다.

"엥?"

'나를? 왜?'

종혁의 눈 깜빡임이 더 빨라졌다.

* * *

"반가워요."

스태파니 퀸스 클린턴.

통칭 여왕님.

대통령 영부인 출신으로, 현재 이곳 뉴욕주를 구역으로 삼은 민주당의 상원의원이자 대선 경선 후보.

2008년 경선에서는 아쉽게도 패하지만 국무장관의 자리에 오르고, 훗날 미국 역사상 최초로 여성대통령 후보로 선출된 인물이다.

'그리고 말도 많고, 탈도 많은 양반이지.'

한국이나 미국이나 정치인은 도통 믿음이 가지 않는다. 현몽준 당대표는 약간 다르지만 말이다.

'이 양반이 왜 날 보자고 했을까.'

종혁은 머릿속으로 그녀의 의도가 무엇일까 고민하면서도 내색하지 않은 채 싱긋 웃으며 그녀의 악수를 받았다.

"한국에서 연수를 온 최종혁 경정입니다. 최가 성입니다."

벤과 드롭도 악수를 나눈다.

"한국. 저희 미국의 오랜 우방이죠. 다시 한번 이 나라

장병들의 목숨값을 지켜 줘서 고마워요."

좌라라라라!

격렬하게 터지는 플래시 세례.

스태파니 클린턴의 눈을 본 종혁은 살짝 놀랐다.

'진심이군.'

실제로는 별다른 관심도 없으면서 여론에 얼굴을 비추는 전시 행정이 아닌, 진심으로 재향군인회를 구원해 준 것에 감사해하고 있다.

여타 정치인들과는 다른 그녀의 모습에 종혁의 표정이 묘해졌다.

'이건 정말 부럽네. 시부럴.'

"아닙니다. 경찰로서, FBI 요원으로서 해야 할 일을 했을 뿐입니다."

"훌륭하군요. 앉을까요?"

"앉으시죠."

소파에 앉은 스태파니 클린턴이 차를 권하며 자기 몫의 차를 홀짝인다.

"솔직히 먼저 이야기를 듣긴 했지만, 아직도 잘 이해가 되지 않아요."

밥을 먹다 뒷자리에서 들린 대화에서 시작된 이번 수사.

"실례가 안 된다면 어떻게 된 일인지 처음부터 말해 줄 수 있을까요?"

벤, 드롭과 눈빛을 교환한 종혁은 그러겠다는 듯 고개

를 끄덕이며 입을 열었다.

"저희가 이번 사건에 대해, 그리고 에덤 크루거라는 죽일 놈의 사기꾼에 대해 의심을 했던 순간은 약 두 달 전 월 스트리트 시위 통제에 지원을 나가면서……."

시작된 그날의 이야기.

월 스트리트라는 부분에서 약간 표정이 흔들린 그녀는 이내 종혁의 이야기에 흠뻑 빠져들었다.

"제게 시간을 내줘서 고마워요, 최. 내 도움이 필요하면 언제든 연락 줘요."

'휘유.'

거물 의원의 백지수표.

솔직히 혹한다.

"그리고 이 나라를 지켜 줘서 고마워요. 당신들도 제 도움이 필요하면 언제든 말해 주세요."

"아, 아닙니다. 의원님."

"앞으로도 뉴욕을 잘 부탁드릴게요."

벤과 드롭, 종혁의 어깨를 두드린 그녀는 여전히 미소를 머금은 채 멀어졌고, 벤과 드롭은 드디어 좋으면서도 지옥 같았던 시간이 끝나자 한숨을 길게 내쉬었다.

"최."

짜악!

하이파이브를 하는 셋.

"진짜 스테이크 사는 겁니다."

"지금 스테이크가 문제겠어?!"

미국의 여왕님과 사진을 찍었다. 뉴욕주의 상원의원이자 강력한 대선 경선 후보이며, 최초의 여자 대통령이 될 것이라 추정되는 스태파니 클린턴과.

거기다 스태파니 클린턴이 소액의 백지수표를 제시했다.

앞으로의 승진은 탄탄대로라고 볼 수 있었다.

종혁은 고개를 끄덕였다.

그건 맞는 말이었다.

'설혹 대통령이 되지 않아도 그녀의 경력이 어딜 가는 건 아니지.'

말도 많고 탈도 많아 훗날엔 비호감이 된다고 해도 말이다.

'흠. 대선 경선 후보라…….'

종혁이 잠시 생각에 잠긴다.

'이걸 개입해? 말아?'

"최."

"응? 왜요?"

무슨 일인지 심각한 표정으로 말하는 드롭.

"정말 내 딸은 어때? 아직 많이 어리긴 하지만…….'

"에라이!"

"컥!"

헛소리를 하는 드롭에게 드롭킥을 날린 종혁은 고개를 저으며 사무실로 향했고, 벤은 드롭의 와이프에게 전화를 걸며 종혁의 뒤를 쫓았다.

"벤지? 지금 드롭이 뭐라고 했냐면……."

"아, 안 돼―!"

* * *

스태파니 클린턴과의 인터뷰 때문인지 종혁의 요구는 그대로 받아들여졌고, 모레부터 홍보부에 파견 형식으로 출근을 하기로 했다.

과르릉!

퇴근 후 지하주차장에 주차를 하는 종혁.

"네, 나탈리아. 러시아는 현 미국 대선에 대해 어떻게 생각하나요?"

―이번 미국 대선은 민주당이 될 거라고 여기고 있어요.

공화당인 현 대통령이 워낙 똥을 싸 놨기에 거의 대부분 그렇게 여기고 있다.

"이번 민주당 경선에서 우승할 것 같은 후보는 꼽았어요?"

―그건 딱히 중요하지 않아요.

선거 로비는 대선 후보가 정해졌을 때 해도 늦지 않다. 어차피 나라와 나라의 거래이니 말이다.

―그래도 스태파니 클린턴이 유력하죠.

"그래요? 지금 지고 있는데?"

―이 정도면 치열한 거죠. 그리고 그녀에겐 역전의 기

회가 남아 있고요.

아직 8개 주가 남아 있는 5월과 6월 경선.

스태파니 클린턴이 이 8개 주에서 모두 승리한다면 그녀가 민주당의 대통령 후보가 될 것이다.

-거기다…….

"음?"

-그녀의 텃밭인 뉴욕에 있는 누군가가 미국 군인들의 핏값을 지켜 냈죠.

모든 미국인의 존경을 받는 미군이다. 그건 현역이 아닌 재향군인이라 할지라도 마찬가지.

이들을 구한 영웅의 지지를 받을 수만 있다면 다량의 표를 확보하는 게 가능할 터였다.

"아하?"

'고게 있었네?'

미국이 군인을 어떻게 대우하는지 충분히 인식하고 있었음에도 한국 군인의 처우 문제를 고민하느라 무심코 넘겨 버렸다.

이제야 스태파니 클린턴이 찾아온 이유를 완벽하게 이해한 종혁이 눈을 빛낸다.

'이러면 정말 어떻게 될지 모른다는 건데…….'

회귀 전, 역전은커녕 5월과 6월 경선이 절반이 채 지나기도 전에 완벽히 패배해 버린 스태파니 클린턴.

종혁의 머리가 빠르게 돌아가기 시작했다.

-최는 누가 될 거라고 생각하나요?

"글쎄요. 누가 됐건 현재의 미국을 지옥에서 건져 올려줄 강력한 리더십을 갖춘…… 음?"

시동을 끄며 차에서 내리던 종혁은 지하 계단 앞에서 서성이는 한 흑인 중년인을 발견하곤 그대로 멈췄다.

'이것 봐라?'

"……그 부분은 나중에 통화하죠. 손님이 오셨네요."

통화를 종료한 종혁은 흑인에게 손을 내밀었다.

"반갑습니다, 루터 후보님. 최종혁입니다."

"타국인이 저를 알아봐 주실 줄 몰랐군요. 반갑습니다. 버락 던햄 루터입니다."

버락 루터는 특유의 선한 웃음을 지으며 미국의 영웅에게 악수를 청했다.

* * *

"앉으시죠."

종혁의 권유에 소파에 앉은 버락 루터가 종혁의 펜트하우스 안을 둘러보며 묘한 표정을 짓는다.

미국의 정치인이기 전에 한 사람의 미국 시민으로서 종혁에게 감사의 뜻을 표하러 왔던 그.

시간이 없어 감사 인사와 작은 부탁만 하고 돌아갈 예정이었는데, 찾아온 손님을 그냥 보내는 건 예법에 어긋난다는 권유에 이렇게 종혁의 보금자리까지 올라오게 됐다.

"집은 넓지만 남자 혼자 사는 집이라서 그런지 대접할 게 별로 없네요."

버락 루터는 앞에 놓이는 국화차에 눈을 껌뻑였다.

"……한국인은 꽃도 먹나 보군요. 아름다움을 좋아하는 민족인 것 같습니다."

"차나 커피도 결국엔 식물의 일종이죠. 근육 이완과 스트레스를 완화하는 데 도움이 되실 겁니다."

"스트레스?"

"따뜻할 때 드셔 보세요."

버락 루터는 미심쩍어하면서도 성의를 봐서 국화차를 입에 가져갔다.

후룩!

"음? 으음……."

오묘한 탄성이 흘러나오는 그의 입.

농축된 국화 특유의 향기와 쌉쌀한 뒷맛이 입안을 차분하게 적신다.

종혁의 말 때문인지 살짝 이완이 되는 것 같은 굳은 어깨.

버락 루터가 신기하다는 듯 찻물 안에서 활짝 핀 국화꽃을 응시했다.

헌화의 상징인 국화.

그래서 약간 떨떠름했는데 썩 나쁘지 않았다.

종혁은 국화차가 마음에 들었는지 차분히 차를 즐기는 그의 모습을 가만히 응시했다.

'버락 던햄 루터.'

다음 대 미국의 대통령이자, 미국 역사상 최초의 흑인 및 유색 인종 대통령.

'그리고······.'

'루터 케어'라는 서민 및 빈민을 위한 복지를 펼치며 사람이 사람답게 살 수 있는 미국을 만든 대통령이다.

물론 이 루터 케어의 대상인 서민 및 빈민들 중 다수가 흑인이나 소수의 유색 인종이다 보니 말이 참 많긴 했다.

실제로 루터 케어의 혜택을 직격으로 받은 흑인들 일부는 드디어 흑인들의 세상이 됐다고 기고만장해져 공식석상에서 다백인 및 다른 유색 인종들을 서슴없이 비하했고, 이것에 선동된 멍청한 것들이 역으로 인종 차별이나 인종증오범죄를 저지르기 시작했다.

물론 그런 놈들은 모두 국민과 법의 심판을 받아야 했다.

루터 케어를 한마디로 요약하자면 다수에겐 성공했지만, 소수에겐 실패한 정책이라고 볼 수 있었다.

'그뿐만 아니지.'

버락 루터의 진짜 업적은 바로 서브프라임 모기지에 박살이 난 미국을 고작 8년 만에 거의 원상태로 되돌렸다는 것.

그러며 흑인을 비롯하여 차별받던 이들이 활발하게 사회 진출을 할 수 있는 세상을 만들면서 노벨평화상까지 받은 버락 루터.

'솔직히 월 스트리트의 지원을 받으면서도 월 스트리트

를 깎아내리는 스태파니 클린턴보다는 백배, 천배 나아.'

스태파니 클린턴은 겉과 속이 다름에도 그걸 들키고 마는 부주의한 사람이다. 그것도 모자라 그걸 감추기 위해 거짓말을 함으로써 시민들에게 비호감을 사는 인물.

반면 버락 루터는 상류층 백인들에겐 지지를 받지 못하더라도 서민과 빈민층들에겐 압도적인 지지를 받는다.

그 덕분에 퇴임 후에도 정재계에 막대한 영향력을 끼치는 인물.

'쩝.'

종혁은 속으로 입맛을 다셨다.

종혁 자신의 선택으로 역사가 어그러지고, 그 결과 누군가는 불행해질 수도 있는 상황.

설령 그 근본적인 원인이 자신에게 있는 것이 아니라 할지라도, 종혁으로서는 그들에게 양심의 가책을 느낄 수밖에 없었다.

버락 루터도 그게 뒤바뀐 역사라는 사실은 모를 테지만, 그러한 결과가 나올 수 있음을 느끼고 이렇게 찾아온 것일 터.

다만 무작정 자신의 편이 되어 달라고 할 수도 없으니 어떻게 말을 꺼내야 할까 고민스러울 것이 분명했다.

'흐음…… 한번 시험해 볼까?'

양심의 가책을 받는다고 해도 이건 이거고, 저건 저거다.

본래의 역사 더 올바른 길로 나아간 것인지는 아무도

알 수 없는 일.

종혁은 자신의 두 눈으로 확인하고 판단을 내리고 싶었다.

"입에는 좀 맞으십니까?"

"아! 후우, 이런. 제가 처음 맛보는 맛에 너무 흠뻑 빠졌나 보군요. 최 요원, 고국을 위해 헌신한 군인들과 그 유가족의 목숨값을 지켜 줘서 고맙습니다."

"아닙니다. 경찰로서, FBI 요원으로서 해야 할 일을 했을 뿐입니다."

스태파니 클린턴에게도 했던 대답.

진심으로 그렇게 생각하기에 종혁의 눈빛에는 한 점에 가식도 섞여 있지 않았다.

그 눈빛을 본 버락 루터는 감탄하며 웃음을 터뜨렸다.

"……으하핫! 정말 훌륭하군요. 그래도 다시 한번 말하겠습니다. 미국인이 아님에도 미국인을 위해 끝까지 매달려 주셔서 고맙습니다. 이런 사기가 끊이지 않는 것이 창피할 따름입니다."

"걱정이 많으신가 보군요."

"미국은 사기에 취약하니까요."

"총기와 아메리칸드림 때문에 말이죠."

흠칫!

'호오?'

버락 루터는 종혁을 보며 묘한 미소를 지었다. 종혁이 미국 사회의 문제점을 정확하게 짚어 냈기 때문이다.

총기 사건이 매일같이 뉴스를 타면서 어떻게 보면 범죄에 대한 인식의 범위가 좁아진 미국.

그런 미국의 국민들은 언제나 아메리칸드림을 꿈꾼다.

버락 루터는 찻물을 한 모금 마시며 입을 열었다.

"교육 문제도 있죠."

사립과 공립학교 간 교육의 질이 심각할 정도로 차이가 나는 미국.

문제는 제대로 된 교육을 받고 싶어도 사립학교는 학비가 지나치게 비싸고, 공립학교는 제대로 된 정부의 지원이 없어 학생들을 잘 가르치고 싶어도 가르칠 수 없는 상황이라는 점이다.

빈부격차로 인한 교육의 차이가 또다시 빈부격차를 만들어 내는 악순환.

종혁은 그런 그의 말에 고개를 저었다.

"그건 별 의미가 없습니다. 똑똑하다고 사기를 당하지 않는 것도 아니고, 선동을 당하지 않는 것도 아니니까요."

다만 제대로 배우지 못한 사람보다 사기를 당하지 않을 확률이 높을 뿐이다. 사기꾼이 작정하면 대통령도 당하는 게 사기다.

"흠. 현장에선 그렇게 판단을 하나 보군요."

"사기는 인간의 원초적인 욕구를 건드리니까요."

"……돈. 아메리칸드림. 성공의 지표."

종혁은 고개를 끄덕였다.

"물론 범죄 유형 전체로 보면 제대로 교육받지 못한 사람이 범죄자가 될 확률이 제대로 교육받은 사람보다 월등히 높습니다. 학교에서 가르치는 글과 수학이 아닌, 인내와 책임을 배우지 못한 이들이 말이죠."

"인내? 책임?"

생각지 못한 말이었던 것일까.

버락 루터가 가슴께 앞에 팔짱을 끼며 생각에 잠긴다.

"인내라……. 그러면 학교 문제와는 상관없다고 보시는 겁니까?"

"그건 아닙니다. 결국 학교라는 작은 사회 안에서 인내와 책임 또한 기르게 되는 거니까요."

배우지 못해서 범죄자가 된다?

그것만큼 개소리도 없다.

대체 배우지 못한다의 기준이 뭘까.

성적? 지식?

어떠한 사정에 의해 배우지 못해도 정도를 잘 지키며 사는 사람이 수백 배, 수천 배 많다.

그건 범죄자가 면피를 위해 지껄이는 말이고, 시청률을 위해 동정 여론을 불러일으킬 필요가 있는 언론의 프레임일 뿐이다.

"……마치 심리학자나 철학자 같은 말이군요."

평론가 같은 말이기도 하다.

"죄는 미워하되 사람은 미워하지 마라, 제가 가장 싫어하는 말입니다."

흥미롭다. 버락 루터 역시 그 부분에 대해서 종혁과 비슷한 견해이기 때문이다.

또한 교육은 그가 생각하는 복지 정책에 있어 가장 중요한 부분 중 하나.

팔짱을 푼 그의 상체가 종혁을 향해 기울어진다.

"그렇다면 인내와 책임을 기르기 위해선 어떻게 해야 된다고 보십니까."

아주 예전부터 자신이 계획하던 정책에 필요할 것 같은 조각.

그래서인지 그는 종혁에게 투자할 시간이 얼마 없다는 것을 잊으며 질문을 던졌고, 종혁은 재밌다는 듯 웃었다.

'이 양반 보소?'

스스럼없이 의견을 구한다.

성공한 자의 특징 중 하나다.

종혁은 이야기를 들으려는 자세를 취하는 그의 모습에 보다 진지해졌다.

"일단 공립학교에 대한 지원과 선생들의 월급부터 올려야 합니다."

흠칫!

"흠. 이건 생각지 못한 견해군요. 계속 들을 수 있을까요?"

"현재 미국에서 범죄를 저지른 범죄자들의 학력을 보면 60퍼센트 이상이 공립학교 출신입니다."

그 이유를 살펴보면 가관이다.

학교 자체의 예산도 예산이지만, 일용직 노가다꾼보다 벌이가 적은 공립학교 선생들.

그렇다 보니 옛날의 한국처럼 촌지가 판을 치고, 선생들은 노력한 만큼 대가를 받지 못하니 의욕이 없다.

이렇게 선생들이 의욕이 없으니 엇나가는 학생들을 케어할 수 없고, 학생들도 그런 선생을 업신여기며 더욱 엇나가게 된다.

이 또한 악순환의 반복이었다.

'그리고 이건 한국도 다를 게 없지.'

"통렬하군요."

"그리고 학교의 문제를 해결하는 것만으로는 부족합니다. 학교 밖에서의 생활, 주변 환경의 문제도 해결해야 합니다."

대표적으로 흑인들만의 독특한 문화인 Thug와 Homie 문화.

Thug 문화는 쉽게 말해 다른 인종과 어울리는 흑인을 흑인답지 않다며 따돌리는, 그들만의 울타리에서 벗어나면 안 된다며 억압하는 문화다.

그리고 Homie 문화는 성공한 흑인이 가난했던 시절을 잊지 않고, 어린 시절 함께했던 가족과 친척뿐만 아니라 고향 사람들을 모두 부양해야 된다는 문화다.

타 인종에게 배타적이면서도 이기적이고, 게으름뱅이를 양산하는 문화.

이것도 문제인데, 흑인의 미혼모 비율과 고아 비율이

꽹장히 높다는 것도 문제다. 즉, 가정 환경이 불우할 수밖에 없단 소리다.

이 부분은 흑인인 버락 루터도 비호할 수 없는 문화였다.

"아니, 흑인뿐만이 아닙니다. 상당수의 미국인이, 미국의 다음 세대를 이끌어 가야 할 아이들이 불우한 환경에 처해 있습니다. 그러나 문제를 알고 있어도 해결하긴 쉽지 않으실 겁니다."

"엄청난 반발이 뒤따를 테죠."

극단적 자유주의와 개인주의를 부르짖는 미국이다.

이러한 정책을 앞세운다면 버락 루터 자신의 강력한 지지자인 서민들부터 가정일에 간섭을 한다며, 문화를 말살하려 든다며 등을 돌릴 거다.

'흐으응.'

종혁이 속으로 재밌어 한다.

'흑인이 아니라 미국인을 신경 쓰고 있다는 건가?'

종혁은 미간을 찌푸리는 그를 보며 나른하게 웃었다.

"후보님, 교육기관의 궁극적인 목표가 무엇일 것 같습니까?"

"인성을 키우는 것입니…… 아!"

"각 인종 특유의 문화를 잘못됐다고 지적하라는 게 아닙니다. 인성을 가르치라는 거죠."

인성이 좋아지면 인내와 책임감은 자연스럽게 늘어난다. 또 인내와 책임을 통해 인성이 좋아진다.

"자연스럽게 화합시켜야 합니다."

"상식이라는 기준을 세워서? ……아, 그래서 교사들의 월급을!"

잘못된 걸 자연스럽게 깨닫게 만들 존재가 누굴까.

부모가 그 역할을 하지 못한다면 교육자가 가르쳐야 한다.

결코 편협하지 않은 시선으로.

외부의 압력을 이겨 내면서.

교사들조차 인종 차별을 비롯한 각종 차별을 하는 게 미국. 그런 교사들을 걸러 내면서 교사들과 학교에 대한 지원이 커져야 하는 거다.

"그리고 아주 길게 봐야 하죠."

지금 자라나고 있는 아이들이 장성하고 늙을 때까지.

세대에 세대를 거듭해야 된다.

너무도 이상적인 이야기지만 그래도 해야 된다.

그래야 바뀌게 되는 거다.

덥썩!

돌연 종혁의 손을 붙잡은 버락 루터가 웃음을 터트린다.

교육에 대한 지원의 중요성을 모를 리 없는 버락 루터다.

이것 역시 그의 공약 중 하나.

하지만 종혁과 같은 시점으로 접근을 한 건 아니다.

보다 평등하고 차별 없는 교육을 위해 학교에 대한 지원을 늘리며 여태껏 소외받았던 이들에게 기회를 주자는 것이 골자이지, 종혁처럼 교육자를 지원해야 한다는 발상은 하질 못했다.

'맞아! 나도 선생님의 훈육이 있었기에 엇나가지 않을 수 있었지!'

어렸을 적 말썽꾸러기라는 말이 우스울 정도로 망나니였던 버락 루터. 그는 교육에 대한 공약의 마지막 피스를 찾은 것 같아 속이 후련했다.

"하하핫! 이거 제 캠프에 모셔야 될 분을 이렇게 만나게 됐군요!"

"하하. 죄송합니다. 정부와 수사기관은 약간 내외하는 게 좋다고 생각하는 타입이라서요."

"저런. 아쉽군요. 그래도 훌륭하신 의견입니다."

"전 이런 타국인의 말을 귀담아들으시는 후보님이 더 훌륭하시다고 생각합니다."

"아뇨, 아뇨. 이럴수록 문제를 냉정하게 바라봐야죠. 제삼자의 시선으로요."

버락 루터는 그렇게 말하며 재밌다는 눈빛을 지었다.

부탁을 하러 왔다가 뜻이 맞는 친구를 만난 느낌.

"그럼 최는 앞으로 이 나라 정부가 흑인을 비롯한 그동안 소외받았던 이들에게 어떤 대우를 해야 한다고 보십니까?"

"제가 타국의 정책을 가지고 이래라저래라 말할 입장이 아니지만, 경찰인 제 입장으로서 말하자면 공평한 처벌이 필요합니다."

"그동안 받았던 피해부터 보상을 해야 하는 게 아니라요?"

"물론 그것도 필요합니다. 하지만 계속 퍼 주기만 한다면 결국 후보님의 공약 대상인 서민들의 미래를 죽이게 될 겁니다."

무분별한 복지는 뉴욕 할렘의 거지에게 백만 달러를 안겨 주는 것과 다르지 않기 때문이다.

물론 이로 인해 혜택을 보는 사람이 훨씬 많을 테지만, 문제는 욕심이 많은 소수다.

"이들이 물을 흐리기 시작하면, 아무리 좋은 뜻에서 시작한 복지라도 그 욕은 후보님께서 들을 수밖에 없습니다."

이 말에 버락 루터의 눈이 흔들린다.

"그 부분은 저와 의견이 다르군요. 최 요원, 인간은……."

"대다수가 편리함을 추구하는 존재입니다. 고대로부터 그래 왔지만, 현재는 더욱 그렇습니다. 세상의 발전도 이 편함을 위해 진화되어 왔으니까요."

손을 뻗으면 모든 게 다 있는 세상이다.

집에서도 원하는 모든 걸 살 수 있는 세상이다.

향상심이 없는 사람이라면 자연스럽게 나태해질 수밖에 없는 환경이 바로 현대인 거다.

"나태……."

버락 루터의 눈이 더 크게 흔들린다.

"그리고 특정 부류의 사람들에게 편중된 복지는 그동안 성실히 세금을 납부하던 사람들의 반발을 불러올 겁니다."

지금까지 이들이 정당하게 누리던 권리가 축소되면 안 된다. 절대로.

"인종과 계층의 갈등이 심해질 거라는 겁니까?"

"복지를 받는 사람들 중 소수의 뻔뻔함이 그렇게 만들 겁니다. 나는, 우리는 여태까지 피해를 봤으니까 이 정도는 받아도 되잖아? 너흰 돈이 많으니까 조금만 나눠 줄 수 있잖아? 다들 안 그래? 이런 말로요."

"맙소사."

"억눌려 왔던 게 터지는 거? 예, 이해합니다. 그럴 수 있죠. 하지만 그건 무조건 잘못된 방향으로 터지게 될 겁니다."

인간은 한 번 쥔 것을 놓지 않기 위해 무슨 짓이든 저지를 존재다. 그리고 인간은 인간이기에 서로 뭉칠 수밖에 없고, 그렇게 만들어진 집단은 개인의 양심을 무시해 버린다.

"인간의 이런 면모는 후보님께서도 아주 잘 아시고 계시겠죠."

"하지만……."

그건 욕심이 많은 사람들의 이야기다.

"좋은 삶을 위해 오늘도 노력하는 평범한 사람들은 다를…… 빌어먹을."

그제야 종혁의 커리어가 그의 머릿속에 떠오른다.

현재 FBI도 차용한 수사기법을 창시한 천재.

심리학의 대가. 책상머리에 앉아 연구만 하는 게 아니

라 실제로 현장에서 뛰며 온갖 부류의 인간들을 만나 온 경찰.

그래서 더 만나려 했다는 걸 잊어버렸던 버락 루터는 이를 악물었다.

종혁이 언급한 그 소수의 악한 사람들이 사회를 병들게 하고, 선량한 피해자들은 그들의 감언이설에 따르게 된다.

종혁은 자괴감에 빠지려는 그를 달래듯 입을 열었다.

"이러니 방금 전 후보님이 말하신 상식을 기준 삼아 인성을 가르쳐야 한다는 겁니다."

"……이래서 교육에 대해 말하신 거군요."

버락 루터는 고개를 저었다.

"후우. 정말 캠프에 데려가고 싶네요."

'대단하군.'

욕심난다. 완벽하다 생각했던 정책을 통렬하게 비판하면서 부족한 부분을 잡아 주는 것도 모자라, 이렇게 젊은 나이임에도 결코 지지 않은 채 스스로의 의견을 피력한다. 버락 루터 자신 같은 정치인에게.

버락 루터는 최종혁이란 사람이 욕심나기 시작했다.

지이잉! 지이잉!

"이런. 아쉽군요. 오늘 밤이 새도록 이야기를 나누고 싶지만, 아무래도 시간이 다 된 것 같습니다."

"쩝. 저도 아쉽군요. 아, 잠시만요."

종혁은 백지수표에 숫자를 적어 내밀었다.

"뜻을 펼치시는 데 보탬이 됐으면 좋겠습니다."

"하하. 이런 것을 바란 게 아닌……."

수표에 써진 금액을 확인한 버락 루터가 눈을 부릅뜬다.

1억 달러.

종혁은 그런 그를 보며 엷게 웃었다.

시험 통과였다.

'마냥 이상론자였다면 달리 생각했을 테지만……'

종혁은 그에게 한 가지 선물을 더 주기로 했다.

"후보님, 현재 미국의 상황은 어떻다고 보십니까?"

"서브프라임 모기지로 인해 지옥을 겪고 있죠."

미국은 이걸 견디고 이겨 내야 한다. 이것이 그가 대통령 후보가 됐을 때 내세울 슬로건이 될 것이다.

"역시 아시는군요. 그런데 러시아에 있는 제 친구들이 모두 입을 모아 말하더군요. 이건 고작 지옥의 입구에 불과하다고. 미국은 미국 스스로 지옥의 입구를 넘을 거라고."

쿵!

현재는 장난으로 치부되는 진짜 최악이 도래할 거다.

그 말에 눈을 부릅뜨며 종혁을 한참 동안 응시하던 버락 루터는 보좌관에게 전화를 걸었다.

1억 달러를 가볍게 내는 천재의 친구가 일반적인 사람일까.

거기다 러시아다.

"내일 오전까지 모든 스케줄을 취소해 주세요. 아무래도 이야기가 좀 길어질 것 같으니!"

ㅡ헉! 후보님! 내일은 사우스다코다주에서……!

통화를 종료한 버락 루터는 종혁에게, 갑자기 거대 후원자가 된 종혁에게 빈 찻잔을 내밀었다.

"한 잔 더 부탁드려도 되겠습니까?"

"얼마든지요."

종혁은 옅게 웃으며 몸을 일으켰다.

* * *

이른 아침, 지하주차장을 빠져나가는 차에 탄 버락 루터가 눈을 가늘게 뜬다.

'쓴 시간이 아깝지 않을 만큼 유익했던 대화지만…….'

마치 악마의 유혹처럼 자연스럽게 빠져들었던 종혁과의 대화. 화술이 대단해서 시간이 가는 줄 몰랐다.

그러나…….

그는 보좌관을 봤다.

"오늘 만난 최에 대해 자세히 조사해 봐요."

"예, 알겠습니다."

고개를 끄덕인 버락 루터는 시트에 등을 묻으며 생각에 잠겼다.

'천재. 그리고 러시아라…….'

한편 테라스에 서서 멀어지는 그의 자동차를 보던 종혁은 머리를 긁적였다.

"뭐, 이 정도로 해 줬으니 좀 더 봐주겠지?"

미국 경제가 주저앉으면 미국 정부는 어떤 입장을 취할까.

가장 손쉬운 방법은 바로 국민들의 시선을 돌리고 분노를 집중시킬 역적을 만드는 거다.

이 사태를 불러일으킨 원흉이지만, 모든 정치인과 밀접한 관계를 가지고 있어 쉬이 건드릴 수 없는 월가의 괴물들이 아니라 때려죽여도 별 상관이 없는 역적을.

이 지옥 속에서 이득을 본 역적을.

거기에 권&박 홀딩스가 엮이지 않는다는 보장이 없다. 아니, 무조건 엮일 것이다.

그걸 막는 김에 미국 대통령이라는 강력한 패도 얻었다.

'이 패를 어디다 쓸지는 생각해 봐야겠지만……'

일단은 버락 루터의 선거에 개입을 해도 좋을 것 같다.

거창하게 뭘 하겠다는 건 아니지만, 그래도 자신 때문에 어그러질 수 있는 역사 정도는 바로잡아야 할 듯싶었다.

종혁은 핸드폰을 들었다.

"예, 헨리. 기빙을 움직일 수 있겠습니까?"

'그리고 저 양반이 접근하게 둔 의도가 뭡니까?'

아무래도 오늘 아침 운동은 가지 못할 것 같았다.

* * *

"푸하!"

세면을 마친 종혁이 거울을 보며 한숨을 푹 내쉰다.

드디어 분장을 벗고 제 모습을 찾은 얼굴.

오늘 하루 답답해 죽는 줄 알았다. 아니, 지난 일주일 동안 카메라 앞에서 팔자에도 없는 가식적인 미소를 짓느라 얼굴에 경련이 일어나는 줄 알았다.

"최."

종혁은 드롭이 내미는 담배를 물었다.

드롭과 벤도 혼이 나간 얼굴로 담배를 문다.

찰칵! 치이익!

"후우우. 최, 드롭. 이번 인터뷰는 좀 심한 것 같지 않았어?"

오늘따라 유독 힘들었던 인터뷰.

사건이 아닌 정치와 사회적인 문제를 거론해서 대답하느라 혼이 났다. 종혁이 현명하게 대처하지 않았다면 정말 큰일이 났을 거다.

"여기 방송국이 공화당 계열이래요."

"빌어먹을. 어쩐지……."

찍힌 거다. 민주당 후보인 스태파니 클린턴과 버락 루터와 먼저 인터뷰를 했다고.

15억 달러라는 엄청난 자본으로 등장부터 센세이션을

일으키고, 이번 사건에서 큰 몫을 해낸 복지재단 기빙이 버락 루터를 지지한다는 발언을 한 이후 공화당 계열의 방송국들이 선을 넘기 시작했다.

아니, 심지어 버락 루터와 대립하는 민주당 의원들의 입김을 받은 것으로 확인된 방송국에서도 그랬다.

"Fuck! 그게 우리와 무슨 상관이냐고!"

사건에 대한 인터뷰만 하면 되는데, 현재 경선을 치르는 후보들의 공약에 대한 문제점을 왜 물어보는 건가.

어떻게 안 건지 몰라도 종혁이 센트럴파크뷰의 최고급 아파트에 산다는 것을 언급하며 비리 요원으로 몰아가려고도 했다.

자신들은 그저 공무원, 까라면 까는 공무원일 뿐인데 말이다.

'한국이나 여기나 이놈의 언론은…… 시부럴.'

"이래서 지국장이 처음에만 인터뷰를 한 거구만?!"

이런 꼴을 당한 것 같아서 딱 FBI에 협조적인 곳만 인터뷰하고 나머지는 짬처리를 한 거다.

"에휴. 이미 벌어진 일을 따져서 뭐하게요. 갑시다, 가."

"아우, 스트레스 받아! 가는 길에 단것 좀 먹자고!"

"찬성! 무조건 찬성!"

방송국을 빠져나온 그들은 사이좋게 도넛을 입에 문 채 FBI 뉴욕지국의 홍보부로 향했다.

"수고했어. 오늘도 잘했고. 역시 최가 있어서 든든해."

웃으며 반기는 홍보부 팀장의 모습에 드롭이 그의 책상

을 내려친다.

"언제까지 이 짓을 해야 하는 겁니까! 우린 광대가 아니라 수사 요원입니다!"

"다행히 인터뷰는 오늘로 마지막이야."

움찔!

"어, 진짜입니까?"

종혁도 눈을 동그랗게 뜨며 홍보부 팀장을 본다.

끝이다. 드디어 이 지겨운 인터뷰가 끝난 거다.

"그동안 지국장님 대신 인터뷰하느라 수고했어. 그리고 모레부터 이곳들로 출장을 가면 돼."

"출장?"

의아해하며 서류를 확인한 종혁과 벤, 드롭은 얼굴을 구겼다.

무슨무슨 미들스쿨, 하이스쿨.

뉴욕시를 비롯한 뉴욕주에 있는 학교들이다.

"이건 왜?"

"가서 FBI의 위대함과 범죄자의 말로에 대해 알려 주고 와. 다른 말로 강연. 우리 홍보부에서 매년 하는 짓이라 발표 자료가 있으니까 어렵진 않을 거야."

종혁의 얼굴이 와락 구겨졌다.

'씨바랄. 아주 뽕을 뽑아라, 뽑아.'

하루에 인터뷰를 3개씩 일주일 동안 한 것도 모자랐다는 건가.

종혁은 갑자기 한국이 그리워지기 시작했다.

'흠. 그런데 학교라…….'

종혁은 갸웃했다.

갑자기 코가 간지러워졌기 때문이다.

* * *

"전 똑똑해서 잡히지 않을 건데요!"

"푸하하하하핫!"

종혁은 웃음바다가 된 체육관에 이 상황을 만든 주범인
학생을 보며 피식 웃었다.

"네가 똑똑하다고? 그래서 성적은?"

움찔!

"……."

종혁이 그럴 줄 알았다는 듯 한심해한다.

저런 말을 지껄이는 놈치고 정말 성적 좋은 놈은 보지
못했다.

"참고로 나나 여기 드롭이나 벤이나 모두 학창 시절 올
A였어. 그리고 FBI 뉴욕지국에는, 아니 FBI에는 아이비
리그를 나온 사람들도 넘쳐 나지. 야, 범죄자가 왜 잡히
는지 알아?"

결국 멍청해서다. 상대적으로 멍청해서.

"그리고 너처럼 능력은 좆도 없는데 자만심만 많아서."

"이익!"

"범죄자가 되고 싶어? 해 봐. 안 말려."

사람들이 경악하며 종혁을 본다. 벤과 드롭도 마찬가지다.

"그런데 이건 알아라. 네가 누군가의 물건을 훔치거나 누군가를 때려 범죄자가 되는 순간, 네 가족도 좆되는 거야."

"무슨!"

"아닐 것 같지? 내가 단순히 널 겁주기 위해 이런 말을 하는 것 같지? 아니?"

절대 아니다.

"일단 네가 집 앞에서 경찰에게 수갑이 채워지는 순간, 주위 이웃들은 네 가족을 멀리하기 시작할 거다."

범죄자를 키운 가족.

당연히 꺼림칙할 수밖에 없다.

"여기까지는 괜찮아. 이웃? 안 만나면 되니까. 그런데 소문이 퍼지면 네 아버지의 출셋길부터 막힌다. 어쩌면 권고사직을 당할 수도 있지."

술렁!

"왜인지 알아? 바로 회사의 이미지 때문이다."

여기도 범죄자를 키운 가족이란 이유 때문이다.

종혁은 그 학생의 주변에서 제일 크게 웃던 같은 패거리 중 한 명을 가리켰다.

"너. 네 자동차가 고장 나서 수리를 받으러 가야 해. 그런데 네 집 근처에 있는 정비소는 정비소의 사장 아들이 엄청난 범죄를 저지른 범죄자야. 그래도 거기를 갈 거야? 아니면 좀 멀어도 다른 곳으로 갈 거야?"

"그, 그게……."

종혁의 지목을 받은 여학생은 눈치를 보며 쉬이 답을 하지 못했지만, 그건 충분한 대답이 되었다.

종혁은 다시 멍청한 소리를 지껄인 학생을 봤다.

"집안에서 살림을 하며 파트타임 아르바이트로 어떻게든 자식들을 불편함 없이 키우려 구슬땀을 흘리던 어머니도 잘리겠지. 그런데 이것보다 더 좆같은 게 뭔지 알아? 바로 네 형제와 남매들이 처할 상황이다."

따돌림이 시작 된다.

"네 동생 곁에서 친구들부터 사라질 거다. 그래, 여기까진 어떻게든 참고 견딜 수 있어. 인생은 혼자 사는 거라고 자위하면 되니까. 그런데 너도 알잖아. 그렇게 혼자 다니는 학생이 어떤 새끼들의 타깃이 되는지."

학생의 눈이 크게 흔들린다.

"그래. 소위 힘 있고 성격 더러운 놈들에게 타깃이 되어 괴롭힘을 당하게 될 거다."

급식을 먹는데 식판이 엎어지는 건 예사고, 육체적, 정신적으로 폭행을 당할 거다.

"혼자 다니게 된 네 형제와 남매를 이용해 먹으려는 놈들도 달라붙겠지. 왜? 자존감이 떨어져서 이용하기 쉬우니까! 거기다 선생들도 네 형제와 남매를 돕지 않을 거다. 왜? 네가 범죄자니까!"

"마, 말도 안 돼요!"

코웃음을 친 종혁은 뒤의 칠판에 글자들을 적었다.

딱딱딱딱딱!

[범죄자의 가족 = 잠재적 범죄자]

"모두 잘 들어! 나도 이렇게 말하는 게 좆같지만, 정말 이러면 안되지만! 이게 사회가, 그리고 인간들이 암묵적으로 합의한 공식이다!"

가족 중에 범죄자가 있다고 해서 그 가족까지 범죄자 취급을 한다?

말도 안 되는 논리이고, 절대 그래서는 안 되는 일이다.

하지만 현실은 그렇지 않았다. 실제로 범죄자를 가족으로 뒀단 이유 하나만으로 피눈물을 흘리는 이들이 수없이 많았다.

종혁은 얼굴이 딱딱하게 굳는 학생들을 보며 말을 이었다.

"너희가 범죄자를 미화시킨 영화나 드라마, 미디어 같은 것을 보며 대가리에 어떤 똥을 채웠는지 모르겠지만 이게 진짜 현실이다! 너희들이 순간의 충동을 참지 못해 주먹이라도 휘두르는 순간, 너희 가족은 가족을 잘못 둔 죄로 지옥에 살아가게 되는 거다! 알아들어?!"

종혁은 씩씩거리며 멍청한 말을 지껄인 학생을 봤다.

"범죄자가 되고 싶어? 해. 안 말려. 네 인생 네가 좆되겠다는데 어떻게 말려? 그건 신이와도 못 말려. 대신 각오만 해. 네 가족을 지옥으로 밀어 넣을 각오!"

"……."

고요해진 체육관.

종혁은 말 한마디 잘못한 죄로 눈총을 받게 된 학생을 외면하며 다른 학생들을 둘러봤다.

"애들아, 부탁한다. 내가 대단한 사람이 되라고 말하는 게 아니야. 내가 FBI니까 FBI가 되라는 것도 아니고. 그 저 법만 지키자는 거야. 법, 그거 최소한이야. 사람이 살 아가는 데 지켜야 할 최소한! 알았니?"

학생들은 처절하기까지 한 종혁의 부탁에 침묵할 수밖 에 없었다.

"감사합니다. 정말 수고하셨습니다. 실례가 안 된다면 다음에도 강연을 부탁할 수 있을까요?"

심장이 철렁 내려앉은 적이 한두 번이 아닌 강연.

하지만 그들도 선생이다. 학생들의 생각이 많아지고, 바뀐 것을 몰라볼 리가 없었다.

이런 충격 요법을 써서라도 아이들을 바로잡을 수 있다 면 얼마든지 할 수 있는 게 바로 그들 선생이었다.

"하하. 일단 홍보부로 문의해 주세요. 그럼……."

웃으며 돌아선 종혁은 진저리를 쳤다.

'할까 보냐.'

이렇게 해서라도 범죄를 예방할 수 있으면 얼마든지 할 수 있지만, 이런 건 자신보다 더 호소력 있게 말할 수 있 는 사람이 맡는 게 나았다.

"최, 어렸을 때 스피치 과외 같은 거 받았어?"

"엥? 미국도 그런 게 있어요?"

"중상류층 이상은?"

"아아."

그렇다면 인정이다.

인생에서 성공했다는 지표일 수 있는 중상류층의 계급. 이런 중상류층의 부모들은 모두 자신들의 부와 직업이 자식들에게 물려지길 원한다.

그래서 교육에 열을 올릴 수밖에 없는 거다.

그 이하의 계층은 그럴 돈이 없어서 힘들지만 말이다.

'한국이나 여기나 이건 똑같나 보네.'

"다음은 어디죠?"

"다음? 어디 보자…… 아, 용커스네. 찰스 E 고튼 하이스쿨."

꽃뱀 카라 허드가 마지막으로 사기를 친 곳이자, 코라 인베스트먼트에게 큰 사기를 당할 뻔한 애나 파커가 사는 용커스시.

거기까지 떠올린 종혁은 묘한 기시감에 미간을 좁혔다.

'저번부터 자꾸 뭐가 걸리는데…… 아, 도무지 뭔지 모르겠네.'

머리를 벅벅 긁은 종혁은 잡념을 털어내듯 고개를 휘휘 내저었다.

"그럼 그 찰스 E 고튼 다음에는요?"

"그다음? 어…… 어? 없네?"

획!

종혁과 드롭의 시선이 벤의 수첩으로 향한다.

"없어. 없다고……! 더 이상 없다고! 쵀! 드롭!"

"우와악……!"

종혁과 드롭, 벤은 만세를 외쳤다.

지난 일주일 동안 뉴욕시에서부터 시작해 시계 방향으로 뉴욕주의 대도시들을 순회하며 한 강연.

그게 내일이면 끝이 나는 거다.

이제 드디어 다시 팀으로 복귀할 수 있는 것이었다.

그들의 얼굴에 웃음꽃이 피었다.

* * *

다음 날, 새벽부터 일어나 용커스에 도착한 종혁과 벤, 드롭은 찰스 E 고튼 하이스쿨 근처의 다이너에서 늦은 아침을 먹기 시작했다.

이제 2시간이면 정말 끝난다 생각하니 웃음을 참을 수 없는 그들.

아침에 먹는 팬케이크가 더욱 달게 느껴졌다.

그때였다.

툭!

벤이 무슨 일인지 멍해 있는 종혁을 건드린다.

"어제부터 왜 그래?"

"예? 아뇨."

"어제부터 계속 잠깐잠깐 멍해지던데. 왜? 순회 강연이 끝나서 아쉬운 거야?"

"절대 아닙니다."

정색한 종혁은 팬케이크 두 장을 입안에 욱여넣으며 씹기 시작했지만, 이내 곧 다시 생각에 잠겼다.

'아, 짜증 나네. 왜 이렇게 안 떠오르지?'

마치 뭘 까먹고 안 챙겼는데 뭘 안 챙겼는지 모를 답답함.

'에이, 씨부럴. 몰라. 곧 떠오르겠지.'

촉이 외치고 있다.

올해에 벌어지는 일이 아니라고.

머리를 긁은 종혁은 금세 식사를 마치고 일어섰다.

후룩!

찰스 E 고튼 하이스쿨로 향하는 FBI SUV 안, 커피를 홀짝이던 벤이 갑자기 웃으며 운전대를 잡은 종혁을 본다.

"아, 맞아. 어제 홍보부에서 연락 왔었어."

"연락이요? 아, 됐다고 해요."

'씨벌. 할까 보냐.'

혀를 찬 종혁은 앞으로 시선을 돌리며 다시 미간을 좁혔다.

찰스 E 고튼 하이스쿨이 보일수록 점점 짙어져만 가는 기시감.

종혁은 신경질적으로 머리를 벅벅 긁으며 학교 안 주차

장에 차를 세웠다.

"자, 그럼 마지막이라고 방심하지 말자고."

무슨 꼬투리를 잡혀 홍보부에 묶일지 모른다.

진지하게 다짐을 한 그들은 차에서 내렸다.

그 순간이었다.

꽈앙!

갑자기 불어온 바람 때문인지 폭탄이 터지듯 큰 소리를 내며 닫힌 문.

"웁스. 미안."

종혁은 사과를 하는 드롭을 멍하니 쳐다봤다.

"……아."

생각났다.

찰스 E 고튼 하이스쿨과 애나 파커, 아니 그녀의 아들 인 조던 파커와 연관된 일이.

'2010년, 뉴욕 하이스쿨 총기 난사 사건…….'

중학교 때부터 괴롭힘을 당한 한 소년이 학급 친구들을 총기로 난사한 사건.

사기를 당한 모친이 극단적인 선택을 하며 하루아침에 고아가 되어 버린, 그런 와중에 괴롭힘이 더욱 심해지자 결국 참다못한 소년은 학우들을 총으로 쏴 죽여 버린다.

그로 인해 발생한 사상자가 무려 31명.

'그리고 그 범인의 이름이…….'

조던 E M 파커.

자살을 한 어머니와 군인이었던 아버지의 이름을 미들

네임으로 쓴 효자 소년.

그리고 카메라 앞에서 자살을 한 소년.

'씨발?'

종혁의 눈이 부릅떠졌다.

* * *

웅성웅성.

수업과 수업 사이의 쉬는 시간.

툭! 툭툭!

"킥킥!"

어깨를 치며 멀어지는 또래 소년들의 행동에 낯빛이 어두워진 조던이 한숨을 내쉬며 캐비닛으로 향한다.

이런저런 스티커나 장식 같은 걸로 예쁘게 꾸며진 다른 캐비닛들과 달리 목이 잘린 닭이나 우는 여자아이가 그려진 조던의 캐비닛.

입술을 깨문 조던이 캐비닛을 열어 다음 수업에 쓸 교과서를 꺼낸다.

쾅!

그때 갑자기 닫히는 캐비닛의 문.

"아악!"

손을 붙잡은 조던이 고통을 호소한다.

"웁스! 미안!"

미안한 감정이 조금도 담기지 않은 사과에 반사적으로

고개를 돌렸던 조던이 그대로 굳는다.

"뭐? 사과했잖아?"

비실비실 웃는 덩치 좋은 백인 소년, 클라크.

그 주위에 몇 명의 아이들이 같이 웃으며 눈을 부라리자 조던의 고개는 땅바닥으로 향했다.

"아, 아냐."

"아니긴. 왜? 저번처럼 아빠한테 이르려고? 아, 이젠 아빠가 없나?"

"푸하하하핫!"

"어우. 그만해. 쟤 울겠다."

클라크 패거리의 웃음에 주위를 지나던 학생들도 피식 웃음을 터트린다.

그게 더 조던을 아득하게 만든다.

대체 어쩌다 이렇게 된 걸까.

난 왜 화를 내지 못하는 걸까.

조던은 고개를 숙인 채 이 순간이 어서 지나가기를 간절히 바랐다.

그런 그의 마음을 눈치챈 것일까. 클라크가 조던에게 침을 뱉는다.

"겁쟁이 새끼."

경멸이 가득 들어 있는 클라크의 눈.

"가자!"

"클라크, 오늘 학교 끝나고 뭐 할 거야?"

"아, 나 오늘 오후에 훈련 있어. 끝나면 다이너에 가자."

"다이너 좋지!"

우르르 멀어지는 클라크 패거리.

부들부들 떨던 조던은 이내 입술을 깨물며 일어서 캐비닛을 닫는다.

'빌어먹을! 빌어먹을!'

조던은 분함을 삼키며 교실로 향했다.

그리고 시작된 수업 시간.

탕탕!

2분 늦게 들어온 담임 선생이 교탁을 두드린다.

"전달 사항이 있으니까 집중해. 자는 애들도 깨우고."

조던도 담임을 빤히 응시한다.

"큼. 아까 아침엔 깜빡하고 전달하지 못했는데, 우리 학년이 다음 주에 2박 3일로 수학여행을 간다."

순간 눈이 동그래지는 아이들.

조던도 마찬가지다.

"유인물은 이따가 학교 끝나고 나눠 줄 거지만, 수학여행 장소는 워싱턴이니까 그렇게들 알아. 그럼 수업 시작한다. 오늘 몇 페이지지?"

"64페이지요!"

"그래. 다들 책 펴."

부스럭부스럭.

책장이 넘어가는 소리들이 울려 퍼지지만 쉬이 집중하지 못하는 학생들.

그중엔 조던도 있었다.

'수학여행…… 워싱턴…….'

백악관을 비롯해 펜타곤, 오벨리스크 등 볼 것이 많은 워싱턴 DC.

볼이 빨갛게 달아오른 조던이 어깨를 들썩인다.

자신을 비릿하게 웃으며 지켜보는 클라크의 시선을 느끼지 못한 채 말이다.

* * *

끼이익! 치이익!

"내일 보자, 조던."

"수고하셨습니다……."

"킥킥!"

"큭큭!"

등 뒤에서 흘러나오는 웃음소리.

노란색 스쿨버스에서 내린 조던은 결코 뒤를 돌아보지 않은 채 집을 향해 발을 내디뎠다.

부우웅!

스쿨버스가 출발하자 멈춰 선 그.

"워싱턴 DC……."

이 미국의 수도이자, 영화나 드라마에선 뉴욕 다음으로 온갖 테러를 받는 도시.

워싱턴 DC를 배경으로 한 영화 중 가장 감명 깊게 본 영화는 아무래도 트리플 엑스 2다.

트리플 엑스 2에서 나오던 할렘의 정비소나 워싱턴 DC 배경으로 하는 자동차 추격신, 백악관에서의 전투신은 쾌감 그 자체였다.

조던은 그중 추격신을 가장 좋아했다.

심장마저 터트릴 듯한 배기음과 기어가 변속되는 소리, 도로에서 타이어 미끄러지는 소리, 한계까지 치닫는 RPM.

조던은 숨조차 제대로 못 쉰 채 추격전을 감상해야 됐다.

그런 의미에서 조던이 가장 좋아하는 영화는 바로 분노의 질주였다.

자동차 매니아인 그.

부우웅. 우와앙!

환청처럼 귓가에 들려오는 자동차 배기음에 손이 근질거려진 조던은 곧바로 차고로 향했다.

"조심히 옮겨! 작은 흠집이라도 났다가는 네 몸속 장기를 모두 팔아도 변상할 수 없으니까!"

"예, 예!"

"응?"

고개를 돌린 조던은 깜짝 놀랐다.

옆집에 누군가 이사를 온 것인지 이삿짐을 나르고 있었다.

"언제 이사를 하신 거지?"

옆집에 살고 있던 남편이 용커스시에서 뉴욕시로 출근

하는 신혼부부 가족.

당장 어제까지만 해도 평상시처럼 인사를 나눴었는데 어째서 갑자기 이사를 간 걸까.

당황해하던 조던은 이내 아쉬움을 뒤로한 채 차고로 향했다.

드르륵!

오늘은 더 격한 소리를 내며 올라가는 차고의 셔터.

조던의 눈이 초롱초롱해진다.

빨간색의 황홀한 광택을 번들거리며 두 줄의 하얀색 스프라이트로 멋을 한껏 뽐내는 1967년식 포드 머스탱사의 셸비 GT 500.

아버지 마틴이 학창 시절 엄마에게 처음 데이트를 신청할 때부터 타고 다녔다는 자동차이자, 영화 식스터 세컨즈의 주인공에게 있어선 애증의 산물인 자동차.

'엘리노어.'

조던이 갑자기 마르기 시작하는 입술에 침을 발랐다.

이제 고작 1년 남았다.

1년 후면 자신도 이걸 타고 다닐 수 있는 거다.

가방을 벗어 던진 조던은 혹여 누가 볼까 얼른 셔터를 다시 내린 후 보닛을 열었다.

아버지 마틴 파커에게 전수받은 능숙한 손길이 보닛 안을 누비며 지난 며칠 사이 틀어진 곳이 없는지 살피기 시작했다.

쿵쿵쿵!

"조던!"

셔터를 두드리는 소리와 여동생의 부름에 정신을 차린 조던이 시계를 보고 아차 한다.

어느새 저녁 식사 시간.

조던은 얼른 손을 닦고 차고를 나섰다.

"으. 기름 냄새."

"꺼져."

"베ー!"

혀를 내민 여동생 릴리는 집 안으로 뛰어 들어갔고, 조던은 갈수록 반항을 하는 여동생의 모습에 얼굴을 구기며 집 안으로 들어갔다가 화들짝 놀랐다.

이젠 그들 세 가족만의 보금자리가 된 집.

그 안에 이물질이 들어와 있다.

'누, 누구…… 어?'

"오, 저 소년이 아드님인가 봅니다? 대체 몇 살 때 낳으신 거예요? 12살?"

"호호호. 내 나이를 알면서 그러세요? 그래도 듣기에 썩 나쁘지 않네요. 아, 조던. 인사해. 이분 기억하지?"

"네에……."

"전에 한 번 봤지? FBI의 최종혁이다. 참고로 최가 성이야."

"삭막하고 빽빽한 뉴욕이 답답해서 여기 용커스로 이사를 오셨대. 옆집 에번 씨 집으로."

"아, 안녕하세요."

"그래, 반갑다. 아, 이사 선물로 음식을 가져왔는데 좀 먹어 볼래?"

"……씻고 올게요."

고개를 까딱인 조던은 2층으로 올라갔고, 애나 파커는 당황했다.

"미, 미안해요. 쟤가 저런 애가 아닌데……."

"하하. 괜찮습니다. 저 때가 한참 예민할 시기죠. 저도 15살 땐 세상 까칠하게 살았는걸요, 뭐."

"정말요?"

애나 파커의 눈이 빛난다.

그렇지 않아도 요 1, 2년 사이 부쩍 말이 줄어들고 가족에게 거리를 두려는 듯한 모습을 보이는 조던.

그래서 걱정이 이만저만이 아니었던 그녀다.

"저 나이의 남자아이는 다 저런가요?"

"저 정도면 애교죠. 집에 들어오는 게 어디에요. 그때 제 어머니가 쉬셨던 한숨을 모아 풍선을 불었다면 아마 달까지 올라갔을 겁니다."

"호호호호호!"

종혁은 그런 일들이 있었음에도 크게 웃는 애나 파커의 모습에 다행이라 생각하며 조던이 올라간 계단을 응시했다.

'대인기피증 증상이 있네…….'

사람이 불편해서 피하는 것과 무서워서 피하는 건 신체

적 반응에서 약간의 차이를 보인다. 조던은 명백히 후자였다.

거기다 손등에 난 멍. 그건 분명 길고 뭉툭한 것에 얻어맞았을 때나 생기는 것이었다.

'미국은 함부로 체벌하면 소송이 걸리니까……'

중학교 때부터 괴롭힘을 당했다는 건 아무래도 정말인 것 같았다.

사기로 부친의 유산을 모두 날린 모친이 극단적인 선택을 하며 고아가 되어 버린 조던 파커.

'그 사기는 아마 에덤 크루거의 임대 사기겠지.'

중학교 때부터 괴롭힘을 받았던 조던 파커가 그 와중에 괴롭힘까지 더욱 심해지자, 결국 참지 못하고 폭발하여 학우들을 쏴 죽인 것으로 알려져 있었다.

'……아마 애나 파커씨를 모욕했겠지.'

조던을 괴롭히던 놈들은 그에게 네 엄마가 멍청해서 사기를 당한 거라고, 바보같이 자살까지 했다며 욕보였을 것이다.

모든 건 당시 뉴스로 접했던 기사 내용과 현 상황을 토대로 한 종혁의 추측에 불과했지만, 거의 100퍼센트일 것이라고 생각됐다.

'당시 사건이 발생한 결정적인 이유는 해결됐지만……'

애나 파커는 사기로 남편의 유산을 날리지 않았고, 그로 인해 자살을 할 이유도 사라지게 되었다.

그러나 종혁의 걱정은 사라지지 않았다.

'중요한 건 더 이상 참을 수 없는 지경에 몰렸다는 거니까.'

모친이 모욕당한 것은 마지막 트리거가 되었을 뿐, 다른 이유로도 얼마든지 방아쇠는 당겨질 수 있었다.

'쯧. 일단 할 수 있는 것부터 해 봐야겠군.'

정보 수집.

누가 조던을 괴롭히고 있고, 그 괴롭힘의 강도가 어느 정도인지, 학교나 학우들은 어떻게 대처하고 있는지부터 알아봐야 했다.

"그나저나 떡은 좀 어떠세요? 입에 맞으세요?"

"라이스 케이크요? 딱 좋아요!"

쫀득하면서 은은하게 달달하다. 특히 겉에 뿌려진 고소한 콩가루가 참 마음에 든다.

"오, 다행이네요. 미국분들은 이에 달라붙는 식감을 좋아하지 않는다고 해서 걱정했거든요."

종혁은 떡이 든 접시를 슬그머니 밀어내는 릴리를 가리켰고, 애나 파커는 어색하게 웃으며 손님이 준 것을 거부하는 릴리를 노려봤다.

"큼. 걱정 마세요, 최. 제 입에는 정말 잘 맞거든요. 이 꽃차도!"

종혁은 다 비운 꽃차에 따뜻한 물을 따르는 애나 파커와 꽃차는 마음에 들었는지 계속 신기해하며 홀짝이는 릴리의 모습에 다시 한번 다행이라고 생각했다.

　　　　　　　* 　* 　*

조던의 아침은 일찍 시작한다.

삐비비 삐비비!

알람이 울리자마자 일어나 알람을 끈 조던은 하품을 하며 곧바로 차고로 향했다.

부르릉!

오늘부터 오전 근무인 어머니 애나 파커.

그렇기에 망설임 없이 시동을 켠 조던은 잠시 눈을 감으며 차 시트를 통해 전해지는 자동차의 목소리에 귀를 기울였다.

　－조던, 진정으로 차를 좋아하고 아낀다면 자동차의 목소리를 들을 줄 알아야 한단다. 특히 이 아가씨는 네 엄마보다 더 깍쟁이라서 자기 목소리를 무시하면 금방 토라져 버리거든.

　－마틴!

　－하하하!

8살 때 자신을 운전석에 앉히며 아버지 마틴 파커가 한 말.

이 말 때문에 영화 식스티 세컨즈를 더 좋아했는지도 모른다. 주인공이 이 셸비 GT 500을 두고 깍쟁이 아가씨라 칭했기 때문이다.

'아빠…….'

든든한 버팀목이었고, 슈퍼맨이었으며, 친구였던 아버지 마틴 파커.

갑자기 차오르는 눈물에 입술을 깨문 조던은 시동을 끄며 차에서 내렸다. 지금쯤 일어났을 엄마에게 울었다는 걸 들키면 안 되기 때문이다.

달아오른 눈이 가라앉을 때까지 잠시 시간을 뒀던 조던은 다시 집 안으로 들어갔다.

"일어났니, 아들?"

어제 옆집에 이사 온 FBI 요원과 저녁 늦게까지 웃으며 이야기를 나눠서인지 오늘따라 더 밝은 엄마.

그런 그녀를 보자 조던의 입술이 달싹였다가 멈췄다.

겁쟁이 새끼.

괴롭힘을 당한다는 걸 아버지에게 말했다는 이유로 들어야 했던 말.

이후로 자신의 별명은 겁쟁이가 되어야 했다. 남자답지 못하게 고자질했으니까.

조던은 주먹을 꽉 쥐었다.

"……안녕히 주무셨어요."

"그래. 아들도 잘 잤어? 씻고 와. 밥 먹자."

"예."

씻은 후 식탁에 앉은 조던은 수학여행에 관한 유인물을 애나 파커에게 내밀었다.

"DC!"

너무 먼 곳으로 가는 게 아닌가 걱정이 들었던 애나 파커는 이내 사인을 할 수밖에 없었다.

친구들과 함께 가는 것이기도 하지만, 조던 나이 또래에는 보다 다양한 걸 경험해 봐야 하니까.

"조던, 학교에선 별일 없지?"

어젯밤 종혁과의 대화를 떠올리며 조심스럽게 묻는 애나 파커.

찰나 동안 망설였던 조던은 고개를 저었다.

"없어요. 잘 먹었습니다."

일어선 조던은 책가방을 챙기러 자신의 방으로 향했고, 애나 파커는 그런 아들의 뒷모습을 걱정 어린 시선으로 지켜봤다.

"다녀오겠습니다."

"오늘도 스쿨버스는 기다리지 않는 거야?"

"일찍 가서 공부하려고요."

아니다. 그냥 조금이라도 더 놈들과 만나고 싶지 않은 거다. 같은 공간에 있고 싶지 않은 거다.

조던은 애나 파커가 주는 용돈을 챙기며 집을 나섰다.

그 순간이었다.

"오! 옆집 학생, 좋은 아침이야. 학교 가? 일찍 가네?"

마당에서 신문을 챙기는 종혁.

민소매티를 통해 드러난 종혁의 우악스런 근육에 조던의 어깨가 절로 움츠러든다.

"네…… 그럼."

고개를 까딱인 조던은 버스 정류장을 향해 걸음을 옮겼
고, 종혁은 멀어지는 그를 보며 눈을 가늘게 떴다.

"자동차를 좋아한다라……."

어젯밤 애나 파커가 한 말이 맞는지, 이른 아침부터 자
동차의 시동을 켠 조던.

"다행이네."

뜻 모를 말을 한 종혁은 기지개를 켰다.

"웃챠! 그럼 나도 움직여 볼까?"

종혁은 입술을 비틀며 집 안으로 들어갔다.

* * *

웅성웅성.

오전 8시 50분이 되자 등교하는 아이들로 북적이는 용
커스 미들스쿨.

멈칫!

학교를 코앞에 둔 조던의 걸음이 멈춘다.

다시 와 버린 학교.

아침 7시에 버스를 타 세 번이나 종점에 들렀지만 결국
학교에 와 버리고 말았다. 정말 미치도록 오기 싫지만 결
석을 하면 부모님께 연락이 가기에 오지 않을 수가 없었
다.

그런 조던을 보며 수군거리는 아이들.

그들의 눈가에 매달린 꺼림칙함과 비웃음.

'싫어……. 보지 마……. 날 보지 말라고.'

차라리 투명인간이었으면 얼마나 좋을까.

'선생님에게만 보이는 투명인간이라면 저들의 시선을 이렇게 피하지 않아도 될 텐데!'

입술을 깨문 조던은 고개를 숙이며 학교 안으로 들어갔다. 마치 역병에 걸린 사람을 피하는 것처럼 피하는 아이들이 낸 길을 따라.

그때였다.

퍼억! 우당탕!

"악!"

뒤에서 부딪친 누군가 때문에 복도의 바닥을 나뒹군 조던.

"미안, 미안. 안 다쳤지?"

오늘도 웃으며 사과를 건네는 클라크.

울컥 솟던 짜증이 사라지고, 두려움이 그 자리를 채운다.

"으응. 괜찮아."

"그래. 괜찮아야지."

움찔!

고개를 숙인 조던의 귀로 오늘도 그 말이 꽂힌다.

"겁쟁이 새끼."

순간 숨통이 틀어 막힌다.

왜 나일까.

클라크는 대체 왜 이러는 걸까.

'난 아무 잘못도 한 게 없는데…….'

억울하다.

하지만 그보다 더 클라크가 무섭다.

조던은 바들바들 떨며 오늘도 간절히 바랐다.

어서 클라크가 멀어지길, 이 시간이 어서 지나가길.

그리고…….

'누가…… 누가 좀…….'

자신을 구해 주길.

그때였다.

"거기 뭐야!"

깜짝 놀라 고개를 돌린 조던은 눈을 크게 떴다.

* * *

용커스 미들스쿨의 교장이 오늘 자신의 교장실을 찾은 손님 때문에 흥분을 감추려 애를 쓴다.

이 학교에 무려 20만 달러의 기부금을 내려는 거대 후원자.

"크흠. 용커스 미들스쿨의 교장 메덕 돕슨입니다."

"최종혁입니다. 최가 성입니다."

홍보부에서 수고했다는 이유로 캘리 그레이스가 허락한 이틀의 휴가.

그래서 종혁은 곧바로 이곳을 찾았다.

"예, 미스터 최. 일단 차부터 드실까요? 저희 학교에 동양인 선생이 있어 동양의 차를 준비해 봤는데 입에 맞으실지 모르겠습니다! 하하!"

마치 녹차 아이스크림을 녹인 것처럼 탁한 녹색의 말차.

"선생이 일본분이신가 보군요."

"오! 역시 같은 동양인이라 잘 아시나 보군요! 혹시 일본인이십니까?"

"한국인입니다."

옅게 웃으며 말차를 한 모금 마신 종혁의 볼을 꿈틀거렸다.

'이게 말차라고?'

뱉어 버리고 싶을 정도로 최악이다.

분말로 만든 찻잎도 저렴한 녹차 티백을 방금 막 믹서기로 갈아 만든 것처럼 끔찍한 수준.

'책임감이 없는 타입이네.'

이 일본인 교사가 누군지는 몰라도 자신이 만든 것을, 그것도 누군가에게 대접해야 될 것임에도 체크를 하지 않을 정도로 세심함과 책임감이 결여된 타입이다.

'아니면 교장을 엿 먹일 정도로 원한이 깊거나.'

단순히 정신이 산만한 정신 빠진 인간일 수도 있다.

종혁은 잔뜩 기대하는 교장의 눈빛에 다시 미소를 지었다.

"일단 학교 시설을 둘러볼 수 있을까요? 제게 소중한 사람이 이 학교 출신이라서 기부를 결심했으니 제 눈으로 직접 둘러보며 도움이 필요한 부분을 찾고 싶습니다."

"……하하! 그러시다면 그래야죠! 일어나시죠!"

'돈만 받으려고 했구나.'

그러니 종혁 자신에게 소중한 사람이 누구인지 묻지 않는 거다.

이 학교가 어떤 학교인지 대충 감이 잡히는 듯했다.

윗물이 이런데 아랫물이라고 맑을까.

종혁은 애써 짜증을 감추며 교장을 따라 용커스 미들스쿨 탐방에 나섰다.

"올해로 개교한 지 62년이 된 저희 용커스 미들스쿨은 사회 각계각층에서 이름을 떨친 훌륭한 이들을 수없이 배출한 명문으로, 인성과 도덕의 함양을 중심으로 가르치는 학교입니다."

"호, 이를테면요?"

"허흠. 현재만 따지자면 용커스의 시장님과 뉴욕 컬리지의 경제학부장께서 저희 학교의 졸업생이시죠!"

"오!"

'현재만 따지는 게 아니라 현재밖에 따질 수 없겠지.'

아니라면 1기 졸업생들부터 주르륵 나열했을 거다.

"크흠. 아무튼 저희 용커스 미들스쿨은 재학생들의 정신과 육체를 모두 건강하게 만들기 위해 여러 커리큘럼을 운영하고 있는데……."

피식!

갑작스런 종혁의 웃음소리에 입을 다문 교장이 어딘가를 가리키는 종혁의 손가락을 따라 시선을 돌렸다가 얼굴을 와락 구겼다.

"인성과 도덕? 정신과 육체의 건강이요?"

"거, 거기 뭐야! 이놈의 자식들이—!"

눈이 마주치자 경악하는 조던.

'이렇게 빨리 보게 될 줄은 몰랐는데 말이야.'

조던이 괴롭힘을 당하는 현장을 말이다.

마치 들키면 안 되는 걸 들킨 사람처럼 하얗게 질리는 조던을 일견한 종혁은 그 옆에 선 백인 학생을 봤다.

'그래, 너구나?'

조던으로 하여금 극단적인 선택을 하게 만든 쓰레기.

조던을 궁지로 몬 악마.

종혁의 눈빛이 차갑게 가라앉았다.

* * *

교장이 씩씩거리며 다가가자 클라크는 그냥 잠깐 부딪친 거라는 말을 남기곤 얼른 도망을 쳤고, 조던은 우물쭈물하다가 마치 종혁과 모르는 척을 하며 돌아섰다.

그러며 흘린 포기의 눈빛.

종혁은 거기서 많은 걸 읽을 수 있었다. 가령 그동안 조던이 살기 위해 어떤 발버둥 쳤는지를 말이다.

"하하. 여기까지가 저희 학교의 모든 것입니다. 아무래도 학교가 오래되다 보니 여기저기 낡아 교육을 하는 데 약간의 애로 사항이 있지만, 그래도 모든 선생들과 학생들이 좋아하는 곳이죠."

그러니 기부금을 더 내놓지 않겠냐는 수작을 부리는 교장.

종혁은 고개를 끄덕였다.

"확실히 그래 보이더군요."

조던을 제외한 모든 학생과 선생들이 좋아하는 용커스 미들스쿨.

선생과 학생들 모두 조던을 따돌리고 있었다.

방금 전 조던이 괴롭힘을 당하는 현장에 있던 학생들 중 그 누구도 조던을 동정하거나 그 상황에 불쾌해하지 않았다.

심지어 그곳에 선생도 두 명이나 있었는데, 그들 모두 그 현장을 외면했다.

그래서 종혁은 처음에 여기가 드라마 촬영장인가 하는 착각마저 들었다.

이는 조던이 괴롭힘을 당하는 게 꽤 오랫동안 지속됐다는 뜻이다. 아니면 조던을 괴롭힌 놈의 배경이 좋거나.

'개 같은 학교네.'

"고쳐야 할 부분이 몇 군데 보이고요."

그냥 싹 다 엎어 버리고 싶었다.

"오! 그렇습니까?!"

'당신부터.'

속으로 이를 간 종혁은 아차 하며 입을 열었다.

"그런데 아까 복도에서 그 학생은 누굽니까? 운동선수처럼 몸이 아주 좋던데요."

"아! 저희 학교의 자랑인 클라크 덤벨 말이군요! 뉴욕의 내로라하는 명문들마저 욕심을 내는 용커스 미들스쿨 미식축구부의 주장이죠!"

"미식축구요?"

'운동선수가 그 지랄을 한다고?'

남을 괴롭히는 데 시간을 쓸 만큼 몸과 정신이 편하다?

실력은 안 봐도 뻔했다.

이런 작은 도시에서나 왕처럼 구는 그저 그런 선수. 고등학생만 되어도 도태될 수준의 재능일 거다.

'중학교에서 왕처럼 군림하는 놈들이 모이는 곳이 고등학교니까.'

그중에는 상상치도 못할 괴물들도 있는 법이고, 그런 괴물들만이 프로의 무대를 밟는다.

어느 세대건 말이다.

"호오. 그럼 뉴욕 자이언츠나 제츠를 노리고 있겠군요."

"하하. 뉴욕을 연고지로 둔 팀들이다 보니 아무래도 그렇죠!"

"그렇단 말이죠……."

'잘됐네.'

마침 잘됐다.

안 그래도 일단 클라크를 조던에게서 떼어 놓으려고 했는데, 이 미식축구를 이용하면 될 것 같다.

'일단은……'

눈앞의 교장부터 치운다. 털어서 먼지가 난다면 말이다.

현재로서 이 사람의 죄는 하나다.

교육자로서 본분을 지키지 못한 것.

물론 몰랐다고 항변할 수 있다.

그러나 학교의 교장이기에 그것조차 죄가 된다. 학생을 돌보지 않는 선생은 교단에 있을 자격이 없었다.

20만 달러의 수표를 기부한 종혁은 학교를 나서며 핸드폰을 들었다.

"네, 몰리. 전데요. 용커스 미들스쿨의 교장 메덕 돕슨의 계좌 좀 까 볼 수 있을까요? 아무래도 느낌이 이상해서요. 그리고 재학생 중 미식축구부 주장인 클라크 덤벨에 대해서도요."

─……오케이.

단순히 촉이 좋지 않다는 이유만으로 끝까지 매달려 결국 에덤 크루거의 사기를 밝혀낸 종혁.

이 외에도 종혁이 이 팀에 와서 해결한 사건이 몇 개던가. 종혁의 육감은 짐승, 아니 예언가의 그것과 같은 수준이었다.

통화를 종료한 종혁은 이번엔 뉴욕의 오랜 지인에게 연락을 했다.

─오! 최─!

"하하. 오랜만이에요, 잭. 잘 계셨죠?"

과거, 종혁은 동일고 유도부의 기량을 끌어올리려 훈련 자료를 요청하기 위해 NFL(내셔널 풋볼 리그) 사무국에 힘겹게 연락을 취한 적이 있었다.

그때 맺은 인연을 지금까지도 이어 오고 있는 NFL 사무국 소속의 스포츠 사이언스 및 메디컬 치프이자, CIA

와 미군 특수부대의 피지컬 트레이닝 자문인 잭 와일러.

그는 현재 CIA와 미군이 합작해 진행하는 슈퍼솔져 프로젝트의 자문도 맡고 있다.

―나야. 잘 있었지. 네 활약은 TV를 통해 잘 보고 있어!

뼈가 있는 잭의 말에 종혁이 입맛을 다신다.

"끙. 알았어요. 조만간 식사 같이해요. 저도 함께 연구하고 싶은 자료가 있으니까."

―오오오! 무슨 일이야?

"아, 다름이 아니라 혹시 뉴욕 자이언츠나 제츠에 친한 사람 있어요? 있다면 소개 좀 받고 싶은데요."

운동선수가 다른 이를 괴롭힐 시간이 있을 만큼 몸과 정신이 편하다면 그렇지 않게 만들어 주면 되는 거다.

종혁은 비릿하게 웃으며 집으로 향했다.

그리고 그날 오후.

"다, 단순히 넘어진 것뿐이었어요!"

"응?"

그 말만 남기고 집으로 달려가는 조던.

종혁은 그런 그를 안타깝다는 듯 응시했다.

"엄마를 걱정시키고 싶지 않은 거냐……. 아니면 엄마가 미덥지 못한 거냐……."

어떤 생각인지 몰라도 안쓰럽고 안타깝다. 혼자서 어떻게든 견디려는 게.

그렇기에 더 조심스럽게 풀어가야 했다.

지이잉! 지이잉!

"예, 몰리. 아, 그래요?"

빠득!

혹시나는 역시나였다.

종혁의 눈빛이 살벌해지기 시작했다.

* * *

철컥!

"메덕 돕슨 씨, 당신을 공금 횡령 및 업무상 배임, 뇌물수수, 탈세 혐의로 체포합니다. 당신은 묵비권을 행사할 수 있고……."

방금 전까지 20만 달러라는 거액의 기부금을 어떻게 착복할까 희희낙락하였던 교장은 손목에 채워지는 FBI의 수갑에 고개를 푹 숙였다.

그런 그를 보는 벤과 드롭이 헛웃음을 터트린다.

뻔뻔한 건지, 멍청한 건지는 몰라도 본인 명의의 통장으로 뇌물을 받고, 학교 공금을 지속적으로 빼돌린 메덕 돕슨.

"당신이 뇌물을 받고 어떤 개수작을 벌였는지 천천히 알아봅시다."

그동안 이런 선생 밑에서 고생했을 학생들을 생각하니 혈압이 오른 벤은 그를 거칠게 끌고 갔다.

타악!

"오우. 이틀 만입니다, 교장 선생님."

"다, 당신은?!"

종혁은 기겁하는 그를 향해 이를 드러냈다.

"그래서 같이 뇌물 처먹은 놈은 누구냐?"

종혁은 이번 기회에 조던을 외면한 용커스 미들스쿨의 교사진을 싹 다 물갈이할 생각이었다.

* * *

용커스 미들스쿨 교장 메덕 돕슨 체포! 다음 교장은 누구?

갑자기 터진 스캔들에 인구가 20만이 안 되는 용커스 시가 시끄럽다.

뉴욕주에서 4번째로 큰 도시지만, 인구가 20만도 채 안 되기에 더 크게 와닿는 이번 스캔들.

그런데 그 내용을 살펴보면 더 경악스럽다.

돈을 받고 성적을 조작한 것부터 시작해, 우수한 학생에게 줘야 할 고등학교 추천장을 다른 학생에게 준 것까지.

운동부를 맡고 있는 체육교사와 감독들은 비품 예산을 가로채거나 리베이트까지 받았다.

용커스의 시민들뿐만 아니라 용커스 미들스쿨의 졸업생들의 분노가 터져 나왔다.

띠리링!

"예, 용커스 미들스쿨…… 그, 그분들은 이미 정직 처분을 당했습니다, 선생님! 아, 아뇨 그게 아니라요!"

난리가 난 교무실.

교장실 소파에 앉은 교감이 식은땀을 닦으며 떨리는 눈으로 맞은편의 종혁을 본다.

다리를 꼰 채 한껏 불쾌함을 드러내는 종혁.

"하마터면 제 20만 달러가 범죄자의 아가리에 처박힐 뻔했군요. 그리고 그 짧은 사이에 이미 예산을 집행하셨고."

메덕 돕슨을 족쳐 다른 선생들의 영장을 받기까지 고작 나흘이 지났을 뿐인데 기부한 20만 달러 중 4만 달러가 여기저기에 쓰여 버렸다.

"죄, 죄송합니다. 그, 그게 어떻게 된 일이냐면……."

"그중 10만 달러는 용커스 미들스쿨의 자랑이자, 마스코트인 미식축구부를 위해 써 달라고 부탁까지 했는데…… 거참."

미식축구부 감독부터 촌지를 받고 있었다. 말단을 제외한 코치진 전부가. 그것도 당당히.

어떻게든 형량을 낮추기 위해 숨겨 둔 비밀까지 토설한 교장 덕분에 비리의 온상 용커스 미들스쿨의 실체가 드러날 수 있었다.

윗물이 더러우니 아랫물도 이렇게 더러웠다.

종혁은 불법주차 미납이나 무단횡단 같은 사소한 위법 사항까지 걸고넘어지며 용커스의 선생들을 족쳤다.

"이, 일단 미식축구부 감독을 비롯한 코치진 모두 해임했으니……."

"그거야 당연한 거고요. 설마 말단 직원에게 죄를 뒤집어씌워 면피를 하려고 했던 겁니까?"

"아, 아닙니다! 절대 아닙니다!"

"됐고. 봄 시즌은 어떻게 할 겁니까?"

미식축구 대회에서 성과를 올려야 용커스 미들스쿨이 건재하다는 걸 알리지 않겠는가.

봄, 여름, 가을, 겨울 총 4번의 큰 대회가 있는 미 동부 미들스쿨 미식축구.

"그, 그게 얼른 감독을 구해서 미식축구부를 정상화 시키겠습니다!"

"그 감독은 어떻게 믿고요?"

"예? 아니, 그게……."

콧방귀를 뀐 종혁은 옆에 앉은 신장과 덩치가 어마어마한 백발의 노인을 바라봤다.

"큼. 반갑습니다. 로버트 제퍼슨입니다."

"허어억! 자이언츠의 철벽!"

"하하. 아직도 이 늙은 퇴물을 알아봐 주시는 분이 계실 줄 몰랐군요."

"모, 몰라볼 리가요!"

자이언츠의 라인백으로 한 시대를 풍미했던 레전드.

자이언츠의 애칭인 빅 블루의 빅 베어.

아빠 손을 잡고 미식축구장에 가서 그의 경기에 열광을

했던 교감으로서는 결코 잊을 수 없는 스타다.

뿐만 아니라 로버트 제퍼슨은 코치로서도 자이언츠의 전성기를 이끌며, 자이언츠 팬들의 많은 사랑을 받았다.

종혁은 정신을 차리지 못하는 교감을 보며 입을 열었다.

"이분을 감독으로 추천하고 싶군요."

'원래는 시즌이 끝난 자이언츠나 제츠와 연습 경기를 시켜 놈을 박살을 내 놓으려고 했는데…….'

그래서 자신의 무능력을 깨닫고 연습에 매진시키려고 했다. 원래의 감독도 회유해서 입에서 단내가 나도록 굴리게 만들 작정이었다.

그런데 그 감독을 비롯한 코치진이 모두 검거되면서 방법을 선회하게 됐다.

"이분을요?!"

"제 능력이 미흡하게 보일 테지만 부탁드리겠습니다."

"아니요! 환영합니다! 제가 더 부탁드리겠습니다!"

그렇게 로버트 제퍼슨이 용커스 미들스쿨 미식축구부의 감독이 됐다.

이후 교실을 비롯한 복도, 교무실 등 빈틈없이 CCTV를 설치해야 된다는 등 부탁을 빙자한 몇 개의 강요를 20만 달러의 추가 기부와 함께 말하고서 교장실을 나선종혁과 로버트 제퍼슨.

낯선 사람이라 경계하는 학생들로 가득한 복도를 걷는 로버트 제퍼슨이 입을 연다.

"우리의 거래 내용을 잊지 말게."

"걱정 마세요. 돈에 관련된 건 절대 어기지 않으니까."

자신이 사랑해 마지않는 친정팀인 자이언츠뿐만 아니라, 미식축구와 관련된 여러 단체에 거액을 후원해 주는 것을 조건으로 종혁의 거래에 응한 로버트 제퍼슨.

"제퍼슨 씨도 거래 내용 잊지 마시고요."

"선수들을 매일 집에 기어서 가게 만들라는 거? 걱정 말게. 그건 내 특기니까!"

종혁은 믿는다며 고개를 끄덕였다.

비록 성격이 더럽지만, 그 능력은 최고라며 로버트 제퍼슨에 대한 극찬을 아끼지 않았던 잭 와일러.

'이 정도면 일단 숨통이 트이겠지.'

보기조차 끔찍한 사람을 보지 않는 것만으로도 조던은 심리적 안정을 찾을 거다.

그건 클라크 덤벨이라는 이 학교의 강자이자 권력가에게 짓눌려 조던을 모른 척해야 됐던 다른 아이들도 마찬가지일 터.

클라크 덤벨을 체포할 증거는 그 이후부터 수집을 시작해도 늦지 않았다.

'병원장의 아들이라…….'

그것도 조던의 어머니 애나 파커가 일하는 존 리버사이드 병원의 병원장.

조던이 애나 파커에게 괴롭힘에 대한 걸 털어놓지 못한 데에는 이런 이유도 있는 것 같았다.

'바보같이⋯⋯.'

조던이 더 안쓰러워지던 종혁의 눈빛이 매섭게 빛난다.

'조금만 기다려라, 새꺄.'

로버트 제퍼슨의 훈련이 지옥처럼 느껴질 테지만, 진짜 지옥은 체포된 이후부터가 시작이었다.

물론 이 때문에 애꿎은 다른 선수들이 함께 고통을 받겠지만, 애당초 운동선수라면 당연히 감내해야 될 일.

종혁의 입꼬리가 뒤틀리는 순간이었다.

'음? 짜식⋯⋯.'

맞은편에서 종혁을 발견하곤 깜짝 놀랐다가 모른 척 스쳐 지나가는 조던.

종혁은 그런 조던의 머리를 헤집었다.

움찔!

조던은 순간 경기를 일으킬 듯 퍼덕이다 굳어 버리며 움츠러들었고, 종혁은 아무 일도 없었다는 듯 모른 척 걸음을 그를 지나쳐 갔다.

"흠. 아는 학생인가?"

"옆집 사는 학생이요. 가시죠."

종혁은 머리에 손이 닿자마자 보였던 조던의 반응에 이를 악물었다.

'육체적 폭력까지 당하고 있다는 거군.'

괴롭힌다 정도가 아니라 진짜 폭력을.

조던의 머리를 만진 종혁의 손이 주먹을 쥐며 기괴한

소리를 냈다.

* * *

"누구 새로 온 감독에 대해 들은 거 있어?"

"몰라."

7시, 이른 아침부터 운동장에 모인 용커스 미들스쿨 미식축구부 선수들의 얼굴에 기대와 두려움이 서린다.

누군가는 이번엔 주전이 될 수 있을까 하는 희망과 기대가.

돈으로 주전을 따낸 누군가는 주전에서 떨어지면 어쩌지 하는 두려움이.

그중엔 미식축구부의 주장이자 쿼터백인 클라크 덤벨도 있었다.

'괜찮아. 난 걱정 없어.'

객관적으로 따져도 8학년 중 자신을 능가할 쿼터백 자원이 없었다.

'있다면…….'

클라크 덤벨의 시선이 2학년 중 키와 팔이 긴 흑인 소년에게로 향했다.

서브 쿼터백이면서도 리시버와 러닝백, 라인배커까지 소화할 수 있는 미친 괴물.

하지만 괜찮다.

'난 주장이야.'

주전이 무조건 보장된 8학년인 데다가 주장. 거기다 미식축구부의 최대 후원자를 아버지로 두었다.

절대 주전에서 떨어질 리 없었다.

그제야 불안감을 떨쳐 낸 클라크 덤벨은 몸을 풀기 시작했고, 그런 그에게 눈이 작은 또래의 소년이 다가섰다.

"클라크, 넌 좋겠다? 든든한 병원장 아버지가 있어서?"

"시비 걸 거면 꺼져, 뱅크."

용커스에서 가장 큰 마트를 운영하는 아버지를 둔 동갑내기 라인배커인 소년.

소년은 날카로운 말투에 장난스럽게 몸을 움츠렸다.

"오우. 주장이 그러라면 그래야지. 근데……."

소년의 눈이 뒤틀린다.

"네가 언제까지 주장일 것 같냐?"

"뭐?"

섬뜩 놀란 클라크 던벨이 소년을 죽일 듯 노려본다.

"너 뭐 아는 거 있지? 그렇지?"

"글쎄. 이번에 오는 감독이 무조건 실력 중시라는 거? 너처럼 친구들과 놀기 좋아하고 힘없는 애들 괴롭히고 다니느라 연습에 잘 참가하지 않는 놈은 바로 아웃이라는 거지."

"……하! 날 놀라게 만들 생각이었다면 실패했어, 뱅크."

"그렇게 생각하시든지. 그럼 수고해."

클라크의 어깨를 두드린 소년은 키득거리며 자신의 자리로 돌아가 몸을 풀었고, 불길함을 느낀 클라크는 입술을 깨물었다.

'아, 아니겠지. 아닐 거야.'

감독이 멍청한 사람이 아니라면 자신을 주전에서 탈락시킬 리 없었다.

'이 미식축구부가 누구 돈으로 운영되고 있는데!'

그렇게 애써 마음을 다독이던 클라크는 저 멀리서 여러 어른들을 거느리며 다가오는 덩치 큰 노인의 모습에 낯빛을 굳혔다.

누가 봐도 새로운 감독.

"모두 조용! 용커스 미식축구부에는 수다쟁이들만 모여 있는 거냐!"

화들짝 놀란 선수들이 다급히 차렷 자세를 취한다.

그런 그들을 둘러본 로버트 제퍼슨은 선글라스를 추켜세우며 입을 열었다.

"반갑다, 꼬맹이들. 오늘부로 용커스 미들스쿨 미식축구부의 감독을 맡게 된 로버트 제퍼슨이다."

묵직한 포스가 가득 느껴지는 저음에 어린 선수들이 마른침을 삼키며 기대 어린 시선을 보낸다.

"여기 주장과 주전이 누구지?"

"주장인 클라크 덤벨입니다. 포지션은 쿼터백입니다."

클라크를 시작으로 가장 앞에 서 있던 주전들이 손을 들며 스스로를 소개한다.

고개를 끄덕인 로버트 제퍼슨은 클라크를 보며 입을 열었다.

"주장이라고 했던가?"

"예!"

감독에게 처음으로 불리자 얼굴이 환해진 클라크.

'내 아버지에 대해 들었나 보네! 역시 날 무시할 수 없지!'

역시 소년의 말은 자신을 불안하게 만들 개소리였던 것 같다.

"저 친구의 주력이 몇 초지?"

"예? 쟤, 쟤는……."

"한심하군. 필드의 사령관인 쿼터백이면서 동료의 신체 능력도 모른다고? 됐다. 네게 묻느니 직접 확인하는 게 빠르겠네."

'내가 2군의 주력을 어떻게 알아!'

왠지 불길해진다.

하지만 그보다 더 화가 난다. 선수들 앞에서 망신을 당했기 때문이다.

클라크의 얼굴이 일그러졌지만, 그걸 무시한 로버트 재퍼슨은 다시 선수들을 둘러봤다.

그리고 입술을 비틀었다.

"너희가 내게 뭘 바라는지 모른다. 하지만 난 나만의 기준을 통해 선수를 필드에 세운다. 그 기준은 바로 내가 내 눈으로 직접 본 것만 믿는다는 것."

술렁!

클라크의 머릿속에 위기감이 번뜩인다.

"가, 감독님! 선수의 기량은 프로필을 보면……."

"이봐, 내가 너한테 발언을 허락했던가?"

"그, 그건 아니……."

"아니면 닥쳐. 죽여 버리기 전에."

"……."

그렇게 클라크를 침몰시킨 로버트 제퍼슨은 클라크 때문에 끊겼던 말을 이어 갔다.

"자신이 주전이었던 것과 주전이 아니었던 것은 지금 이 순간부터 잊어라."

쿠웅!

'개 같은!'

아직 아니다. 지금 클라크 자신이 누군지 모르기에 저런 말을 하는 것일 거다.

"너희들이 올 봄에 나갈 대회는 이제 없을 거고, 그 시간 동안 주전을 새로 짠다. 그를 위한 테스트를 시작하지. 뛰어."

"……?"

"뛰어, 이 병아리 새끼들아―!"

"헉!"

우르르르!

"기록 시작해."

코치에게 말을 한 로버트 제퍼슨은 어정쩡한 자세를 취

하고 있는 클라크와 주전들을 보며 의아해했다.

"내가 주장과 주전은 뛰지 말라고 했던가?"

"으흠. 감독님, 저흰 이미 주전이기에 이런 경쟁은 불필요하며, 제 아버지는 이 미식축구부의 최대 후원자……."

"뛰어."

"저희 아버지께선 존 리버사이드 병원의……."

덥썩!

"큭?!"

갑자기 멱살을 잡혀 깜짝 놀랐던 클라크는 이내 분노를 터트리려다가 그대로 굳어 버렸다.

언제 선글라스를 벗은 건지 그를 찢어발길 듯 노려보는 눈빛.

"마지막으로 말한다. 뛰어. 정말 쫓겨나고 싶지 않으면."

진심이다.

여기서 뛰지 않으면 진짜로 쫓겨난다.

'……빌어먹을!'

이를 악문 클라크는 몸을 날렸고, 그렇게 그에게 지옥(체험판)이 열렸다.

조던에겐 천국 같은 시간이 시작되었다.

* * *

"이 문제는 이 공식을 대입해……."

띠리리리리!

입을 다물며 천장에 걸린 스피커를 응시한 선생이 교보재를 정리한다.

"오늘은 여기까지."

그 말에 학생들이 책상 위의 물건들을 정리하며 일어선다.

"잠깐. 다들 앉아."

담임선생의 의아해하며 다시 엉덩이를 붙이는 학생들.

"다들 이틀 뒤에 수학여행인 거 알지?"

"네-!"

조던도 소심하게 대답한다.

그런데 조던과 학생들의 눈이 불안함으로 흔들린다.

"너희도 알다시피 선생님들 중 절반이 퇴직을 하시면서 학교가 어수선하지만, 그래도 수학여행은 예정대로 진행될 거다."

'예스!'

소리 죽여 기뻐하는 아이들.

담임도 옅게 웃는다.

"내일도 경고하고 당일 날에도 검사하겠지만, 혹시라도 집에 있는 술이나 담배 가져오지 마라. 마약은 더더욱 안 되고. 만약 숨겼다가 걸리면……."

주먹을 쥐는 담임의 모습에 학생들이 마른침을 삼킨다.

"내 말이 무슨 뜻인지 알아들었을 거라고 생각한다."

"예에……."

그럴 생각이 만만이었는지 아쉬워하며 대답하는 그들.

"좋아, 이상. 잘 쉬고 다음 수업 준비해."

담임이 나가자 학생들도 일어서며 교실을 빠져나갔고, 조던은 그들이 모두 빠져나갔을 때쯤에야 슬그머니 몸을 일으켰다.

왜인지 뭔가 빠진 것 같다고 생각하며.

"아."

캐비닛에서 다음 수업에 쓸 교과서와 공책을 꺼내며 습관적으로 주위를 살폈던 조던은 뭐가 빠졌는지 알아차렸다.

없다. 맨날 자신을 괴롭히던 클라크가.

생각해 보니 지난 며칠 동안 클라크의 얼굴을 본 적이 없었다.

'왜지?'

분명 다행인 상황인데, 보이질 않으니 더 불안해진다.

의아해하며 돌아서던 조던은 이쪽으로 다가오던 클라크의 패거리를 발견하곤 얼른 몸을 돌렸다.

"그래서 클라크는 언제 우리랑 어울릴 수 있대?"

"훈련 때문에 힘들걸? 맨날 집에 기어서 가잖아."

"그 정도야?"

"새로 온 감독이 클라크 아빠 말을 무시한데. 이럴 거면 당신 아들 데려가라고."

성격은 좋지 않지만, 미식축구에는 진심인 클라크.

"아마 여름 시즌까지는 맨날 훈련만 해야 될걸? 거기다 따로 공부도 해야 되고."

"와, 감독이 미친놈……."

목소리가 멀어지고 나서야 다시 몸을 돌린 조던의 표정이 묘하다.

왜일까. 분명 안 된 일인데 입가에서 비죽 웃음이 삐져나온다.

누군가 꽉 쥐고 있던 숨통이 트인 기분.

조던은 조금은 가벼워진 발을 옮겨 교실로 향했다.

그의 입가엔 어느새 미소가 그려져 있었다.

"다녀왔습니다!"

우렁차게 외치며 2층으로 달려가는 조던.

오늘부터 오후 근무라서 출근을 준비하던 애나 파커가 황급히 안방에서 고개를 내밀며 혼란스러워한다.

"하, 학교에서 좋은 일이 있었나?"

여자친구가 생긴 건 아닐까.

아니, 아무래도 그런 것 같다. 그게 아니라면 갑자기 이렇게 밝아질 리가 없었다.

자신과 남편 마틴의 외모를 고스란히 물려받은 잘생긴 아들.

"풋. 누가 지 아빠 아들 아니랄까 봐 여자친구 사귀는 타이밍도 똑같네."

미들스쿨 8학년, 꽃이 화사하게 피는 봄에 고백을 했던 마틴.

"흐흥. 여자친구는 언제 소개시켜 주려나?"

팔불출 콩깍지가 씌인 그녀는 다행이라고 생각하며 문을 닫았고, 자신의 방 침대에 책가방을 던진 조던은 얼른 어젯밤부터 켜 놓았던 컴퓨터의 모니터를 켰다.

"역시!"

무사히 다운을 받은 미디어 파일에 조던이 주먹을 불끈 쥔다.

작년에 개봉을 했지만, 타이밍이 맞지 않아서 보지 못했던 로봇변신 영화. 로봇이 자동차로 변신해 스펙타클한 액션을 벌인다기에 얼마나 기대했는지 모른다.

그런 영화의 초고화질 극장판이 도중에 끊기지 않고 다운받아졌다. 다운로드가 도중에 끊기거나 파일이 아예 사라지는 게 다반사인 P2P 사이트.

여기에 훈련 때문에 교실에 나타나지 않는 클라크까지.

아무래도 행운의 여신이 드디어 자신을 향해 미소를 짓는 것 같다.

조던은 행복해하며 파일을 재생시켰다.

그는 곧 할리우드의 미친 액션에 흠뻑 빠져들었다.

* * *

과르릉!

연속으로 세 번이나 로봇변신 영화를 시청하던 조던의 귀가 저 멀리서 들리는 소리에 쫑긋 솟는다.

옆집에 이사 온 종혁이 몰고 다니는 람보르기니 무르시엘라고.

조던에겐 전부인 세상인 용커스시에서 단 한 번도 보지 못한 슈퍼카.

눈을 데구루루 굴리며 초조해하던 조던이 이내 주먹을 꽉 쥐며 일어서 부엌으로 향한다.

냉장고에서 랩이 씌워진 접시를 꺼내는 그.

어머니 애나 파커가 오늘 저녁으로 먹으라며 만들어 준 것이지만, 영화에 정신이 팔려 아직 저녁을 먹지 못해 남겨 둔 것이었다.

릴리는 오늘 친구 집에서 자고 온다고 연락이 왔다.

"후우!"

심호흡을 크게 한 조던은 현관을 나서 옆집으로 향했다.

아쉬운 소리를 내며 침묵하는 무르시엘라고.

"오, 옆집 학생. 무슨 일이야?"

"아, 안녕하세요. 이, 이거 엄마가 드리래요!"

종혁은 그가 내미는 음식을 보곤 피식 웃었다.

'드디어 왔구나.'

지난 며칠 동안 2층 창가에서 고개만 내밀어 지켜만 보던 걸 왜 모를까. 심지어 퇴근 시간에 맞춰 마당에 나와 아닌 척 뚫어져라 쳐다본 적도 있다.

그럼에도 다가오지 않아서 아쉬워했는데, 이제야 타인에게 다가설 용기가 생긴 것 같다.

"와, 파이잖아? 내가 또 파이를 좋아하는 건 어떻게 알고! 잘 먹겠다고 전해 드려!"

"네, 네."

종혁과 대화를 나누면서도 시선은 차를 향해 고정되어 있는 조던.

종혁의 입에서 결국 웃음이 삐져나왔다.

"차 좋아하냐?"

"네? 네……."

"그래? 그럼 타 볼래?"

"정말요!? ……아, 아뇨! 그러지 않아도 돼요!"

"됐어, 인마. 타. 이웃끼리 친해질 겸 드라이브나 가자."

종혁은 거의 강제로 조던을 차에 태웠다.

"안전벨트 매라."

'이제부터 널 위한 시간이 시작될 테니까.'

뭉개지고 구겨진 조던의 자존감을 펴 주기 위한 시간.

주변 환경이 바뀌어도 조던 본인이 달라지지 않는다면, 이 사건은 영원히 해결될 수 없다고 봐야 했다.

끼릭! 과르릉!

"우왁!"

"꽉 잡아."

지금부터는 좀 격렬할 거다.

과아아아아앙!

쏜살처럼 차고를 뛰쳐나온 미친 황소가 도로 위를 질주하기 시작했다.

* * *

수학여행날 아침, 학교 운동장에 모인 조던의 입술이 꿈틀거린다.

그제, 어제 고속도로 위를 누볐던 질주.

앞서가는 차량을 앞지르는 그 짜릿했던 쾌감.

영화처럼 경찰이 따라붙은 적도 있다.

물론 영화처럼 경찰을 따돌리려 추격전을 벌이는 일은 없이 평범하게 딱지를 끊었지만, 이마저도 조던에게는 결코 잊을 수 없는 추억이 되었다.

'다음엔 NYPD와 FBI의 압류차량 창고에 데려가 준다고 했어.'

세금을 내지 못하거나 범죄자들에게서 압류한 차들을 모아 놓는 창고.

불법 개조된 온갖 차량들이 모이는 압류차량 창고.

이런 차들이 있다고 사진을 보여 줬을 때 조던은 행복해서 쓰러지는 줄 알았다. 여기에 클라크까지 보이지 않으니 조던은 매일이 오늘 같았으면 했다.

그는 종혁이 준 자동차 키를 만지작거리며 행복해했다.

슈퍼카는 도난의 위협이 높기에 특수한 패턴의 전파를 내뿜는 전용키가 없으면 시동조차 걸 수 없는데, 이건 거기에 오너들에게 좋지 못한 일이 발생했을 때 빠르게 찾기 위해 위치추적장치까지 삽입됐다는 키였다.

비록 열쇠를 깎지 않은 스페어 키지만, 조던은 이것만으로도 좋아서 미칠 것 같았다.

"헤헤. 얼른 수학여행이……."

털썩!

조던은 버스 옆자리에 앉는 사람에 반사적으로 고개를 돌렸다가 그대로 굳어 버렸다.

"나 없는 동안 즐거웠지?"

지난 며칠간 보지 못해서 좋았던 얼굴.

지난 며칠간 얼마나 고생했는지 수척해지다 못해 독기가 넘쳐 흐르는 얼굴.

"크, 클라크……."

"워싱턴에 도착하면 좀 맞자."

조던의 얼굴이 하얗게 질렸다.

* * *

"뭐라고요?"

—흠. 이건 막을 수 없더군.

종혁과 약속한 바가 있으니 어지간한 상황이라면 손을 썼겠지만, 클라크 덤벨 하나 때문에 미식축구부 전체를 수학여행에 보내지 않을 수도 없는 노릇이었다.

그렇다고 클라크만 남으라고 할 수도 없는 상황.

그런 짓까지 한다면 이건 더 이상 계도가 아닌, 또 다른 폭력에 불과했다.

로버트 제퍼슨은 아무리 그래도 거기까지 협력할 수는 없었다.

회귀 전에 클라크로 인해 어떤 일까지 벌어졌는지 알고 있는 종혁으로서는 조금도 봐줄 필요가 없다고 생각하지만, 그 사실을 모르는 로버트로서는 어쩔 수 없는 일이었다.

"흐음…… 알겠습니다. 그럼 다음에 또 연락드리겠습니다."

통화를 종료한 종혁은 담배를 물었다. 그리고 혀를 차며 누군가에게 전화를 걸었다.

-네. 그레이스 탐정사무소입니다.

"납니다. 현재 하고 있는 의뢰에 하나만 더 추가하죠."

탐정사무소를 통해 클라크 패거리가 저지른 일들에 대한 증거를 수집하고 있던 종혁.

주범인 클라크뿐만 아니라 그에게 동조하며 따랐던 패거리들까지 그들이 학교 안에서 어떤 패악을 저질렀는지, 그리고 저지르고 있는지에 대한 증거를 수집하기 위해 탐정을 청소부로 잠입시켜 놓은 상태였다.

"제가 전달하는 주소로 이동해 주세요. 지금 당장."

조던에게 위치추적기를 쥐여 줬으니 따라붙기는 쉬울 터.

통화를 종료한 종혁은 무거운 한숨을 길게 내쉬었다.

"후우. 지금 둘이 만나면 안 되는데⋯⋯."

이제야 좁아지다 못해 굳어 버린 어깨가 조금씩 펴지기 시작한 조던이다.

이제야 살 것 같다고 웃기 시작한 조던이다.

이런 상황에서 다시 폭력을 당하는 순간 조던은 예전과는 비교할 수 없을 만큼 자존감이 결여될지도 모른다.

어쩌면 이번 일이 트리거가 될 수도 있었다.

하늘 위로 날아오르다 추락하면 더 아프기에.

"진짜 건드리지 마라."

이를 간 종혁은 조던을 떠올리며 안절부절못했다.

"무슨 일이야, 최?"

"⋯⋯아뇨. 아니요."

아직 벌어지지 않은 일.

종혁은 어색하게 웃으며 답답해지는 가슴을 두드렸다.

* * *

퍼억! 퍽!

"킥! 커억! 큽!"

워싱턴 DC의 어느 공원, 둥글게 만 조던의 몸 위로 발과 주먹이 무자비하게 쏟아진다.

"왜? 아까처럼 웃어 봐. 웃어 보라고!"

자신은 죽는 줄 알았는데, 매일 밤 아빠가 데리러 오지 않으면 집에 가지도 못했는데, 매일 아침마다 학교에 가기 싫다고 생각했는데 병신 새끼는 뭐가 그렇게 좋은지 웃고 자빠져 있다.

그 순간 클라크의 이성은 끊겨 버렸다.

이곳에 도착할 때까지 정말 힘들게 참았던 그.

"난 미치게 힘들었는데 넌 웃더라? 내가 힘든 게 그렇게 좋았냐? 어? 내가 안 보여서 좋았지? 어?! 웃어! 웃으라고, 새끼야! Fuck-!"

결국 눈이 돌아간 클라크가 주위를 두리번거리다 커다란 돌을 집어 든다.

"크, 클라크! 그만해! 그걸로 찍으면 쟤 죽어!"

"놔-!"

팔과 몸을 잡는 패거리를 뿌리친 클라크가 그들을 죽일 듯 노려본다.

"방해하면 너희부터 죽인다."

움찔!

'병신 새끼들.'

데리고 다닐 만하지 않았다면 상종도 안 했을 버러지들.

입을 다무는 친구들의 모습에 코웃음을 친 클라크는 한쪽 무릎을 꿇으며 돌을 높이 쳐들었다.

"어어? 너희들 뭐하는 거야-!"

"헉! 가, 가자. 클라크, 가자."

"……퉤! 겁쟁이 새끼."

침을 뱉은 클라크는 패거리들과 빠르게 사라졌고, 남겨진 조던은 몸을 들썩인다.

눈물이 흙바닥에 점을 찍는다.

하염없이 울던 조던은 잠시 후 멍한 눈으로 몸을 일으켜 주머니를 뒤졌다.

그런 그의 손에 딸려 나온 부서진 자동차 키.

가족이 아닌 타인에게 처음 받은 선물.

주륵!

조던의 눈에서 다시 눈물이 쏟아진다.

"미안해요…….."

선물을 망가트려서 미안했다.

소중히 간직해야 되는 선물인데, 메인 키를 분실했을 때 필요한 스페어 키인데 망가트려서 미안했다.

"……왜지? 왜 나지?"

대체 클라크는 왜 자신을 이렇게 괴롭히는 걸까.

"난 그저…… 그저…….."

1학년 때 복도를 걷다가 우연히 클라크의 여자친구와 부딪쳤을 뿐이다. 덩치가 너무 크고 험악한 표정을 짓는 클라크가 무서워 얼른 사과하고 지나치려고 했을 뿐이다.

그것뿐이었다.

그런데…….

ㅡ부딪쳤으면 제대로 사과해야지, 너드 새꺄.

엄마가 골라 준 체크무늬 셔츠를 입지 말아야 했던 걸까?
아니면 아침에 귀찮았어도 씻고 나와야 했던 걸까?

그것도 아니면 아빠 마틴의 말처럼 운동을 해야 됐던 걸까?

늘씬 맞았고, 결국 하교한 자신을 아빠가 발견하고 학교로 쫓아갔다.

그 일로 클라크는 징계를 받았고, 이후부터 괴롭힘이 시작됐다. 조던 자신 때문에 여자친구와 헤어지게 됐다는 이유에서였다.

교묘하게. 지독하게.

클라크는 아빠가 용커스시에 없을 때만 때렸다.

반항할 생각조차 할 수 없었다. 엄마가 일하는 병원의 병원장 아들이기에 그냥 맞을 수밖에 없었다.

그러나 2학년이 되고, 1년간 지속된 괴롭힘에 참다못해 담임에게 클라크의 폭행을 고발했다.

그러나 자신의 신고를 묵살해 버린 담임.

엘리트인 클라크가 그럴 리가 없다고, 모두 네 착각이 아니냐며 어깨를 붙들며 협박을 하던 담임.

조던은 자신의 편이라 생각했던 담임의 그 모습에 하늘이 무너지는 걸 느꼈고, 그 이후 괴롭힘의 방식이 달라졌다.

밀어트리고, 넘어트리고, 수치심을 주고.

모든 학생이 자신을 따돌리도록 주도했다.

미식축구 유망주로 1학년부터 인기가 많았던 클라크는 그런 악마였다.

"이제야 좀 살 것 같았는데……."

또 맞게 됐다. 안 본 만큼 더 무서워진 클라크에게.

그런데 왠지 앞으로도 맞을 것 같다.

"난…… 안 되는 걸까?"

행복하면 안 되는 걸까?

그냥 죽어야 클라크가 만족을 하는 걸까?

모르겠다. 뭘 해야 될지 모르겠다.

지이잉!

"여, 여보세요?"

—어디야, 너드 새꺄! 너 때문에 사진을 찍지 못하고 있 잖아!

미국의 역사와 관련된 건축물이나 물건들에 대해 조사 하고, 그 앞에서 조원들과 사진을 찍어라. 그게 학교에서 내준 이번 수학여행 숙제였다.

'어디 갔는지 알잖아!'

자신이 끌려가는 걸 지켜봤던 조원들.

하지만 그 짜증마저도 무서운 조던이 할 수 있는 대답 은 하나였다.

"아, 알았어. 금방 갈게……."

난 왜 병신처럼 말도 못하는 걸까.

이 지옥은 언제까지 이어지는 걸까.

"하아. 흑!"

다시 또 차오르는 설움을 참으며 몸을 돌리는 순간이었다.

퍼억!

"꺄악!"

"헉! 괘, 괜찮으세요? 허억!"

"야! 너 이게 얼마짜리 옷인 줄…… 흐으응."

조던의 위아래를 살핀 이십대의 미녀가 피식 웃으며 손을 내민다.

"손."

"네?"

"손 잡아 달라고."

"아, 네네!"

조던의 손을 잡고 몸을 일으킨 미녀는 싱긋 웃었다.

"고마워, 꼬마 신사님."

마치 활짝 핀 장미처럼 고혹적인 연상의 미소.

코끝에 닿는 좋은 향기와 달큰한 목소리에 조던의 표정이 멍해진다.

"그런데 꼬마야."

"네?"

"네가 견딜 수 없으면 널 그렇게 만드는 걸 치워 버리는 것도 하나의 답이야. 네가 마음을 독하게 먹지 않으면 영원히 끝나지 않을 테니까. 내가 그랬거든. 아무도 돕지 않더라고."

"……네?"

"내 손을 잡아 준 보답은 여기까지. 그럼 안녕. DC에서 좋은 추억을 남기길 바라. 뉴욕 사투리를 쓰는 꼬마 신사님."

"카라!"

"카라가 아니라 케일라라니까요! 케일라 버드!"

"그럼 지금부터 애칭으로 카라 어때?"

"절대 싫어요. 내가 왜 사기꾼 이름을 애칭으로 써요? 그보다 우리 라스베이거스는 언제 갈 건데요?"

조던은 멀어지는 미녀를 빤히 응시했다.

"내가 독해지지 않으면…… 영원히 끝나지 않는다?"

'내가…… 치우지 않으면?'

조던의 눈에서 초점이 사라지기 시작했다.

* * *

빠드득!

워싱턴 DC에서 날아온 사진 한 장에 종혁의 이가 갈린다.

어느 공원, 흙바닥을 구르고 누군가에게 밟힌 듯 더럽혀진 옷과 엉망이 된 얼굴.

누가 봐도 구타의 흔적이다.

그레이스 탐정사무소의 직원이 한발 늦게 도착했기에 폭행 현장이나 범인을 확보할 순 없었지만, 누가 봐도 범인은 명백했다.

"결국……."

우려가 현실이 됐다.

얼마나 아팠을까.

얼마나 무서웠을까.

'그리고 얼마나…… 포기했을까.'

스스로를, 그리고 도와주지 않는 주변을.

종혁은 뻣뻣해지는 뒷목을 주물렀다.

"하, 이 개새끼를 어떻게 죽여야 하지?"

머릿속에 수많은 방법이 떠오르지만, 일단은 후속으로 이어질 구타를 멈추게 하는 게 먼저다.

"최! 사건이야!"

"쯧."

'지금 가야 하는데!'

얼굴을 구긴 종혁은 외투를 챙겨 들었다.

* * *

"오늘 재밌지 않았어?"

"와, 워싱턴 기념탑 앞에서 피크닉 즐기는 사람 많더라!"

"fuck. 호텔에서 잔다고 엄청 기대했는데."

해가 저문 저녁, 학생들이 떠드는 허름한 호텔의 로비.

터벅터벅.

조던이 무거운 걸음을 옮긴다.

분명 같은 공간에 있음에도 다른 공간인 듯한 모습.

대체 뭐가 저렇게 즐거운 걸까.

'난 이렇게 힘든데 너흰 뭐가 그렇게 웃겨? 너흰 왜 친구랑 웃어?'

자신의 고통 따윈 저들에게는 아무 일도 아니라는 것 같은 모습에 상실감이 심장을 옥죈다.

입술을 깨문 조던은 로비의 중앙 패거리와 웃는 클라크를 발견하곤 얼른 몸을 돌려 도망치듯 방으로 향했다.

그런데…….

"조던, 미안한데 방 좀 옮겨 줄 수 있을까?"

"뭐?"

"아, 친구들이랑 같이 자려고."

그러며 3인실 방에 모인 같은 조원이자 룸메이트인 같은 반 학생과 다른 반의 학생들이 웃으며 내려다본다.

"왜? 싫어?"

"아, 아니…… 알았어."

"고마워. 여기 네 짐!"

"그, 그럼 몇 호인지…….."

쾅!

조던은 닫힌 문을 멍하니 쳐다보다 손을 들었지만 두드리진 못했다.

우물쭈물하던 조던은 한숨을 내쉬며 돌아섰다.

"3반 애들이었지."

이름도 어렴풋이 기억난다.

아무래도 하나하나 다 물어봐야 할 듯했다.

"몰라. 다른 애한테 물어봐."

"아, 빌어먹을. 재밌었는데. 야, 꺼져."

자신의 방에서 자려는 아이들이 몇 호에서 자는지 물어보려 했지만, 문전박대를 당하는 조던.

겨우겨우 방을 알아내 찾아갔지만…….

"야, 야. 딴 데 가서 자."

체크무늬 셔츠를 입은 아이들이 눈을 부라린다.

조던처럼 직접적인 폭력을 당하진 않지만, 은연중에 다른 학생들에게 무시와 따돌림을 당하는 아이들.

"하, 하지만……."

"여, 여기도 꽉 찼어!"

"널 받아들였다가 클라크에게 찍히면 어떡해!"

"맞아! 때, 때리기 전에 딴 데 가서 자! 이, 이 너드 새꺄!"

"꺼져! 꺼져!"

쾅!

조던은 멍하니 문을 쳐다봤다.

왜일까.

몇 호에 머무는지 알려 주지도 않고 내쫓은 애들이나 문전박대하던 애들보다 지금이 더 자괴감이 든다.

"너희도 약자잖아. 너희도 나랑 똑같잖아……."

각자의 반에서 겉도는 아이들.

무시를 당하는 것은 예사고, 밀쳐지거나 험한 소리도 듣는 아이들.

'그런데 왜…….'

큰 걸 바란 것도 아니다. 그냥 잠만 자게 해 달라는 것뿐이었다.

그런데 그마저도 거부당했다.

같은 처지라고 생각했던 아이들에게까지.

이게 더 조던의 자존감을 뭉갰다.

조던의 얼굴이 일그러졌다.

'역시 아무도 날 돕지 않는구나……. 그 누나처럼…….'

숨이 막힌다. 머리가 어지럽다.

"하하하!"

"호호호!"

닫히고 열린 문들을 통해 흘러나오는 소음들.

다른 세상이었다. 저들과 자신은 결국 다른 세상에 살았던 거다.

자신이 있을 곳은 어디에도 없었던 것이었다.

고개를 떨군 조던은 몸을 돌려 계단을 향해 발을 옮겼다.

점점 빨라지는 걸음.

조던은 도망치듯 호텔을 뛰쳐나왔다.

그 순간이었다.

"어이. 옆집 꼬마! 어디 가냐?"

흠칫!

"……흐어어어어어엉!"

그대로 무너져 울어 버리는 조던의 모습에 종혁의 얼굴이 일그러졌다.

＊　＊　＊

호텔 근처의 카페.

"자."

"가, 감사합니다."

따뜻한 레몬꿀차.

종혁은 고개를 숙인 채 컵을 만지작거리는 조던의 모습

에 속으로 한숨을 내쉬었다.

'빌어먹을.'

무너지기 일보 직전의 모습이었다. 모든 걸 포기하기 일보 직전의 모습이었다.

조던의 상태는 예상했던 것보다 훨씬 더 심각했다.

"조던."

"네……."

종혁은 몸부터 움츠리는 조던의 모습에 이를 악물며 억지로 표정을 폈다.

"힘드냐?"

번쩍!

놀라 고개를 든 조던이 흔들리는 눈으로 종혁을 살핀다.

이 사람은 대체 어디까지 알고 있는 걸까.

설마 엄마도 모르는 걸 알고 있는 걸까.

'어, 엄마가 알면 안 되는데?'

"힘들면 포기해도 괜찮아."

"네, 네? 무, 무슨 말인지……."

종혁은 애써 부정하려는 조던을 가만히 응시했다.

네가 포기해도 응원을 하겠다는 듯.

그래도 널 질책할 사람은 없다는 듯.

"네가 감당하기 힘든 일이 있을 땐 어른에게 도움을 청하는 것도 하나의 방법이야."

"흡?!"

아는구나.

"그러기 위해 어른이 있는 거고."

울컥!

'어째서……'

이 사람은 내게 이런 눈빛을 보내오는 걸까.

너무도 따뜻해 다시 눈물이 왈칵 차오르는 눈빛에 조던의 입술이 달싹인다.

말할까, 말까.

조던의 눈에 갈등이 서린다.

하지만 그것도 잠시.

"그, 그런데 여긴 어쩐 일이세요?"

'말하고 싶지 않은 거냐……'

정확히는 종혁 자신이 혹여 애나 파커에게 말할까 겁을 먹은 거다.

가슴이 답답해졌다.

그래도 종혁은 모른 척해 주기로 했다.

"……사건 때문에 잠깐 왔다가 시간이 늦어서 여기서 자고 가려고 했지."

아니다. 조던이 걱정되어 퇴근을 하자마자 전용기를 타고 워싱턴으로 날아온 거다.

"그러다 네가 워싱턴에 여행 왔다기에 찾아온 거고."

"아아……. 그런데 어떤 사건인가요?"

갑자기 초롱초롱해지는 조던의 눈빛에 종혁은 피식 웃음을 흘렸다가 조던이 무엇을 좋아하는지 상기하고는 입을 열었다.

"자동차 도난 사건이야."

"헉! 진짜요?! 자동차를 훔치는 집단을 쫓는 거예요? 아니면 도둑 집단이 전자기기를 실은 트레일러를 터는 거예요?"

"그 이상은 수사 기밀이야, 인마."

"우와아!"

혀를 찬 종혁은 몸을 일으켰다.

"어, 어디 가시게요?"

"어디 가긴. 나도 호텔 잡고 짐 풀어야지."

"아……."

조던이 벌써 가는 거냐고 낙담을 한다.

"그래서 그런데 너희 호텔에 방 있냐?"

"네?"

조던의 눈이 동그래졌다.

* * *

저녁 10시가 다 되어 감에도 시끄러운 호텔의 로비.

용커스 미들스쿨이 이 호텔을 전세 냈기에 호텔의 종업원들도 아무런 제지를 하지 못하고 한숨만 내쉰다. 이 학교도 시끄럽다고 생각하며.

그 순간이었다.

"뭐야! 왜 아직까지 로비에 있어! 얼른 방에 올라가지 못해?!"

"아아—!"

선생의 호통에 잔뜩 아쉬움을 표하면서도 일어서는 아이들.

그중엔 클라크와 그 패거리도 있다.

"애들아, 이따가 12시에 나가는 거 어때? 아까 오는 길에 다이너 하나 봐 뒀는데."

한 소년의 말에 눈을 빛내는 클라크와 나머지 패거리들.

솔직히 수학여행까지 와서 다이너에서 노는 게 썩 마음에 들진 않지만, 이대로 방에 갇혀 뒹굴거리다 자는 것보다는 훨씬 낫다.

눈빛을 교환한 그들은 다른 학생들 사이에 섞여 방으로 향했다.

웅성웅성……

갑자기 조용해지는 로비.

의아해하며 고개를 돌렸던 클라크와 패거리가 눈을 부릅뜬다.

"저, 저……!"

병신, 샌드백 조던이 덩치 큰 FBI와 함께 들어온다.

찔리는 게 있어 심장이 철렁 내려앉는 그들.

"크, 클라크."

"입 다물어."

클라크는 입술을 깨물며 조던을 노려봤고, 학생들을 해산시키던 선생은 식겁하며 종혁과 조던에게 다가갔다.

"F, FBI가 무슨 일이십니까? 저, 저희 학교 학생이 무슨 잘못이라도……?"

"아, 별거 아닙니다. 제가 오늘 일이 있어서 워싱턴에 오게 됐는데, 마침 옆집에 사는 여기 조던도 워싱턴에 왔다는 게 기억나서요. 그래서 실례가 안 된다면 조던과 함께 잘 수 있을까 해서 와 봤습니다."

"그, 그러십니까?"

선생은 맞냐는 듯 왜 FBI가 옆집에 사는데 말하지 않았냐는 듯 조던을 봤고, 조던은 어색하게 웃으며 고개를 끄덕였다.

그제야 마음이 놓이는 선생.

"하하. 그런데 어쩌죠? 저희도 그러고 싶지만, 이게……."

"대가라고 하기엔 뭐하지만, 이걸로 내일 학생들 밥이나 사 주십시오."

선생은 종혁이 악수를 하는 척 건네는 1만 달러 수표에 깜짝 놀랐다.

"허흠……. 신원이 명확하시기도 하고, 이 멀리까지 오셨는데 어쩔 수가 없군요. 그런데 호텔이 방이 없을 텐데……."

"음. 그러면 죄송하지만 조던을 데리고 다른 호텔에서 자도 될까요?"

"……이번 만입니다."

"감사합니다, 선생님. 야, 가자."

"네? 네……."

종혁은 조던을 데리고 다시 호텔을 나섰고, '이 돈이면 내일과 모레 애들에게 배불리 먹일 수 있겠다'고 희희낙

락하며 몸을 돌리던 선생은 아직도 학생들로 가득한 로
비에 얼굴을 구겼다.

"뭣들 해! 어서 안 올라가?!"

"선생님!"

"저 학생은 지인분께서 오셔서 잠시 밥이나 같이 먹자
고 데리고 나가신 것뿐이니까 잔말 말고 올라가!"

학생들은 아쉬워하며 몸을 돌렸고, 클라크와 그 패거리
도 마찬가지였다.

'빌어먹을. FBI와 아는 사이라니……. 마, 말하진 않았
겠지?'

입술을 깨무는 클라크.

'아냐. 안 했을 거야.'

말했다면 자신은 예전에 수갑이 채워졌을 테니 말이다.

"크, 클라크."

"알아봐."

"……응."

부디 친한 사이는 아니길.

아니, 아니어야 했다.

클라크는 애써 행복회로를 돌렸다.

* * *

파크 하얏트 워싱턴, 용커스 미들스쿨이 머무는 저가 호
텔이 아니라 진짜 호텔. 아니, 그중에서도 최고급 호텔.

호텔의 로비에서부터 놀란 조던이 쾌적하고 넓은 트윈 룸에 눈을 동그랗게 뜬다.

"아, 씁. 스위트가 다 나가 버렸네. 뭐하냐? 씻어. 안 잘 거야?"

"네, 네!"

조던은 무엇 하나 함부로 건드리면 안 될 것 같은 럭셔리함에 발걸음도 조심하며 화장실로 향했고, 종혁은 그 뒷모습을 바라보며 한숨을 내쉬었다.

'일단 떨어트려 놓긴 했는데…….'

FBI인 자신이 조던과의 친분을 과시했으니 이제부턴 클라크 덤벨도 함부로 조던을 괴롭힐 순 없을 터.

하지만 이건 그저 미봉책일 뿐이다.

아무도 모르게, 남들이 보지 못하는 곳에서 괴롭힘을 이어 나갈 것이 분명했다.

"쯧."

종혁은 혀를 차며 옷을 벗었다.

그리고 잠시 후 조던과 바톤 터치를 해 씻고 나온 종혁은 침대 걸터앉아 얼어붙어 있는 조던의 모습에 그럴 줄 알았다며 피식 웃었다.

종혁 자신도 회귀 전 범인을 잡으러 이런 곳에 왔을 때 딱 조던처럼 얼어붙었기 때문이다.

자칫 잘못해 어디에 흠집이라도 낸다면 목돈을 물어내야 할 것 같은 위기감에 아무것도 하지 못했다.

종혁은 냉장고에서 음료를 꺼내 넘겨주었다.

"엑?!"

"한잔 시원하게 마시고 얼른 자라."

치익! 딱!

자신 몫의 맥주를 원샷한 종혁은 침대에 몸을 날렸다.

"난 잔다. 너도 적당히 놀다 자. 부족하면 꺼내서 더 마시고."

"아, 네. 감사합니다…….."

지금 조던에게 필요한 건 억지로 하는 공감이나 구차한 위로가 아니라, 그냥 누군가 옆에 있어 주는 거다.

네 편도 있다고 말해 주는 거다.

그걸 했으니 이제 나머진 조던이 걸어 잠근 빗장을 다시 열어 주길 기다리는 것뿐이었다.

조던은 음료를 만지작거리며 종혁의 등을 응시했다.

고맙다.

힘드냐고 물어봐 줘서 고맙고, 무슨 일이 있었냐고 추궁하지 않아서 고맙다.

그냥 옆에 있어 줘서 고맙다.

그리고 무섭다.

엄마가 실망할까 봐 무섭다.

얼마 전 아버지를 잃은 엄마가 슬퍼할까 봐 무섭다.

'나만 참으면 되는데…….'

힘들어 죽을 것 같지만, 그보다 엄마가 슬퍼하면 더 힘들 것 같다.

그런데 견딜 수가 없다.

'대체 어떻게 하면······.'

아니, 쉬운 일이다. 클라크만 사라진다면 이렇게 괴로워하지 않아도 된다.

그런데 그게 무섭다.

너무도 무서운 존재인 클라크.

자신 같은 서민이 어떻게 할 수 없는 부자에 킹카.

사라지게 할 수 있을지 확신이 들지 않는다.

"너무 힘들 땐 어른에게 도움을 청하라고 했지만······."

정말 도움을 줄 수 있을까?

'아무리 FBI라도?'

조던은 다시 종혁을 봤다.

자신을 위해 드라이브도 시켜 주고, 징계받을 걸 각오하고 압류 창고에도 데려가 준다고 약속하고, 오늘 위로도 해 준 고마운 아저씨.

"나 때문에 이분이 다치는 건 아닐까?"

조던은 씁쓸히 웃었다.

'그래. 조금만 더 참자.'

여름 시즌이 되면 클라크도 바빠서 자신을 괴롭히지 못할 거다. 여태까지 그랬던 것처럼 말이다.

그러면 자신도 여태까지처럼 수업 시간에 숨을 죽이고, 점심에 밥 먹으러 갈 때 클라크의 눈에 띄지 않으면 된다.

그러면 되는 거다.

'내가 조금만 참으면······.'

"아저씨."

"……."

"오늘 고마웠어요. 안녕히 주무세요."

몸을 돌린 조던은 눈을 감았고, 그런 그의 갈등과 고민을 모두 느낀 종혁은 이불 아래 숨겨 놓은 주먹을 꽉 쥐었다.

조던은 이미 참는 걸 버릇처럼 하고 있었다.

공포에 의한 자기합리화를 배우고 있었다.

이건 아니었다.

'안 되겠네. 그냥 치워야겠어.'

하지만 일단은 평화적인 방법으로.

'하지만 안 된다면…….'

종혁의 눈빛이 서늘하게 가라앉았다.

* * *

조던의 고른 숨소리가 울리는 트윈룸.

새벽 2시가 되자 종혁의 눈이 번쩍 떠진다.

슬그머니 몸을 일으킨 종혁이 조던을 본다.

몸을 웅크린 채 자고 있는 조던.

"야."

제법 큰 부름에도 뒤척임 하나 없는 조던.

종혁은 벗어 뒀던 옷을 입고 조심스럽게 방을 빠져나갔다.

달칵.

등 뒤로 닫히는 문.

종혁이 핸드폰을 들었다.

"예, 납니다. 그 새끼들 지금 어디 있습니까? 아직도 다이너에 있습니까? 아, 그래요?"

우드득!

종혁이 목을 꺾으며 걸음을 옮겼다.

* * *

"그랬다니까?!"

"하하하하!"

"호호호호!"

이젠 취객 손님조차 없는 새벽 2시의 다이너. 조용했던 다이너에 웃음이 터진다.

하지만 그것도 잠시.

"하암."

"우, 졸린데?"

잘 시간이 한참 지나서 그런지 이미 눈이 무거워졌던 그들.

클라크도 무거워진 눈을 억지로 뜬다.

"야, 들어가서 자자. 잠 온다."

"그럴까? 지금쯤이면 선생들도 다 자고 있겠지?"

"그렇겠지. 끄응. 어우. 피곤해."

그들은 기지개를 켜며 몸을 일으키는 순간이었다.

딸랑!

'헉!'

문을 열며 들어오는 거구의 FBI, 종혁을 발견한 그들은 기겁하며 다시 앉았다.

'미, 미친. 저 사람이 여기 왜 와?!'

'몰라! 고개나 더 숙여!'

들켰다간 벌점으로 끝나지 않는다. 특히 한참 주전 선발 중인 클라크로서는 절대 들켜선 안 됐다.

'조용히 해! 입 닫아!'

마치 고양이를 앞에 둔 쥐처럼 바들바들 떠는 그들.

그런 그들을 서늘한 눈으로 쳐다본 종혁은 입구 바로 앞 테이블에 앉아 주문을 했다.

"여기 맥주랑 빠르게 되는 걸로 아무거나요. 가격은 신경 쓰지 말고요."

"네! 맥주는 뭘로 드릴까요?"

"브룩클린이요."

지이잉!

"어, 벤. 어디긴. 잠이 안 와서 잠깐 맥주나 한잔하러 나왔지. 몰라. 내일 좀 더 뒤져 봐야겠지만, 단서는 찾기 힘들 것 같아. 그렇지. 글쎄? 모레 오후쯤 복귀하지 않을까? 아, 그런데 그 학교폭력 사건 어떻게 됐어?"

흠칫!

'하, 학교폭력?'

'조용히 해!'

찔리는 게 있는 클라크와 패거리는 숨소리조차 죽이며 귀를 세웠다.

그리고 이내 하얗게 질렸다.

"그거 있잖아. 오랫동안 괴롭힘을 당한 피해자가 참다 못해 운동선수인 가해자를 찔러 버린 거. 어, 오늘 판결 나는 거. 그래. 엄청 소심했던 피해자가 돌변한 사건 말이야."

종혁의 눈이 동요를 보이는 공간으로 향한다.

"오, 무죄? 정당방위가 인정됐어? 잘됐네. 그보다 가해자는? 8년? 왜? 검사가 고작 그것만 구형했다고? 빌어먹을이네. 뭐? 선수 자격 박탈? 영구 퇴출?"

종혁은 나른하게 웃었다.

"좋네. 정의구현이야. 어차피 안 좋은 부위가 찔려서 더 이상 운동은 못할 테지만 말이야. 역시 미국은 이런 게 좋다니까. 안 그래?"

수화기 너머의 사람이 아니라 클라크들을 향한 경고.

"아, 잠깐만. 화장실이 어딥니까?"

"저쪽이요!"

"감사합니다. 어, 그래."

몸을 일으킨 종혁은 화장실로 향했고, 클라크와 패거리는 조심스럽게 다이너를 빠져나왔다.

문을 나서자마자 숙소인 호텔로 뛴 그들. 이내 다이너가 보이지 않게 돼서야 그들의 뜀박질이 멈춘다.

"크, 클라크······."

"닥쳐."

'오랜 괴롭힘을 당한 소심한 피해자? 운동선수인 가해자?'

어디서 많이 들어 본 이야기가 아닌가.

'안 좋은 부위를 찔렸다고?'

순간 서늘해지는 아킬레스건을 만진 클라크가 입술을 깨문다.

'설마······ 아니겠지.'

조던은 그럴 용기조차 없는 병신이다.

가라면 가고, 오라면 오는 개새끼.

하지만······.

"빌어먹을. 가자."

이를 악문 클라크는 호텔로 향했고, 화장실에서 나온 종혁은 비어 있는 자리를 보며 입술을 비틀었다.

평화적으로 일말의 기회를 주는 거다.

딱 한 번, 반성하고 사과할 기회를.

"그걸 걷어찬다면······ 글쎄."

"음식 나왔습니다!"

"예!"

종혁은 자리에 앉아 소시지를 입에 물었다.

우득!

잘 구운 다짐육이 부러지는 소리가 종혁의 입에서 터져 나왔다.

* * *

"갑자기 돌아가게 돼서 미안하다. 아, 이럴 줄 알았으면 이틀 치 결제는 안 하는 건데. 음. 그래. 그냥 네가 자라."

"네?"

"어차피 환불 못 받으니까 그냥 네가 써. 다시 한번 미안하다."

"아, 아니에요. 가, 감사합니다."

"그래. 여행 잘해라."

조던의 머리를 헤집은 종혁은 택시를 타고 공항으로 움직였고, 조던은 멀어지는 택시를 빤히 응시하다가 이내 돌아섰다.

어젯밤 작은 위로를 받았기 때문인지 약간은 가벼워진 걸음.

그러나 그것도 잠시다.

숙소인 호텔 앞에 도착한 조던은 마치 발에 본드가 붙은 것처럼 움직이지 않았다.

"가기 싫어……."

조던의 얼굴이 일그러졌다.

한편 택시 안.

종혁이 핸드폰을 든다.

"예, 파커 씨. 이따 퇴근 후에 드릴 말씀이 있는데 혹시 이따 저녁에 시간 되십니까?"

무조건 부모가 알아야 하는 게 청소년 왕따 사건.

조던의 인생에서 클라크를 치워 버리려면 조던의 모친인 애나 파커의 협조가 절실히 필요했다.

"아드님 일 때문입니다. 아니요. 아드님이 사고를 친건 아니고요. 그 부분은 안심하셔도 됩니다. 예. 그럼 저녁 8시에 뵙겠습니다."

통화를 종료한 종혁은 입을 열었다.

"최대한 빨리 가 주세요."

"예, 알겠습니다!"

* * *

근사한 레스토랑.

탱그랑!

아들에게 무슨 일이 있는 거냐며 물었지만 먹으면서 이야기하자는 종혁의 권유에 어쩔 수 없이 들었던 포크와 나이프가 접시 위로 떨어진다.

"뭐, 뭐라고요?"

"조던이 같은 반 학생에게 학교폭력을 당하는 것 같습니다. 모르셨나요?"

"마, 말도 안 돼……. 왜, 왜요?! 언제부터요?! 서, 설마……."

"예. 아마 짐작하시는 게 맞을 겁니다."

"2년 전부터······."

어느 날, 입술이 터진 채로 들어온 이후 갑자기 소심해지기 시작한 아들. 늦은 밤, 분명 학교에 갈 때와 다른 옷을 입은 채 남편 마틴과 함께 집에 왔던 아들.

"너, 넘어진 거라고 했는데······ 부자간의 우정을 다졌다고 했는데······."

아득해진다. 눈앞이 아찔해진다.

"정말 모르셨습니까?"

"모, 몰랐어요! 만약 알았다면······!"

가만히 있었을까.

절대 그러지 않았을 거다.

"왜······ 대체 왜!"

왜 남편과 아들은 자신에게 말하지 않은 걸까.

왜 그 이름 모를 아이는 자신의 아들을 괴롭힌 걸까.

"대체 뭘 잘못했다고!"

내가, 그리고 아들이 대체 뭘 잘못한 것일까.

"진정하세요, 파커 씨."

"지금 진정하게 생겼어요?!"

"진정하셔야 합니다. 그래야 조던의 마음이 다치지 않습니다."

흠칫!

종혁을 본 애나 파커가 다시 놀란다.

분노가 가득하지만, 애써 참고 있는 매서운 눈.

'이 사람······.'

그녀의 가슴이 흔들린다.

"……아들의 마음이 다친다는 건 무슨 말인가요?"

"보통 이런 사건의 경우, 피해자는 부모나 주변 어른에게 자신의 피해 사실에 대해 잘 말하지 않습니다."

"왜죠?"

"부모에게 혼나는 게 더 무섭기 때문입니다."

애나 파커의 눈이 크게 떠진다.

"마, 말도 안 돼요. 전 조던에게 매를 든 적이……."

"그리고 자신 때문에 괴로워할 부모가 걱정돼서입니다."

또 그리고 쪽팔리고 수치스러워서다.

종혁은 이 말은 하지 않았다.

"아……."

"피해자들은 이 두 가지의 생각을 동시에 가지기에 가해자의 언어적, 육체적 폭력을 인내하고 감내합니다."

"미련한……. 아무리 그래도……."

자괴감이 든다.

이렇게 믿음직스럽지 못한 엄마였나 죽고 싶어진다.

"조던……."

"미련한 게 아닙니다. 감수성이 예민한 나이다 보니 어쩔 수가 없는 겁니다."

"그래도……."

"그리고 그렇기에 피해자들은 부모가 그 사실을 알았을 때 극단적인 일을 저지를 확률이 높습니다."

정말이다.

부모를 걱정시키기 미안해 묵묵히 인내하고 감내하던 피해자들 중 가운데 부모가 알아차리고 다그치자 극단적인 선택을 하는 이들이 제법 있다.

이런 종혁의 말에 애나 파커의 얼굴이 파랗게 질렸다.

"다, 다그치다니요? 힘들어한 자식에게 어떻게 그래요!"

"왜 말하지 않았냐, 왜 그렇게 미련하냐, 나한테 말했으면 이렇게 힘들어하지 않았을 거 아니냐 등 부모도 화가 나서 무심결에 지르는 말 때문에 극단적인 선택을 하는 겁니다."

그 찰나 부모도 자신의 편이 아니라고 생각해 버리는 거다.

움찔!

애나 파커는 입을 다물었다.

실제로 방금 전 조던이 괴롭힘을 당한다는 소리를 듣자 그런 생각이 떠올랐기 때문이다.

"그리고 극단적인 선택을 하지 않더라도 이것 때문에 부모와의 관계가 소원해지는 피해자들도 많습니다."

아예 방에 틀어박혀 세상과 단절된 삶을 사는 경우도 있다.

모든 사건이 다 그렇게 종결되는 건 아니나, 이런 경우도 있기에 왕따 사건은 조심스럽게 접근해야 되는 거다.

2차 피해, 3차 피해가 발생할 수 있기 때문이다.

"아……."

'조던과 소원해진다고?'

애나 파커는 덜덜 떨리는 손으로 물을 들이켰다.

그럴 순 없다. 그래서도 안 됐다.

탁!

냉수 덕분인지 제법 냉정해진 그녀의 눈.

아니, 그러려고 애쓰는 그녀의 눈.

"제가 어떻게 해야 할까요?"

엄마는 강하다는 걸까. 어떻게든 아들을 위해 지금의 동요와 감정을 이겨 내려는 게 눈에 훤히 보인다.

"일단은 평소보다 조금만 더 잘 대해 주시면 됩니다. 식사도 조금 더 풍부하게 차려 주시고, 되도록 등하교를 도와주십시오. 학교생활도 은근슬쩍 물어보는 걸로 시작하십시오."

그렇게 거리를 좁혀 가는 거다.

조던이 먼저 마음의 문을 열도록 만들어야 한다.

그 전까지 애나 파커는 이 일을 몰라야 하는 거다. 혹여 조던이 마음의 문을 열기 전에 상황이 밝혀진다고 해도 말이다.

"명심하십시오. 절대 먼저 아는 척을 하면 안 됩니다."

"하지만……!"

"일주일입니다."

클라크에게 준 일주일의 유예.

반성을 한다면 이 일주일 안에 사과를 할 거고, 아니라면……

그 말에 종혁의 눈을 빤히 본 애나 파커는 주먹을 꽉 쥐었다.

가슴이 천 갈래, 만 갈래 찢어지지만 눈앞의 남자도 자신만큼 분노해 주고 있다. 믿어 줘야 했다.

"후우. 알았어요. 그럼 가해자가 누구인가요?"

움찔!

이번엔 종혁의 몸이 굳는다.

"후우. 이 부분은 파커 씨도 각오를 하셔야 합니다."

"그게 무슨⋯⋯."

"파커 씨가 일하시는 존 리버사이드 병원의 병원장 아들이 조던을 괴롭혀 온 가해자니까요."

종혁은 경악하는 그녀를 보며 씁쓸히 웃었다.

"아마 힘든 싸움이 될 겁니다."

병원장과 일개 간호사.

이런 왕따 사건을 완전히 해결하기 위해선 부모의 의지도 중요하다.

'가끔 가해자의 배경에 숨여 버리거나, 오히려 아들이 먼저 사과하기를 종용해 버리는 개새끼들도 있으니까.'

그건 자식을 두 번 죽이는 길. 부모 자격이 없는 인간들이 그런 짓을 저지른다.

이래서 먼저 협조를 구하러 온 것이었다.

'부디 제발⋯⋯.'

그릇된 선택은 하지 말기를.

이런 종혁의 마음이 전해져서일까.

애나 파커의 표정이 굳세게 굳어진다.

"전……."

* * *

"다녀왔습니다!"

"다녀오셨어요! 수학여행은 좀 어떠셨……."

덤벨가의 가정부는 집에 오자마자 방으로 달려가는 클라크의 모습에 어리둥절해했다.

퍼억!

NFL 레전드들의 브로마이드가 사방에 붙은 넓은 방, 침대에 가방을 던진 클라크는 얼른 컴퓨터 앞에 앉아 종혁에게 들은 사건을 검색했다.

달칵, 달칵, 달칵!

"FUCK! 왜 안 나오는 거야!"

수학여행 내내 틈이 날 때마다 검색을 해 봤지만 나오지 않은 사건.

클라크 덤벨은 손톱을 깨물며 다리를 떨었다.

똑똑! 벌컥!

"누구야! 내 방에 함부로 들어오지 말랬잖아!"

"빨랫감 가지러 왔어요."

혀를 찬 클라크는 가방을 가리키곤 다시 검색을 시작했다.

하지만 여전히 나오지 않는 사건.

"그럼 전 나가 볼게요. 아, 맞아. 병원장님께서 오늘 저녁은 같이하자고 하셨어요."

"아빠가?"

의아해하면서도 고개를 끄덕이던 클라크는 방을 나서는 가정부를 보며 눈을 가늘게 떴다.

자신보다 훨씬 어른인 가정부. 그럼 아는 게 많을 수도 있다.

"큼. 페냐. 혹시 누가 자신을 괴롭히는 사람을 찍었는데 기사로도 안 나온다면 이유가 뭘까?"

"글쎄요? 그런 일은 흔하다는 거 아닐까요?"

철렁!

"흐, 흔하다고?"

"기자는 보다 자극적인 사건을 쫓는 하이에나들이잖아요."

"그, 그래?"

클라크의 얼굴이 하얗게 질리자 가정부가 의아해한다.

아차 한 클라크는 얼른 말을 바꿨다.

"그, 그럼 검색 사이트에서도 나오지 않는 사건 같은 걸 검색하려면 어떻게 해야 되는지 알아? 숙제로 찾아야 되는데 찾을 수가 없어."

"요새 학교는 별걸 다 숙제로 내놓네요. 그럼 법원 사이트에 들어가서 사건 기록을 열람하면 되죠."

"법원 사이트……? 알겠어. 나가 봐."

가정부는 고개를 모로 기울이며 방을 빠져나갔고, 클라

크는 얼른 법원 사이트에 접속했다.

그리고 한참 후 그대로 굳어 버렸다.

"진짜였……."

정말로 있었다.

아니, 너무나도 많았다.

이상한 의학 용어들이나 법률 용어들 때문에 판결문을 20퍼센트도 채 이해할 수 없었지만, 정말로 괴롭힘을 당하던 너드가 가해자에게 상해를 입힌 사건이 있었다.

"미친."

클라크의 머릿속에 조던의 얼굴이 떠오른다.

'그, 그럼 이 새끼도 나를?'

순간 클라크의 허리에 힘이 풀린다.

똑똑!

"병원장님께서 오셨어요. 식사하세요."

"……알았어."

클라크는 비척거리며 일어나 부엌으로 향했다.

"다녀오셨어요."

"그래. 너도 수학여행은 잘 다녀왔냐?"

중후하면서도 날카로운 분위기를 풍기는 장년인.

클라크는 고개를 끄덕이며, 아버지 제라드 덤벨의 맞은 편에 앉았다. 그리고 시작된 두 부자의 식사.

제라드 덤벨은 무슨 일인지 밥을 먹는 둥 마는 둥 하는 아들의 모습에 눈을 가늘게 떴다.

"주전 경쟁은 좀 어떠냐."

흠칫!

"아빠, 감독 좀 어떻게 못해요? 제가 주장인데 신입들과 함께 구르고 있다고요!"

아들의 칭얼거림에 제라드의 눈이 가늘어진다.

"실력에 자신이 없으면 지금이라도 때려치워. 그깟 공놀이에 언제까지 시간을 쏟을 거냐."

프로 선수라고 해 봤자 그 생명이 짧은 운동 따윈 얼른 관두고 열심히 공부해서 자신의 뒤를 잇기를 바라는 제라드 텀벨.

"아빠! 또 그 소리세요?! 내 인생이라고요!"

"네 인생인데 내게 도움을 바라는 거냐?"

움찔!

"……."

제라드는 반항이 가득한 아들의 모습에 한숨을 내쉬었다.

저 바보 같은 모습에 속에서 열불이 터지지만, 그래도 미우나 고우나 하나뿐인 자식이었다.

"일단은 기다려. 지금은 뭘 하고 싶어도 할 수가 없으니까."

자신이 학교발전기금으로 기부한 돈이 선생들의 비리에 쓰였다. 특히 미식축구부 감독과 코치들이 향락으로써 버린 것 때문에 타격이 컸다.

아들이 미식축구부 주장이기 때문이다.

뇌물. 현재 경찰이, 아니 NYSP(New York State Police:뉴욕주 경찰청)이 주목하고 있었다.

거기다 얼마 전 학교에 기부된 막대한 기부금까지.

현재 제라드 덤벨은 전처럼 용커스 미들스쿨을 한 손에 쥐고 흔들 수가 없었다.

"……언제까지요?"

"여름 시즌까지."

일단 결과를 본다. 그래야 감독을 교체시키든 뭘 하든 할 수 있을 것이다.

"그러면 늦는다고요!"

"그럼 실력으로 주전을 따내든가! 이 제라드의 아들이라는 놈이 말이야!"

"칫……!"

자리를 박차고 일어난 클라크는 방으로 들어갔고, 오늘도 호통으로 끝나 버린 식사에 제라드는 혀를 차며 다시 식사를 이어 갔다.

가정부는 그런 둘의 모습에 한숨을 내쉬었다.

"하아."

이제 막 해가 뜨기 시작하는 새벽 6시에 집을 나서 학교 앞에 도착한 클라크가 한숨을 내쉰다.

정말 죽도록 하기 싫지만, 대회에 출전하기 위해선 해야 되는 훈련.

"이번 2박 3일이 내 마지막 휴가였네."

고개를 저은 클라크는 운동부로 향했다.

그리고 옷을 갈아입고 나오는 순간이었다.

"클라크."

손가락을 까딱이는 로버트 제퍼슨 감독의 모습에 의아해하며 다가갔다.

그리고 이내 곧 그의 얼굴이 하얗게 질렸다.

툭!

감독실 테이블 위에 던져지는 사진들.

"겁 없는 요즘 십대들이라는 이름으로 SNS에 올라왔더군."

해명을 해 보라는 로버트 재퍼슨 감독의 눈빛에 클라크는 주춤 물러섰다.

그의 미식축구 인생에 먹구름이 끼기 시작한 순간이었다.

* * *

지독한 침묵이 내려앉은 감독실.

로버트 재퍼슨 감독의 눈이 헛웃음을 머금는다.

솔직히 주전 경쟁 중이라서 보내기 싫었던 이번 수학여행.

그러나 클라크 한 명 때문에 다른 선수들마저 피해를 볼 순 없었기에 어쩔 수 없이 허락을 했었다.

"그런데 난 분명 수학여행은 학업의 일환이니 성실히 하고 오라고 보냈던 걸로 기억하는데 말이야."

"오, 오해십니다! 이, 이건 새벽에 너무 배가 고파서……!"

"그래서 선생들 몰래 숙소를 빠져나왔다? 새벽에? 그

것도 다이너에?"

주류도 파는 다이너.

"술 같은 건 안 마셨습니다!"

"그걸 내가 어떻게 믿지?"

"감독님!"

"실망이군."

쿵!

"놀기를 좋아하는 것 같으니 일주일 더 놀다 와. 다만 그때까지도 주장 자리가 유지될지는 모르겠군."

클라크의 얼굴이 파랗게 질린다.

그의 몸에서 피가 빠져나간다.

"제, 제가 잘못했습니다! 그러니 제발……!"

주전 경쟁이 한창인데, 일주일 동안 훈련과 테스트를 쉰다는 건 주전 경쟁에서 탈락된다는 소리와 똑같았다.

클라크는 간절히 매달렸지만 재퍼슨 감독은 매정했다.

"나가."

"가, 감독님!"

"나가라고. 지금 퇴부되고 싶나?"

"큭!"

싸늘하기 그지없는 감독의 눈.

입술을 깨문 클라크는 몸을 일으킬 수밖에 없었다.

"아, 맞아."

혹여 재퍼슨 감독의 마음이 바뀌었을까 다급히 몸을 돌린 클라크. 그러나 재퍼슨 감독의 눈이 방금 전보다 더

차가웠다.

"그 밖에 또 잘못한 게 있으면 한시라도 빨리 바로잡는 게 좋을 거야. 내 팀에 그런 불량한 놈은 필요 없으니까."

클라크의 눈이 흔들렸다.

'무, 무슨?!'

쾅!

감독실 바깥으로 내쫓겨진 클라크는 망연히 감독실 문을 쳐다봤다.

'뭐, 뭘 아는 거지? 설마……?'

조던의 얼굴이 스쳐 지나간 클라크는 이를 악물었다.

"조던, 이 너드 새끼가!"

* * *

짹짹짹!

"조던, 일어나야지?"

이른 아침, 달콤하고도 아련한 부름에 뒤척이다 눈을 뜬 조던이 깜짝 놀란다.

"어, 엄마?"

"일어났니?"

끄덕끄덕…….

"씻고 내려와. 밥 먹고 학교 가야지."

"으응. 아, 알았어요. 으악!"

비명을 지르며 엄마가 입을 맞춘 볼을 가린 조던은 방

을 나가는 엄마를 멍하니 쳐다봤다.

"왜?"

왜 갑자기 자신을 깨우고, 모닝 키스를 해 준 걸까.

조던은 어리둥절하며 엄마의 입술이 닿은 볼을 쓸어내렸다.

무슨 일인지는 모르지만, 거의 3년 만의 모닝키스. 6학년이 된 이후 자신이 적극 거부해서 하지 않았던 일이다.

"……모르겠네."

왜 저러는지 모르지만, 그래도 기분은 좋았다.

가슴이 간질거리고 몽실한 느낌.

볼이 붉게 달아오른 조던은 고개를 저으며 화장실로 향했다.

"우와아!"

감탄을 터트리는 릴리처럼 조던도 놀란다.

특별한 날에만 먹었던 엄마표 고기 샌드위치에 감자 수프, 그리고 적당하게 구운 베이컨에 모닝글로리 샐러드.

"자, 그럼 우리 기도할까?"

'기도까지?'

아버지가 돌아가신 후 하지 않게 된 식사 기도.

조던이 떨리는 눈으로 엄마를 본다.

'이, 이겨 내신 거야? 정말로?'

조던은 그동안 고생 많았다는 듯한 엄마의 따뜻한 눈빛에 울컥했다.

세 가족은 서로의 손을 잡고 고개를 숙였다.

"오늘도 저희에게 일용할 양식을 주셔서 감사하고, 언제나 조던과 릴리가 아프지 않고 건강할 수 있게 지켜봐 주시고 그 어떤 역경과 고난도 이겨 낼 수 있는 용기와 지혜를 주세요."

쿵!

심장을 가볍게 두드리는 엄마의 따뜻한 걱정.

애나 파커의 손을 잡은 조던의 손에 힘이 들어간다.

"주 예수 그리스도의 이름으로 기도합니다. 아멘."

"아멘……. 잘 먹겠습니다!"

"그래, 많이 먹으렴. 조던도."

"자, 잘 먹겠습니다."

와삭! 부드럽게 짓눌리는 빵 사이에서 차갑게 부서지는 신선한 양상추. 다섯 겹의 햄과 고기의 묵직함과 짭짤함이 엄마표 수제 머스터드소스와 어우러져 하모니를 이룬다.

그에 조던의 얼굴이 파르르 떨린다.

너무 오랜만이었다. 정말…… 오랜만이었다.

"다녀오겠습니다."

"자, 여기 용돈. 학교 끝나고 맛있는 거 사 먹으렴. 음식은 냉장고에 넣어 둘 테니까 저녁에 전자렌지에 돌려 먹고. 그 정도는 할 수 있지?"

"거, 걱정 마세요. 저 애 아니에요."

"푸훗. 그래, 조심히 다녀와. 차 조심하고."

탁!

닫힌 현관문을 응시하던 조던은 엄마의 손길이 닿은 머리를 쓰다듬으며 몸을 돌렸다.

"학교 가냐?"

"아, 네!"

조던의 얼굴이 급격하게 펴진다.

종혁이 숙소를 다녀간 이후 자신을 더 멀리하게 된 아이들.

이유는 곧 알게 됐다. 옆집 아저씨가 FBI인 걸 알고 지레 겁먹은 거다.

그러나 조던은 그게 더 좋았다. 아무도 자신을 바라보지 않는 게.

그런데 그보다 더 기쁜 건 클라크가 자신을 외면하기 시작했다는 거다.

눈이 마주쳐도 시선을 돌려 버리던 클라크.

솔직히 수학여행 내내 맞을 것 같아 겁에 질렸던 조던으로선 그보다 더한 기쁨은 없었다.

'감사합니다, 아저씨!'

"잘 다녀와라!"

"아저씨도요!"

종혁에게 손을 흔든 조던은 버스정류장을 향해 걷다가 잠시 걸음을 멈췄다.

"좋다."

엄마가 드디어 이겨 내신 것 같아서 좋았고, 클라크가 자신을 외면해 줘서 기뻤다.

매일 이랬으면 싶은 행복.

조던은 하늘을 봤다.

"파랗네……."

지난 몇 년간 언제나 우중충했던 것 같은데 오늘은 참 맑고 푸르렀다.

입가에 미소가 그려진 조던은 저 멀리서 달려오는 버스에 다급히 달려 올라탔다.

"안녕하세요!"

조던의 입에서 튀어나오는 인사가 밝고 활기찼다.

"공부 열심히 해라!"

"예!"

부우웅!

떠나는 버스를 뒤로한 조던이 시계를 확인한다.

7시 40분.

오늘은 전과 달리 계속 버스를 타지 않고 학교 앞에 도착하자마자 바로 내린 조던이 학교를 가만히 응시한다.

여전히 들어가기 무서운 학교.

순간 다시 버스를 탈까 하는 충동이 조던을 흔든다.

하지만…….

"후, 가자. 어차피 애들은 날 건드리지 않을 거잖아."

움직이지 않는 다리를 애써 다독이며 학교 안으로 들어가는 순간이었다.

콱!

"윽?!"

"따라와."

'크, 클라크?'

조던은 반사적으로 몸에 힘을 주며 버텼다.

"따라와. 죽여 버리기 전에."

'아⋯⋯.'

힘이 풀려 버린 조던은 힘없이 화장실로 끌려갈 수밖에 없었다.

쾅!

"큭!?"

퍼억!

"킥! 커억!"

'또, 또 맞았어⋯⋯.'

클라크는 FBI를 신경 쓰지 않는 걸까.

아득한 절망이 조던의 정신을 잠식해 간다.

"너냐? 야, 너냐고."

"으응?"

"네가 감독에게 내가 너 괴롭힌다고 말했냐고!"

"아, 아니?!"

퍼어억!

"커억!"

"장난해?! 네가 아니면 누가 말했는데! 네가 말한 거 맞잖아!"

"나, 나 아니야! 말 안 했어!"

"그럼 누가 말했냐고, 너드 새꺄! 내 눈 똑바로 봐!"

강제적으로 클라크와 눈이 마주친 조던은 다급히 고개를 돌렸다.

짜악!

"보라고!"

덜덜덜!

힘들고 힘들게 클라크의 눈을 보는 조던.

"마지막으로 묻는다. 네가 말했지? 너잖아. 너 전적 있잖아."

"아, 아니야! 말하지 않았어!"

"그럼 누군데! 빌어먹을……!"

퍼억!

다시 배를 얻어맞은 조던은 그대로 배를 붙잡고 무너져 꺽꺽거렸고, 클라크는 발을 들었다.

그 순간이었다.

"거기 안에 뭐야!"

다급히 안으로 들어온 흑인 청소부의 모습에 클라크는 혀를 차며 발을 내렸다.

"괘, 괜찮니? 너 뭐야! 몇 학년 몇 반이야!"

"청소부 따위가 알 거 없잖아! 야, 너 잘 생각해라! 네 엄마가 어디서 일하는지 생각하라고! 알았어?"

움찔!

'엄마?'

기겁하며 클라크를 본 조던은 심장이 무너져 내리는 걸

느꼈다.

"어디 가!"

"잘리기 싫으면 꺼져!"

클라크는 청소부의 손을 뿌리치며 화장실을 빠져나갔고, 청소부는 다급히 조던을 부축했다.

"괜찮니? 방금 걔 누구니? 같은 반 아이야? 이름이 뭐야?"

"……괜찮아요. 그럼."

청소부의 손길을 밀어낸 조던은 절뚝거리며 화장실을 빠져나갔다.

'난 왜 오늘 맞은 걸까.'

억울하다. 그리고 서럽다.

오늘 하루 너무 행복했는데, 지난 며칠간 너무 좋았는데 다시 악몽이 시작돼서 서러웠다.

'난 언제까지 이래야 하는 거지?'

조던의 눈에서 눈물이 주룩 흘러내렸다.

한편 조던마저 빠져나가며 조용해진 화장실.

방금까지 걱정이 가득했던 얼굴은 어디로 간 건지 얼굴이 얼음장처럼 차가워진 청소부가 핸드폰을 든다.

"예, 의뢰인. 클라크 덤벨이 직접 폭행을 가하는 영상 확보했습니다. 그리고 제 입으로 조던 파커를 괴롭혀 왔음을 실토까지 하더군요.."

청소부, 아니 그레이스 탐정사무소 소속의 탐정은 담배

를 물며 혀를 찼다.

-구제불능이군요.

사과. 설령 그것이 두려움에 의해 마지못해 하는 것일지라도, 진심이 담겨 있지 않더라도 고개 숙여 사과하길 바랐다.

물론 조던이 납득할 만한 적절한 대가는 치러야 했겠지만, 사과를 한다면 반성할 수 있는, 속죄할 수 있는 기회를 줄 생각이었다.

그런데 클라크는 적반하장으로 도리어 조던에게 재차 폭행을 가했다. 억지로나마 등을 떠밀어 사과할 수 있는 기회를 주었음에도 말이다.

그렇다면 더 지켜보는 건 시간 낭비일 터였다.

-현재 증거는 얼마나 모였습니까?

종혁의 목소리가 차갑게 가라앉았다.

* * *

"조던 그 자식이 아니면 대체 누구지?"

하교 후, 손톱을 깨문 클라크가 방 안을 서성인다.

그러나 아무리 생각해도 범인을 알 수가 없다.

"대체 어떤 놈이냐고!"

-You have my heart. and we'll never be worlds apart.

깜짝 놀란 클라크가 핸드폰을 본다.

특별한 사람을 위해 저장한 벨소리이기에 발신자를 확인하지 않았음에도 하얗게 질리는 클라크.

"……네, 아빠."

-멍청한 놈.

"아, 아빠! 내 말 좀 들어 봐요! 정말 배가 고파서……."

-뭐가 중요한지도 모르는 놈.

클라크는 입술을 깨물었다.

그렇게 아들이 한참 말이 없자 제라드 덤벨은 한숨을 내쉬었다.

-후우. 그런데 그건 무슨 말이냐.

"뭐가요?"

-감독이 네가 이것 말고도 다른 일을 저질렀을 거라던데?

"아니, 그걸 왜…… 헉!"

-……말해.

"그, 그게……."

클라크는 간략하게 요약한 변명 아닌 변명을 했다.

"나도 그러고 싶어서 그런 게 아니에요! 그땐 욱해서!"

-그다음은?

"……."

-다음은!

움찔!

"그, 그냥 마음에 들지 않아서요."

-……병신 같은 놈. 어쩌다 너 같은 놈이 내 아들이 됐지?

클라크는 지독한 모멸감에 몸을 떨었다.

"아, 아빠, 나 어떡해요? 그 자식이 감독한테 불어 버리면 전 더 이상 운동을 못한다고요!"

-알았으니까 닥치고 있어. 그 조던이란 아이에게도 접근하지 말고. 내가 알아서 할 테니까.

"고, 고마워요, 아빠."

-닥쳐. 넌 오늘부터 외출 금지야. 알았어?

"네……."

말도 안 되는 벌이었지만 클라크도 눈치라는 게 있었다.

-끊어.

그렇게 전화가 끊기자 클라크는 핸드폰을 던져 버렸다.

"조던, 이 개자식……. Fuck! Fuck-!"

그는 이를 뿌득뿌득 갈았다.

"후우."

통화를 종료한 제라드 덤벨은 뒷목을 주물렀다.

사고도 보통이 아닌 사고를 쳐 버린 아들.

이 일이 새어 나가면 아들의 걱정처럼 아들은 더 이상 미식축구를 할 수 없게 되어 버릴지도 모른다.

그런데 문제는 그뿐만이 아니다. 이 일이 자신에게까지 영향을 끼칠 수 있다는 것이 더욱 문제였다.

안 그래도 NYSP의 주목을 받고 있는 제라드 덤벨 본인.

여기서 도덕적인 문제까지 불거지면 더 이상 병원장 자리를 유지할 수 없게 될지도 몰랐다.

"그 애미란 년부터 치워야겠군."

눈빛이 서늘하게 가라앉은 제라드 덤벨은 내선전화기의 버튼을 눌렀다.

"우리 병원에 파커라는 간호사가 있나?"

"원장실로 잠깐 올라오라고 해."

-네, 병원장님.

내선전화를 종료한 제라드 덤벨은 담배를 물며 창가로 걸어갔다.

"……작군."

저 아래, 차도와 보도블럭을 지나는 차들이 개미처럼 작다. 손가락으로 꾹 누르면 죽어 버릴 정도로.

"클라크가 이런 시야를 배워야 할 텐데…… 쯧."

고개를 저은 제라드 덤벨은 다시 자리에 앉아 컴퓨터에 찍힌 숫자들을 응시했다.

그의 입술이 기괴하게 비틀리기 시작했다.

* * *

정신없이 바쁜 병동과 달리 조용한 병원장실.

그 앞에 선 애나 파커가 입술을 깨문다.

'알아차렸구나.'

종혁의 경고했던 일.

분명 그쪽에서 이번 일을 알아차리면 어떤 제스처를 취해 올 거라는 종혁의 말이 그녀의 머릿속에 떠오른다.

설마 진짜 그럴까 싶었는데, 막상 닥치고 나니 심장이 떨린다. 땀이 차기 시작한 손으로 주머니를 만지작거리던 그녀는 한 차례 숨을 깊게 들이마셨다.

'그래, 어차피 부딪쳐야 할 일이었어.'

병원장이 내밀 카드라고 해 봤자 해고일 터.

지난 10년간 일한 병원에서 쫓겨날 수도 있다고 생각하니 아찔해졌지만 그녀는 마음을 다잡았다.

아니, 오히려 병원장이 그래 줬으면 싶었다. 그럼 애나 파커 본인도 아들을 위해 전력으로 싸울 수 있을 테니 말이다.

'난 조던의 엄마야. 조던에게 부끄럽지 않은 엄마가 되어야 해!'

이게 종혁이 했던 경고에 대한 그녀의 대답.

눈빛을 단단히 굳힌 그녀는 병원장실 문을 두드렸다.

쿵쿵쿵!

두드리는 것과 동시에 열리는 문.

"애나 파커 간호사?"

병원장의 비서가 그녀를 반긴다.

"네. 제가 애나 파커입니다."

"병원장님께서 기다리고 계십니다. 들어가시죠."

비서가 열어 주는 문 안으로 들어간 애나 파커는 깜짝 놀랐다.

"오! 왔군요."

애나 파커를 보자마자 하던 일을 멈추고 일어나 미소로 반기는 병원장, 제라드 덤벨.

"반갑습니다. 아실지 모르겠지만, 병원장 제라드 덤벨입니다."

"애, 애나 파커입니다."

사람 좋은 미소로 악수를 청하는 제라드 덤벨.

애나 파커는 얼떨떨 그의 인사를 받았다.

"하하. 애나 파커 씨가 성실한 간호사라는 이야기는 많이 들었습니다. 환자들의 칭찬이 자자하더군요. 아, 일단 앉으시죠."

"네, 네."

"음료는 어떤 걸로?"

"무, 물이면 됩니다."

애나 파커는 정신을 차리지 못했다.

'분명 냉혈한이라고 했는데…….'

일개 간호사가 병원장과 직접 대면할 일이 있었겠는가. 그러나 건너건너 들려오는 이야기는 있었기에 병원장의 냉정함은 익히 들어 잘 알고 있었다.

그러니 들었던 것과 다른 제라드의 신사적인 모습에 당황할 수밖에 없었다.

그런 그녀의 기색을 알아차린 제라드 덤벨은 입술을 꿈틀거리더니 돌연 고개를 숙였다.

"죄송합니다."

"헉!"

"제 못난 아들 때문에 파커 씨의 아드님께서 큰 피해를 입었다는 말을 들었습니다. 모두 자식을 잘못 키운 제 잘못입니다."

애나 파커의 눈이 흔들린다.

대체 뭐가 어떻게 된 일인 걸까.

"이 죗값을 어떻게 치러야 할지 모르겠군요."

"……아, 아니요. 병원장님께서 사과하실 일이 아니에요."

그렇다. 병원장이 아니라 클라크 덤벨이라는 아이가 조던에게 사과를 해야 된다. 그리고 다신 괴롭히지 않겠다고 약속을 받아야 했다. 그게 옳았다.

"전 클라크가 제 아이에게 진심으로 사과하길 원해요. 다른 학생들이 다 지켜보는 가운데에서."

"으음. 그렇죠. 사과는 당연히 해야죠. 그런데…… 후우. 파커 씨, 아니 조던의 어머님."

제라드 덤벨의 얼굴이 씁쓸함으로 물든다.

"어머님도 아시겠지만 자식을 키운다는 게 참 힘듭니다. 학교생활을 성실히 하는 어머님의 아드님과 다르게 제 아들은 누굴 닮았는지 어렸을 때부터 이런저런 말썽을 부리고 다녔습니다. 어리광도 많았죠. 그런 아들이 처음으로 미식축구를 하고 싶다고 말하더군요."

생에 처음으로 부탁다운 부탁을 한 아들 클라크.

"나름 재능이 있는지 금세 주전이 되고, 주장이 되더군요."

제라드 덤벨은 애나 파커의 손을 잡았다.

그에 애나 파커는 화들짝 놀랐다가 그의 뜨거운 눈에 그대로 굳어 버렸다.

"어머님, 클라크에게 있어 올해가 가장 중요한 시기입니다."

앞으로 있을 대회 성적에 따라갈 수 있는 하이스쿨이 달라질 것이다.

"어머님께서 아실지 모르겠지만, 이번에 미식축구부의 감독이 바뀌었습니다. 꽉 막힌 게 고지혈증에 걸린 환자처럼 고지식해서 기존의 데이터를 믿지 않고, 테스트를 하겠다고 하더군요. 그런데 여기서 공개적으로 사과를 하면 어떻게 되겠습니까."

아들은 주전 경쟁에서 탈락하게 될 거고, 결국 훌륭한 미식축구선수가 되겠다는 꿈을 이루지 못하게 될 거다.

"사과는 따로 찾아뵈어 드리도록 하겠습니다. 그리고 제가 책임지고 아드님을 뉴욕의 명문 하이스쿨에 입학할 수 있도록 돕겠습니다. 그러니 이걸로 마무리하시는 게 어떻겠습니까?"

"그게 무슨……."

정중한 듯 보이지만 내려다보는 듯한 말투.

애나 파커는 분명 자신들이 피해자임에도 마치 아량을 베푸는 듯한 느낌으로 말하는 제라드의 모습에 황당함을 느꼈다.

"더 이상 일을 키운다면 서로 다치기만 할 겁니다. 제

아들이야 제 뒤를 이으면 된다지만 어머님의 아드님인 조던은 그럴 수가 없잖습니까."

"이봐요, 병원장님!"

"엄마라면 아들의 미래에 진정 도움이 되는 길이 무엇인지 생각해 보시는 게 어떻겠습니까?"

쿵!

아들의 미래.

애나 파커의 이가 악물어진다.

제라드 덤벨은 그럴 줄 알았다는 듯 말을 이어 갔다.

"파커 씨도 인사과로 부서를 이동시키겠습니다. 아시죠, 인사과가 어떤 부서인지?"

병원에서 일하는 수많은 의사와 간호사, 여타 직원들의 목숨줄을 쥐고 있는 부서이자 의사 다음으로 가장 많은 돈을 받는 부서.

연봉 인상은 당연히 따라올 수순이었다.

"다, 당신……."

"이번에 사망하신 남편 되시는 분의 전사자 보험금이 얼마나 갈 것 같습니까? 부디 현명한 선택을 하십시오."

괴물이다.

애나 파커는 미소를 짓고 있는 제라드 덤벨이 괴물처럼 느껴졌다.

하지만…….

"……생각해 볼게요."

"그럼요! 당연히 그러셔야죠. 하하. 그럼 드시죠. 다 식겠습니다."

털썩!

다시 소파에 앉은 애나 파커는 커피를 마시기 시작했고, 이내 다 마신 그녀는 원장실을 빠져나갔다.

그런 그녀를 가만히 응시하던 제라드 덤벨은 입술을 비틀었다.

"저 간호사가 병원장님의 제의를 받아들일까요?"

애나 파커를 배웅하고 온 비서의 말에 제라드 덤벨은 코웃음을 쳤다.

"세상엔 이런 말이 있어. 돈이면 안 되는 게 없다."

제라드 덤벨은 애나 파커가 결국 자신의 제의를 받아들일 것임을 철석같이 믿고 있었다.

"그러지 않는 사람도 있습니다만……."

"그럼 그 돈이 부족한 거지."

돈으로 안 된다면 그 돈이 부족하지 않은지 고민해라.

그것이 제라드 덤벨의 지론이었다.

"그보다 이사장님은 건강은 어떻지?"

존 리버사이드 병원의 주인인 이사장.

하찮은 간호사보다 그의 건강이 백배, 천배 중요한 일이었다. 여기에 갑작스러운 경기 악화로 인해 급격히 떨어진 병원의 매출까지.

물론 차기 이사장이 누가 돼도 자신의 자리를 위협할 순 없을 테지만, 그래도 관심을 가져야 했다.

"지미 교수가 말하길……."

제라드 덤벨은 귀를 기울였다.

한편 병원 건물을 빠져나온 애나 파커는 무너지듯 벤치에 앉았다.

덜덜 떨리는 그녀의 손.

"이게…… 최가 말한 그거구나."

처절한 전쟁을 이어 가느냐, 안정된 삶을 얻느냐.

현실만 놓고 보자면 무엇이 나은 길인지는 고민할 필요도 없었다.

지독하다. 너무도 지독한 유혹이었다.

그러나…….

"후우…… 그래, 내 결정은 언제나 하나야."

아들에게 부끄럽지 않은 엄마가 되자.

만약 종혁을 만나지 않았더라면 흔들렸을지도 모르겠지만, 지금은 아니었다.

애나 파커는 핸드폰을 들었다.

"최, 저예요. 정말 당신의 말처럼 행동하더라고요."

아니, 종혁이 말했던 것 이상으로 지독했다.

부전자전이라고 해야 할지, 제라드 덤벨은 부모로서의 책임감도 죄책감도 느끼지 못하는 모습이었다.

―……결국 선을 넘었군요.

애나 파커는 귀를 얼려 버릴 듯한 종혁의 차가운 음성에 눈을 동그랗게 떴다.

―증거는요?

"증거요?"

그녀는 어느새 손에 들린 녹음기를, 종혁이 혹시 모를 상황에 대비해 가지고 있으라고 쥐여 줬던 녹음기를 보며 피식 웃었다.

* * *

"정말요?!"

용커스 미들스쿨의 벤치에 누워 있다 벌떡 일어난 클라크의 얼굴이 확 밝아진다.

─그래. 그러니 그 여자가 제의를 받아들일 때까지, 아니 앞으로도 조던이라는 놈 근처에 얼씬거리지 마. 겨우 막아 놓은 거니까 아무 짓도 하지 말라고. 알았어?

"걱정 마세요."

통화를 종료한 클라크의 몸이 들썩인다.

"푸하하핫!"

"뭐야. 무슨 전환데?"

갑자기 웃는 클라크의 모습에 의아해하는 패거리들.

"아, 그게…… 응?"

신이 나서 말하려고 했던 클라크는 저 멀리 걸어가는 조던을 발견하곤 입술을 비틀었다.

방금 아버지가 아무 짓도 하지 말라고 경고했지만, 그는 개의치 않고 몸을 일으켜 조던에게 다가갔다.

'괜찮아. 때리진 않을 테니까!'

주먹과 발로 때리진 않을 거다.

'때리지는……'

거기다 이제 마지막이 아닌가?

작은 심술 정도는 아버지도 이해해 줄 거다.

더 잔인한 미소를 머금은 클라크는 조던의 어깨에 팔을 걸쳤다.

"오, 조던."

"헉! 크, 클라크……. 나, 난 정말……."

"그래. 믿어 줄게."

"으응?"

"어차피 네 엄마가 우리 아빠의 개가 됐는데 믿어 주지 않을 리가 없잖아."

'개……?'

클라크는 어리둥절해하는 조던의 모습에 다시 몸을 들썩였다.

"큭큭큭. 몰랐어? 네 엄마가 널 두고 우리 아빠랑 거래를 했다고. 여기서 관둘 테니 제발 살려 달라고 말이야."

쿠웅!

"……뭐?"

"무릎 꿇고 빌었다는데 어쩌겠어. 마음 넓은 우리 아빠가 이해해 줘야지. 그것도 모자라 네 엄마를 좋은 부서로 옮겨 줄 거라네? 크, 우리 아빠 정말 대단하지 않냐, 누구랑 다르게? 진짜 나 같으면 내가 죽는 한이 있더라도 그런 선택 안 했다. 물론 그렇다고 해도 난 집행 유예로 곧 풀려났을 테지만!"

조던은 눈을 껌뻑였다.

지금 클라크가 무슨 말을 하는 걸까.

'엄마가…… 뭘 꿇어?'

"와우! 제 엄마 무릎을 꿇린 불효자라니! 야, 너 왜 사냐?"

턱! 심장이 옥죄어진다.

눈앞이 흐려진다.

'나 때문에 엄마가 무릎을 꿇었다고?'

"왜? 왜 날 이렇게 괴롭히는 거야? 왜?"

혼이 나간 듯한 조던의 모습에 클라크는 만족스럽게 웃었다.

이거다. 마지막으로 이 모습을 보고 싶었다.

"왜긴 왜야. 네가 겁쟁이라서 그런 거지."

'겨우 그 이유 때문이라고? 겨우?'

조던의 머릿속이 엉클어진다.

겨우 그런 이유로 엄마가 무릎을 꿇었다.

'내가…… 내가 왜 참았는데……!'

"야, 이 개자식아─!"

쿠당탕!

주먹을 피한 클라크가 다리를 걸자 넘어진 조던.

"봤지? 다들 봤지? 쟤가 먼저 때리려고 해서 방어한 거야! 야, 네가 말해 봐. 네가 먼저 치려고 했잖아!"

다급히 조던의 얼굴을 향해 얼굴을 들이민 클라크는 히죽 웃었다.

"여기서 끝인 것 같지? 천만에."

미들스쿨에서의 괴롭힘은 여기서 끝일 거다.

하지만 무사히 하이스쿨에 진학한다면?

"네가 용커스, 아니 미국 어느 학교로 진학하든 내가, 내가 아니면 애들이 널 찾을 거야. 그렇지?"

"그럼."

"큭큭큭. 1년 뒤에 보자, 조던?"

쿠웅!

"거기 뭐하는 거야!"

"친구가 쓰러져서 일으켜 세워 주려고 했어요! 그렇지?"

클라크는 손을 내밀었고, 조던은 그 손을 멍하니 쳐다봤다.

"안 잡네요. 제 손이 더러운가 봐요."

어깨를 으쓱인 클라크는 몸을 돌려 패거리와 사라지기 시작했다.

"푸하하하하!"

조던의 시선이 멀어지는 클라크에게로 향한다.

"얘! 괜찮니?"

강제로 일으켜 세워진 조던은 자신을 일으켜 세운 사람을 멍하니 쳐다봤다가 몸을 돌렸다.

그리고 걸었다.

계속, 계속……

학교를 벗어나도 걷고 또 걸은 조던이 도착한 곳은 집이었다.

인기척 하나 느껴지지 않는 집.

아빠와 엄마, 여동생의 웃음소리가 울리던 집.

조던은 방으로 올라가 침대에 앉아 무릎을 끌어안았다.

어느새 해가 저물고 방 안에 어둠이 진하게 내려앉았음에도 조던은 움직일 줄 몰랐다.

흐린 눈으로 여전히 생각에 잠겨 있을 뿐이었다.

쿵쿵쿵!

"조던, 안에 있니?"

조던은 엄마의 밝은 목소리가 흘러드는 문을 가만히 응시하다 침대 위에 몸을 뉘었다.

끼이익!

"자는구나. 최, 아무래도 이야기는 내일 해야 될 것 같아요. 자는 것 같아요. 네."

문이 닫히자 다시 몸을 일으켜 무릎을 끌어안는 조던.

방문을 응시하는 눈은 여전히 흐렸다.

'엄마…….'

그토록 알리기 싫었는데, 결국 알아 버린 엄마.

못난 아들을 위해 무릎을 꿇은 우리 엄마.

조던의 주먹이 쥐어진다.

그렇게 시간이 얼마나 지났을까.

더 이상 바깥에서도 소음이 들리지 않을 때 조던의 눈이 초점을 되찾는다.

"벗어날 수 없다면……."

겁쟁이. 겁쟁이란 이유로 벗어날 수가 없다.

클라크의 괴롭힘을, 이 지옥을.

"누구도 도와줄 수 없다면……."

그렇다면 답은 하나였다.

몸을 일으킨 조던 1층으로 내려갔다.

* * *

다음 날 아침.

"잘 먹었습니다."

"그래. 학교 잘 다녀오고. 차 조심하고. 오늘 엄마가 할 말이 있으니까 일찍 들어오고."

조던은 오늘도 걱정이 가득한 엄마를 보며 싱긋 웃었다.

"엄마."

"응?"

"사랑해요."

갑자기 애나 파커를 끌어안는 조던.

그에 애나 파커가 놀라 굳을 때 조던은 팔을 풀고 돌아섰다.

"다녀오겠습니다."

"그, 그래. 조심히 다녀와."

고개를 끄덕이며 집을 나선 조던은 언제 웃었냐는 듯 눈빛을 차갑게 가라앉혔다.

"가자."

모든 것을 끝내러.

이 지독한 굴레를 끝내러.

조던은 학교를 향해 발을 내디뎠다.

한편 남겨진 애나 파커는 눈을 껌뻑였다.

대체 얼마 만에 아들에게 사랑한다는 말을 들은 걸까.

"정말 최의 말처럼 마음의 문이 열리는 걸까?"

그렇다면 다행이었다.

그런데 왜일까.

분명 좋은 일인데 갑자기 미치도록 불안해진다.

의아해하며 돌아선 애나 파커는 거실 TV 위에 있는 남편의 사진 앞에 섰다.

군복을 입은 채 짓궂게 웃고 있는 남편, 마틴.

"응원해 줘, 마틴."

지금부터 힘든 싸움이 될 거다.

하지만 어떻게든 이겨 내야 할 싸움이었다.

"그러니까 그곳에서 지켜 줘. 우리가 이길 수 있도록…… 응?"

애나 파커는 사진 옆, 열쇠를 보곤 의아해했다.

"이게 왜……."

남편의 유품을 모아 놓은 계단 아래 창고의 열쇠.

그게 누가 만진 듯 삐뚤어지게 놓여 있다.

그 순간 그녀의 불안감이 증폭된다. 마치 심장이 갑자기 상실된 듯 아득해지는 공포심이 그녀를 뒤덮는다.

그녀는 뭔가에 홀린 듯 열쇠를 챙겨 들고 계단 아래 창고를 잠가 둔 자물쇠를 열었다.

그리고…….

"최─!"

하얗게 질린 애나 파커는 다급히 집을 뛰쳐나갔다.

* * *

부우웅!

달리는 버스 안.

조던이 앞으로 멘 가방을 만지작거린다.

이 지독한 굴레를 끝낼 무기가 든 가방.

'탄창을 결합하고, 장전을 하고, 조종간을 연발로 돌린다.'

그리고 방아쇠를 당긴다.

이것이 아빠 마틴이 알려 준 이 무기를 쓰는 방법.

조던의 눈빛이 더욱더 가라앉기 시작했다.

"후우."

한숨을 내쉰 조던은 잠시 고개를 돌려 하늘을 바라봤다.

이제 보면 언제 다시 볼지 모르는 하늘.

그의 입가에 후련한 미소가 걸리는 순간이었다.

과르릉! 부아아아아앙!

"응?"

FBI 종혁의 차.

이 길로 출근을 하는 건가 하는 생각이 떠올랐던 조던

은 이내 곧 얼굴을 일그러트렸다.

'미안해요, 최.'

종혁은 믿지 못하는 게 아니라, 세상을 믿을 수 없었다.

클라크는 부자다. 설령 그를 잡아넣는다고 한들 곧 풀려날 게 분명했다.

'그럼 지금보다 더한 지옥이 날 기다릴 테지.'

그러니 자신이 끊어야 했다.

조던은 버스를 추월해 가는 종혁의 차를 보며 서글피 웃었다.

"엄마랑 릴리를 부탁해요."

그 말을 끝으로 조던은 마음을 다잡았다.

그때였다.

끼이이이이익!

"으악!"

"악!"

갑자기 멈춰 선 버스.

의아해하던 조던은 갑자기 열리는 문 안으로 뛰어 들어오는 종혁을 발견하곤 눈을 크게 떴다.

그런 그의 모습에 얼굴을 일그러트린 종혁은 다급히 달려가 가방부터 빼앗아 안을 살폈다.

그제야 상황을 파악한 조던의 얼굴이 하얗게 질렸다.

"이, 이리 주세요!"

빠아악!

"……?!"

정수리를 얻어맞은 조던이 멍하니 종혁을 본다.

종혁은 그런 그를 보며 이를 갈았다.

"야. 힘들면 어른에게 말하랬지?"

덜컥 굳어 버린 조던의 얼굴이 다시 일그러진다. 지독한 설움과 공포가 그의 얼굴로 떠오른다.

"하지만…… 하지만―!"

"닥치고 지금부턴 이 아저씨한테 맡겨. 진짜 경찰이 뭔지 보여 줄 테니까."

구원을 바라는 이를 외면한다면 어찌 경찰이라 할 수 있을까.

후다닥!

"조던!"

"어, 엄마!"

얼마나 힘들었으면 이런 극단적인 선택까지 하려 한 것일까.

이미 봐줄 생각이 없었으나, 여기까지 내몰린 조던의 모습을 보니 더더욱 용서할 수가 없었다.

개새끼는 지옥으로.

돌아선 종혁의 눈에서 살의가 폭발했다.

* * *

용커스시 외곽, 거대한 저택의 응접실.

지병이 있는 듯 안색이 파리한 중후한 인상의 노인, 존 리버사이드 병원의 이사장인 에릭 존 빌더가 자신의 앞에 앉은 동양인 청년을 재밌다는 듯 응시한다.

그러나 그 눈에 서려 있는 건 분명 분노였다.

"에릭 존 빌더입니다."

"이야기는 많이 들었습니다. 찰리입니다."

"사람의 목숨을 담보로 잡는 나쁜 놈이라고 흉이나 보지 않았으면 다행이겠군요."

에릭 존 빌더가 입술을 비튼다.

"걱정하지 않으셔도 됩니다. 칭송만 자자하셨으니까요."

"허허. 그렇습니까?"

고개를 끄덕이며 차를 한 모금 마신 에릭 존 빌더가 찻잔을 거칠게 내려놓는다.

"그래, 내 병원을 인수하고 싶다고요?"

순간 화려하게 꾸며진 응접실을 찢어발기려는 듯한 분노와 살의. 하지만 종혁은 타격이 없는 듯 느긋하게 찻잔을 입에 가져간다.

"예. 그럴 생각입니다. 제 목적을 이루려면 그렇게 해야 될 것 같으니까요."

"목…… 적?"

"병원장 제라드 덤벨의 몰락."

쿵!

종혁은 놀라는 이사장을 차갑게 응시했다.

"전 그가 누리고 있는 모든 걸 잃었으면 좋겠습니다."

"······젊은이. 기빙에서 나온 게 아니군요."

지금 한창 떠들썩한 복지재단 기빙.

그곳에서 병원을 인수하고 싶다고 하기에 이렇게 자리를 만든 것이었다. 아니었다면 어림도 없었다.

"어떻게 생각하셔도 상관없습니다. 제가 존 리버사이드 병원을 인수하려는 건 변함이 없으니까요."

"만약 내가 거부한다면?"

그럴 줄 알았다는 듯 고개를 끄덕인 종혁은 대답 대신 가져온 서류 뭉치를 내밀었다.

[병원 설립 계획서]

움찔!

몸을 굳힌 에릭 존 빌더는 서류의 내용을 살피다 그대로 굳어 버렸다.

건설 예산 10억 달러.

부지를 매입하고 건물을 짓는 데 드는 비용만 순수 10억 달러였다. 이게 정말이라면 용커스시 내에 있는 병원을 모두 잡아먹을 초거대 병원이 지어진다는 소리였다.

후룩!

"존 리버사이드 병원 맞은편에 지을 생각입니다."

"네놈!"

"병원비는 글쎄요······. 존 리버사이드 병원의 반값으로 할까요?"

이어진 종혁의 말에 에릭 존 빌더는 눈을 부릅떴다.

"그게 가능할 것 같나! 다른 병원들이 용납할 것 같아?!"

"제가 왜 그런 걸 신경 써야 하죠?"

"뭐, 뭐라고?"

"이게 당신들이 하던 짓 아닙니까?"

건강보험 당연지정제가 실시되고 있는 터라 모든 의료비가 국가에서 운영되는 공단을 거쳐 결제되는 한국과 달리, 자기들 마음대로 의료비를 청구하는 미국.

이로 인해 미국에서는 의료비를 감당하지 못해 파산하는 이들만 무려 연간 수십만 명에 달했다.

"심신 안정을 위해서라고 환자가 원하지도 않는 인형 따위를 안겨 주고선 청구를 하고, 별 의미 없는 영양제를 처방하고, 심지어 목으로 넘기는 물 한 모금까지 청구하는 당신이 그렇게 말하니까 우습군요."

그중에서도 존 리버사이드 병원의 폐해는 매우 심각했고, 제라드 덤벨이 병원장이 된 이후에는 환자가 마시는 물까지 비용을 청구하기 시작했다.

정말이지 돈에 미친놈이 아닐 수 없었다.

그리고 자신의 병원에서 이딴 행위가 자행되고 있는데 이를 묵인했다는 점에서 눈앞의 에릭 존 빌더도 똑같은 개자식이었다.

"그건……!"

물론 종혁도 이 모든 것이 시장 경제의 원칙에 따른 행동일 뿐이라는 건 이해하고 있었다. 미국에서는 이러한 행위가 자연스럽고, 당연한 일이란 것 또한 알고 있었다.

그렇다면 이를 똑같이 이용해 줄 생각이었다.

"다른 병원이 용납하지 않는다? 어차피 사업인데 그게 무슨 상관입니까? 그리고 용납하지 않으면 뭘 어쩌려고 요? 기사라도 내시게요? 글쎄요. 그게 도움이 될까요?"

현재 미국을 들썩이게 만드는 복지재단이 설립하려는 병원과 과한 의료비 때문에 같은 미국인들에게도 욕을 먹는 기존의 병원들.

국민들이 손을 들어 줄 곳은 누가 봐도 기빙이었다.

"아니면 스태파니 퀸스 클린턴?"

현재 버락 던햄 루터와 마지막 후보 경선을 치르고 있는 뉴욕주의 상원의원, 스태파니 퀸스 클린턴.

표를 의식할 수밖에 없는 그녀 또한 기빙의 손을 들어 줄 수밖에 없었다.

"어디 한번 싸워 볼까요?"

"내가…… 뭘 어떻게 하면 되겠소?"

사실상 패배 선언.

종혁은 찻잔을 내려놓았다.

"제 뜻은 방금 전 말해 드렸습니다."

"제라드 그 친구를 해고시키면 되는 것이오?"

"그걸로는 부족합니다."

"……기어코 내 병원을 인수하겠다는 것이로군요."

"값은 부족함 없이 치를 겁니다."

"……후우. 어쩔 수 없군요."

에릭 존 빌더는 몸을 일으켜 손을 내밀었고, 씩 웃은 종혁은 그 손을 맞잡았다.

"현명한 선택을 하신 겁니다."

"그러기만을 바랍니다. 그런데 그보다…… 대체 당신의 정체가 뭡니까?"

80년을 살아오며 수많은 인간 군상을 겪었지만, 이 같은 사람은 처음이었다.

"글쎄요. 기빙의 주인 되시는 분의 목숨을 구해 준 사람? 아무튼 다신 볼 일 없길 바랍니다."

돌아서던 종혁은 아차 하며 다시 에릭 존 빌더를 봤다.

"회수할 건 회수하시는 게 좋을 겁니다. 이젠 더 이상 돈을 버실 곳이 없잖습니까?"

"……!"

달칵!

문이 닫히자마자 다리에 힘이 풀려 다시 소파에 앉은 에릭 존 빌더는 떨리는 손으로 찻잔을 들어 입에 가져갔다.

"후우…… ."

이 나이 되도록 처음이었다. 아무것도 할 수 없는 무력감을 느낀 건.

"푸흐."

돌연 웃음을 흘린 그는 곧 망해 버릴 용커스시의 다른 병원들을 떠올리며 더 크게 웃었다.

혼자 죽지 않는다는 게 참 기꺼운 그였다.

"그나저나 회수할 거라······. 그렇군. 회수할 게 있었어."

돈에 미친 인간인 제라드 덤벨이 그동안 착복했을 돈들.

그가 병원장이 된 이후 병원 매출이 크게 뛰었기에 어느 정도는 눈 감아 줬지만, 이젠 그럴 수 없을 것 같다.

자신의 것이었야 할 돈. 그걸 돌려받을 때였다.

에릭 존 빌더는 핸드폰을 들었다.

"날세. 변호사를 소집해야겠네."

그의 눈이 흉흉하게 빛나기 시작했다.

한편 밖으로 나온 종혁은 헨리 스미스에게 전화를 걸었다.

"예, 헨리. 접니다. 혹시 용커스시에 있는 존 리버사이드 병원 이사장의 뒤를······."

－그에 대한 자료는 사흘 뒤까지 준비될 겁니다, 최.

급하게 병원 설립 계획서가 필요했던 종혁이 CIA에게 부탁했을 때부터 헨리는 이미 에릭 존 빌더의 조사에 착수한 상태였다.

－제라드 덤벨에 관한 것도 모두!

이는 종혁이 조던에게 관심을 쏟자 곧바로 준비했다.

"내가 말했던가요? 사랑한다고."

－하핫! 그것참 기쁜 말이군요!

"그래서 그런데 미국 대통령이란 거대한 도박판에 베팅 한번 해 보시는 게 어떻습니까? 전 이미 베팅을 한 상태라서요."

〈242〉 회귀 경찰의 리셋 라이프 22

―……!

종혁은 웃음을 흘리며 차로 향했다.

* * *

벌떡!

하얗게 질려 일어난 제라드 덤벨이 핸드폰을 응시한다.

지금 자신이 환청을 듣는 건 아닐까.

지독한 의심이 그를 잠식해 갔다.

"다, 다시 말씀해 주시겠습니까?"

―그동안 수고했다고 말했네만?

"제가 잘못한 게 있다면 시정하겠습니다."

―자네가 잘못한 건 없네. 그저 더 이상 필요하지 않을 뿐이야. 그럼 다음 이사회 때 보지. 그동안 수고했네.

달칵!

"이사장님! 이사장님―!"

쿵쿵!

"드, 들어가시면 안 된다니까요!"

"비키세요. 공무집행방해로 체포되기 싫으면."

벌컥!

제라드 덤벨은 문을 열고 들어오는 사람들에 눈을 크게 떴다.

"당신들은 누굽니까!"

"제라드 덤벨 씨? FBI입니다."

'흡?!'

"F, FBI가 왜……."

"제 동료가 사건을 접수해서 말이죠. 아무튼 제라드 덤벨 씨, 당신을 애나 파커 씨와 조던 파커 씨에 대한 협박 및 용커스 미들스쿨 뇌물 수수, 부정 청탁 혐의로 체포합니다. 나머지 죄도 많은 것 같지만, 일단은 여기서부터 시작하죠. 당신은……."

벤의 입에서 흘러나오는 미란다 원칙.

제라드 덤벨은 멍하니 벤을 쳐다봤다. 손목에 수갑이 채워져도, 그리고 끌려 나가도.

그런 그의 정신을 깨운 건 벤과 함께 들어온 존 리버사이드 병원 법무팀의 변호사였다.

"이사장님께서 1센트 한 장까지 긁어모으시랍니다."

"헉?!"

"각오하시는 게 좋을 겁니다."

제라드 덤벨의 얼굴이 파랗게 질렸다.

'자, 잠깐! 이러면 클라크는?'

분명 애나 파커와 조던 파커에 대한 협박이라고 했다.

그는 다급히 용커스 미들스쿨이 있는 방향으로 고개를 돌렸다.

* * *

용커스 미들스쿨의 운동장.

"헉! 헉!"

구슬땀을 쏟아 내는 상체를 굽힌 채 숨을 몰아쉬는 클라크 덤벨에게 로버트 제퍼슨이 다가선다.

"흠. 휴가 기간 동안 쉬지 않았나 보군. 역시 주장다워."

"......!"

주장. 눈을 부릅뜬 클라크가 로버트 제퍼슨을 본다.

"전에 말한 건 다 바로잡았겠지?"

"거, 걱정 마십시오! 감독님이 신경 쓰실 만한 일은 없을 겁니다!"

"그래? 알았어. 계속 이대로만 해."

"......옙!"

"자, 그럼 해산! 오전 훈련은 여기서 종료한다!"

"우와아아아아!"

클라크도 샤워실로 뛰어간다.

세상을 다 가진다는 게 이런 느낌일까.

클라크의 입가에 함박웃음이 피어난다.

로버트 제퍼슨은 그런 클라크를 차갑게 응시하며 들고 있는 서류철에 붉은 볼펜으로 선을 죽죽 그었다.

"하아. 죽겠다."

점심을 먹으려는 학생들로 가득한 급식소.

테이블 위로 엎어진 클라크가 힘이 죄다 빠진 몸을 추스르려 애쓴다.

"그러다 정말 죽는 거 아니야?"

"와, 무한체력인 네가 이렇게 죽을 정도라니. 그 감독 진짜 미쳤네."

패거리가 감독을 향한 험담을 쏟아 냈지만, 클라크는 말리지 않았다. 솔직히 로버트 제퍼슨은 이보다 더 심한 욕을 먹어도 괜찮은 악마였기 때문이다.

'아니, 대악마라고 해야겠…… 응?'

"아, 저 너드 새끼. 계속 거슬리네."

앉을 자리를 찾는 듯 주변을 두리번거리는 조던.

그러다 클라크 자신과 눈을 마주치자 깜짝 놀라며 시선을 피한다.

그 모습이 너무 꼴 보기 싫고 짜증 났다.

"……학교 뒤로 불러낼까?"

"됐어. 관둬."

'내가 오늘 기분이 좋아서 놔둔다.'

오늘은 너무 기분이 좋아서 조던이 옆자리에 앉는다고 해도 용서해 줄 수 있을 것 같았다.

그 순간이었다.

웅성웅성!

"응?"

갑자기 소란스러워지는 급식소에 고개를 들었던 클라크는 급식소 안으로 들어오는 FBI들을 발견하곤 눈을 껌뻑였다.

하지만 그것도 잠시.

클라크는 FBI가, 종혁이 자신의 앞에 서자 의아해하며 상체를 세웠다.

"클라크 덤벨?"

"그, 그런데요? 그런데 왜 저를…….""

"왜 왔겠냐?"

종혁의 말에 철렁 심장이 내려앉는다. 왠지 모를 불안 감이 클라크의 전신을 휘어 감는다.

종혁은 그런 그를 향해 비릿하게 웃어 주었다.

"지난 2년 동안 조던 파커를 괴롭혔지? 가자."

"……미친!"

벌떡 일어난 클라크는 곧바로 몸을 뒤로 날렸지만…….

콱!

클라크의 뒷덜미를 낚아채는 우악스러운 손길.

"켁?!"

"어디 가, 새꺄."

허공에 뜬 클라크를 잡아당긴 종혁은 그대로 그의 허리 에 손을 얹으며 번쩍 들어 올려 그대로 바닥에 메다꽂았 다.

콰아앙! 우드득!

"끄아아아악……!"

어깨를 붙잡은 채 비명을 지르는 클라크.

종혁은 그런 그의 다친 팔을 잡아 사정없이 뒤로 꺾었 다.

"끄아아아악!"

"클라크 덤벨, 너를 폭행 및 특수폭행, 협박 혐의로 체포한다. 너는……."

미란다 원칙이 모두 읊어지자 강제로 일으켜 세워진 클라크. 그는 조던을 죽일 듯 노려봤다.

"네가! 네가 감히……!"

급식소를 쩌렁쩌렁 울리는 원망의 외침.

그런데 왜일까.

평소 같았으면 그대로 주저앉았을 정도로 무서운 표정을 짓는 클라크지만, 조던은 지금 이 순간만큼은 아무런 느낌이 들지 않았다.

아니, 후련했다.

'이래서 아저씨가…….'

"조던."

"아저씨…….'

앞에 선 종혁에 눈을 파르르 떨던 조던은 고개를 깊이 숙였다.

"감사합니다, 아저씨."

"……그래."

한숨을 내쉰 종혁은 수갑을 꺼냈다.

"양손을 내밀어 줄래?"

"네. 여기요."

철컥! 조던의 손에 채워지는 수갑.

급식소에 몰린 학생들이 기겁하며 쳐다본다.

"조던 파커, 당신을 살인미수 혐의로 체포합니다. 당신은 묵비권을 행사할 권리가 있고, 불리한 진술을 거부할 수 있으며, 변호사를 선임할 권리가 있습니다. 또한 이번 체포가 부당하다 생각되면 체포구속적부심을 신청할 수 있습니다. 이해하셨습니까?"

"네. 이해했어요."

"……그래. 그럼 가자."

"네."

"어깨 펴, 인마. 이럴수록 당당해야 하는 거야."

"그런가요?"

"그래, 인마."

조던은 놀란 눈으로, 아니 살인미수란 말에 경악하고 겁먹은 눈으로 이쪽을 쳐다보는 학생들의 모습에 형언할 수 없는 묘한 표정을 지었다.

"전…… 저런 애들에게 겁을 먹었네요."

"시끄러워. 뭘 잘했다고."

"하하."

약간은 씁쓸한 결말이었다.

3장. 무너지다

무너지다

　뉴욕 소년 구치소 안의 면회실.

　한국과 달리 서로 얼굴을 맞대고 서로의 온기를 느낄 수 있는 공간, 주황색 죄수복을 입은 채 간수와 함께 다가오는 조던을 본 종혁이 피식 웃는다.

　"밥은 잘 나오나 보네."

　수감된 지 며칠 되지 않았는데 얼굴이 많이 밝아졌다.

　"적당히?"

　"얼씨구?"

　피식 웃은 종혁은 그에게 음식이 가득 담긴 종이백을 내밀었다.

　"맨날 엄마가 만든 것만 먹으니까 질리지?"

　거의 매일같이 조던을 찾아와 음식을 건네는 애나 파커.

"그, 그럴 리가요."

"괜찮아. 파커 씨한테 말 안 해."

움찔!

"헤헤. 잘 먹겠습니다."

제일 먼저 피자를 집어 든 조던이 몸을 부르르 떤다.

'웃으니까 좋네.'

종혁은 미소를 그리며 커피를 입에 가져갔다.

"먹으면서 들어."

"네."

"변호사가 선임됐어."

뉴욕에서 가장 실력 있는 로펌의 변호사다.

거짓말 조금 보태면 마피아 보스를 무죄로 만들 수 있을 정도로 실력 좋은 악마 같은 인간.

"아마 정당방위가 인정될 테고, 그럼 무죄가 선고될 거야."

한국과 달리 정당방위의 기준이 꽤나 넓은 미국.

클라크 덤벨이 체포되자, 그간 조던이 괴롭힘을 당하던 걸 방관해 왔던 학생들이 하나둘 증언을 해 주기 시작했다.

그레이스 탐정사무소에서 수집한 증거와 수많은 증언까지 더해진다면, 판사가 미친 게 아니고서야 무죄를 선고할 터였다.

멍하니 종혁을 보던 조던의 눈에서 한 방울의 눈물이 주룩 흘러내린다.

"흑!"

태연한 척했지만 겁이 났던 조던.

종혁은 조던의 눈에서 흘러내리는 눈물을 모른 척해 주었다.

"내가 언론 플레이를 하지 말아 달라고 말해 놓긴 했으니까 너무 걱정하진 마. 변호사가 오면 그 사람 말 잘 따르고."

"가, 감사합니다……. 흐윽!"

"감사하면 다신 이런 선택은 하지 마. 알았어?"

"네. 네……."

안 할 거다.

자신이 그런 선택을 했을 때 울고 불며 내 탓이라고, 내가 잘못했다고 사과를 하던 엄마 때문이라도 하지 않을 거다.

"파커 씨 속도 그만 썩이고. 자동차가 그렇게 좋으면 그쪽에 대해 공부해 보고! 그럼 간다. 적당히 먹고 들어가. 다음에 또 보자."

"감사합니다. 정말 감사합니다……."

조던의 머리를 헤집은 종혁은 몸을 돌리다 아차 하며 품에서 사진을 꺼냈다.

"야, 너 혹시 이 여자 기억해?"

"어?"

조던의 눈이 동그랗게 떠졌다.

"저 왔습니다!"

"오, 왔어?!"

"왜 이렇게 늦게 왔어! 그 조던이란 소년은?"

"구치소 체질인가 봐요."

"푸하하하하!"

웃음이 터지는 사무실. 요원들 모두 다행이라며 가슴을 쓸어내린다.

하지만 그것도 잠시.

어느새 모습을 드러낸 캘리 그레이스까지 기대가 가득한 눈으로 종혁을 응시한다.

그에 종혁은 품에서 사진 한 장을 꺼내어 내려놨다.

워싱턴 DC의 어느 공원에서 얻어맞고 난 후의 조던과 부딪쳤던 한 여성이 찍힌 사진.

그레이스 탐정사무소에서 클라크 덤벨을 구속시키기 위한 자료를 보낼 때 우연히 딸려 온 사진이다.

그걸 본 전 요원의 이가 갈린다.

뿌드득!

"카라 허드……."

"거기 있었냐."

지난 몇 년간 FBI를 골탕 먹인 쌍년.

"이름, 케일라 버드. 현재 카라 허드가 워싱턴에서 쓰고 있는 이름입니다."

종혁은 캘리 그레이스를 봤고, 그녀는 엄지로 목을 그었다.

종혁이 살벌하게 웃었다.

"갑시다. 이 개 같은 년 잡으러."

* * *

짹짹짹.

작은 새가 일어나라며 울어 대는 아침.

햇살처럼 포근한 이불에서 사십대 동양인 남성이 뒤척거리다 눈을 뜬다.

띠디디! 띠디디!

한발 늦게 울리는 알람.

멍한 눈으로 허공을 응시하다 옆을 본 중년인은 손바닥으로 시트를 훑는다.

침대를 나선 지 얼마 안 된 듯 아직 남아 있는 옅은 온기.

"끄으!"

기지개를 켠 중년인은 방을 빠져나와 부엌으로 향했다.

타다다다다! 촤악! 보글보글!

음식이 만들어지는 소리가 울리는 부엌.

중년인의 망막에 속옷만 입은 채 매끈한 등을 보이고 있는 몸매 좋은 여성이 맺힌다.

중년인은 옅게 웃으며 다가가 그녀를 등 뒤에서부터 끌어안으며 날개뼈에 새겨진 파랑새 문신에 입을 맞췄다.

"케일라."

짝!

"씁. 자꾸 배 만져. 나 그러는 거 싫다고 했는데."

"하하. 응? 미소시루네?"

"일단 맛 좀 봐요."

탁하면서도 맑은 국물을 국자로 뜬 케일라, 아니 카라버드는 중년인에게 내밀었고, 맛을 본 중년인은 눈을 동그랗게 떴다.

"굿."

"다행이다…….."

카라는 의아해하는 중년인을 보며 배시시 웃었다.

"당신이 일본계잖아요. 그래서 책 보고 따라 해 봤는데……."

순간 멍해져 카라 허드를 보는 중년인.

"뭐야. 오늘 출근하지 말라는 거야?"

"응? 왜 말이 그렇게…… 꺄악! 자, 잠깐! 나 칼 들었어요!"

"응. 안 들려."

"카, 칼만 놓고…… 코지! 코지-!"

카라를 공주님 안기로 들어 올린 중년인은 듣지 않겠다는 듯 침실로 향했고, 이내 곧 뜨거운 열락의 공기가 침실을 가득 채웠다.

한바탕 열풍이 몰아친 침실.

중년인의 몸에 기댄 카라는 자신의 날개뼈 문신을 검지로 만지작거리는 중년인, 코지 나카모토의 행동에 피식 웃었다.

"내 문신이 그렇게 좋아요?"

틈만 나면 문신을 가만 안 두는 코지.

"아마?"

"치. 뭐예요, 그게."

"그냥 손이 가."

"됐어요. 그만 만져요."

"몰라. 그냥 손이 간다니까."

"아이, 계속 그러면 나도 당신 거 만질 거예요?"

"그러시든가."

"후회 없죠? 에잇!"

코지의 허벅지 안쪽을 파고드는 카라의 손. 길고 뾰족한 손톱이 작고 기이한 문양의 문신을 긁는다.

"이건 어떤 년 때문에 한 걸까?"

"뭐야, 방금 전까지 내 출근을 걱정해 놓고 흥분시키는 거야?"

"그만. 정말 나 화낼 거예요?"

카라가 진심으로 정색하자 코지는 입맛을 다시며 물러선다.

그에 카라는 배시시 웃으며 코지를 일으켰다.

"일어나요. 얼른 밥 먹고 출근해야죠."

"맞아. 밥!"

여자친구가 정성 들여 만들어 준 고향 음식.

벌떡 일어나던 코지는 코를 스치는 매캐한 냄새에 눈을 동그랗게 떴다.

그건 카라도 마찬가지였다.

"악! 가스 끄는 거 깜빡했다!"

그들은 다급히 부엌으로 달려갔다.

우당탕!

두 사람의 아침이 이제 막 시작됐다.

* * *

워싱턴 DC 다운타운의 한 건물.

잘 빠진 에스턴마틴 한 대가 지하주차장의 빈자리에 주차된다.

탁! 탁!

차에서 내린 카라는 운전석에서 내리는 코지에게 다가가 입술에 입을 맞췄다.

"오늘 하루도 열심히 하고, 위험한 일은 나서지 말고, 여자 조심하고. 나 빼고 다 여우니까!"

"푸하핫! 그래. 알았어. 누구의 명인데 거절할까. 케일라, 너도 남자 조심하고."

"네! 얼른 가 봐요. 늦겠다. 헉! 벌써 8시 55분!"

"뭐? 갈게! 점심 때 봐!"

코지는 다급히 엘리베이터를 향해 달려갔고, 카라는 그

런 그를 느긋이 뒤따르며 눈을 가늘게 떴다.

"자꾸 피해 가네."

이쯤이면 자신에게 푹 빠져서 자신의 입맛대로 움직일 때도 됐건만, 코지 나카모토는 계속 이런저런 이유로 빠져나가고 있었다.

"본능인지, 아니면 정말 시간이 없는 건지……. 쯧. 일단은 내가 참아 준다, 참아 줘."

지금껏 카라가 타깃으로 삼아 왔던 교수나 의사가 아니라 회사원인 코지 나카모토.

그럼에도 그녀가 그를 이번 타깃으로 삼은 이유는, 그가 무려 100평이 넘는 커다란 주택과 세 대의 고급차를 소유하고 있는 엄청난 재력가였기 때문이다.

확실히 노는 물이 달라서인지 쉽게 넘어오지 않고 있지만, 그것도 얼마 걸리지 않을 터.

'여기에 현재 작업하고 있는 것까지 합하면…….'

입술을 비튼 카라는 이내 도도한 표정을 지으며 자신의 일터인 1층의 환경미화부서로 향했다.

한편 코지 나카모토의 일터인 루한 컨설턴트.

늦지 않게 도착한 코지를 향해 복도를 지나던 회사원들의 인사가 쏟아진다.

"좋은 아침입니다, 과장님."

"오늘은 아슬아슬하시네요, 과장님?"

"그래, 모두 좋은 아침이야."

인사를 하며 안쪽으로 향한 그는 영업 2과라는 명패가 걸린 사무실의 문을 열고 들어갔다가 한숨을 내쉬었다.

"드르렁!"

10평 남짓 작은 공간, 어젯밤 집에 들어가지 않은 건지 의자를 젖힌 채 잠자고 있는 동양인 사내 한 명.

코지는 그가 앉아 있는 의자를 잡아 흔들었다.

"야, 박 대리. 일어나."

코지의 입에서 능숙하게 나오는 한국어.

"어억!? 어, 오셨…… 입술에 립스틱."

"뭐?"

화들짝 놀라 입술을 훔친 코지는 얼굴을 구겼다.

"쯧. 밖의 사원들이 다 봤겠네."

"아주 깨가 쏟아지십니다그려. 이거 솔로는 서러워서 살겠나."

"시끄러. 프로젝트 승인 결과는?"

"났습니다."

"났어?"

외투를 벗으며 자리에 앉던 코지가 몸을 멈추며 박 대리를 본다. 솔직히 특별할 게 없는 프로젝트라서 통과 가능성을 점칠 수 없었던 기획안.

"확인해 보세요. 본사에서 메일을 보냈다니까."

눈을 크게 뜬 코지는 얼른 컴퓨터를 켜서 메일을 확인했다.

"흠. 시범적으로 해 보자는 거네."

"일단 아이디어가 좋잖아요. 그동안 이건 왜 생각 못했나 몰라. 거기다 미국 애들이 손이 커서 이권 개입하기도 편하고."

"확실히 그런 경향이 있지."

땅도 넓어서 여러모로 좋다.

'흠. 이러면 미국 지사를 키워 보겠다는 뜻인데…….'

"대선 기간이라 시도해 볼 만한가? 으음. 사람이 없을 텐데……."

"나라 꼴도 엿 같잖아요. 잉여 인력이 없어도 시도해 볼 만하죠."

여기에 곧 천문학적인 액수의 예산이 증대된다는 소문이 있다.

만약 진짜라면 충분히 시도해 볼 만했고, 지사 규모를 확장시키려면 지금부터 준비해야 됐다.

"확실히 그동안 너무 몸을 사리긴 했지. 이 넓고 기회가 많은 땅에 있는 지부가 고작 우리 하나뿐이니까."

그렇다고 인원이 많지도 않다. 해외 지사치곤 많은 편이긴 하지만 말이다.

"아무튼 고객도 8명 선별 끝냈습니다. 어제 이것 때문에 날 샌 거고요. 지부장님, 아니 사장님이 언제든 날 잡히면 프로젝트 시작하래요. 아, 지원팀도 스탠바이 됐습니다."

"……너 요새 열심히 일한다? 왜? 나 제치고 승진하려고?"

"예, 예. 그렇게 생각하세요. 해 줘도 난리야."

"뭐, 인마?"

"어우, 그럼 전 잠깐 마사지 좀 받고 올게요."

외투를 챙겨 들며 돌아서던 박 대리는 잠시 발을 멈췄다.

"그러니 정은 그만 줘요. 요새 본사 차원에서의 관리가 심해진 거 알죠?"

밖의 일반인, 아니 일반 사원들 가운데 본사 직원이 숨어 있을 수 있다.

"까분다. 네가 누굴 걱정할 짬밥이냐?"

"아님 말고."

"영수증 챙겨 오고. 경비로 처리할 거니까."

"충성, 충성."

달칵!

박 대리가 문을 닫자 코지는 담배를 물었다.

"후우."

입안에 퍼지는 시원하고도 쌉쌀한 멘솔의 맛.

'본사가 우리를 주목하는 이유는 하나지.'

현재 뉴욕에 와 있는 어떤 놈 때문이다.

번번이 회사 일을 방해한 놈.

'뭐, 그놈은 뉴욕에 있으니까.'

고개를 끄덕인 코지는 핸드폰을 들었다.

"케일라, 오늘 저녁은 근사한 곳에서 먹을까? 할 말도 있고. 그건 저녁에 말해 줄게. 응. 그래, 이따가 봐."

따뜻한 말을 쏟아 내는 입과 달리 그의 눈은 어느새 차 갑게 가라앉아 있었다.

* * *

클래식한 음악이 흐르는 프랑스 레스토랑.

"코, 코지."

코지가 내민 목걸이에 카라의 눈이 흔들린다.

"우리가 사귄 지 100일이나 됐는데, 당신에게 변변한 선물을 한 적 없는 것 같아서 한번 준비해 봤어. 마음에 들어?"

"……채워 줘요."

"알겠습니다, 레이디."

등을 보이는 그녀에게 목걸이를 채워 주는 코지.

"어때요. 예뻐요?"

코지는 대답 대신 엄지를 치켜들었다.

"아, 그리고 한 달 안에 휴가를 쓸 수 있을 것 같아. 그 때 당신이 좋아하는 라스베이거스에 놀러 가자."

"정말요?!"

카라는 날 듯 그에게 안겼고, 주변에서 휘파람 소리와 축하 인사들이 날아들었다.

그에 얼굴이 빨개진 카라는 자리에 앉았고, 코지도 헛 기침을 했다.

"그, 그럼 마저 먹을까?"

"네······."

둘은 고개를 숙이며 끊겼던 식사를 이어 갔다.

그런데······.

'한 달이라······. 그럼 나도 슬슬 다음 단계로 넘어가야겠네.'

현재 환경미화부서를 상대로 하고 있는 사기.

용커스시에서 용돈이나 벌어 볼까 한번 해 봤는데, 굉장히 쏠쏠했던 투자 사기.

카라는 일이 끝난 후 들어올 돈을 떠올리며 속으로 히죽히죽 웃었고, 코지는 그런 카라를 가만히 응시하며 와인을 입에 가져갔다.

그리고 3주가 흘렀다.

"와아!"

워싱턴 공항에 도착한 카라가 과하게 감탄한다.

"······호텔에 묵을 테니까 동선 다시 체크하고. 그래요. 시간? 글쎄 그건 아마 도장 찍은 날이 되겠죠. 네, 알겠습니다. 그럼 꼼꼼히 체크 부탁드립니다. 아, 미안. 급한 전화라서."

"칫. 휴가 가면서까지 일이에요?"

"하하. 미안. 어쩔 수 없었다니까. 그보다 너무 기뻐하는 거 아니야?"

"히히, 가요!"

코지의 팔을 잡아끄는 카라의 눈이 탐욕으로 빛나기 시

작했고, 코지의 눈이 나른하게 웃기 시작한다.

'고객 중 한 명이 재무부 사람이라고 했으니까…….'

'지금까지 30만 달러! 이번에도 최고야!'

동상이몽. 둘은 서로 다른 꿈을 꾸고 있었다.

그렇게 웃던 코지는 순간 누군가를 발견하곤 눈빛을 굳혔다.

'벌써 세 번째.'

지난 며칠간 무려 3번이나 마주친 삼십대 백인.

분명 루한 컨설턴트 소속 사원은 아니었다.

'그럼 저 자식은 뭐지? 대체 누가 날……. 일단 알아보라고 해야겠군.'

"뭐해요?"

"아냐, 아냐. 가자."

왠지 따라올 것 같았기에 카라를 처리하며 함께 알아보면 될 듯싶었다. 코지는 얼른 문자로 1명 추가라는 메시지를 보냈다.

그렇게 검문을 끝내고 게이트를 넘는 순간이었다.

"악! 얼른 가요! 늦겠……."

스윽!

갑자기 그들의 앞을 가로막는 FBI 요원. 아니, 그들을 포위하듯 감싸는 10명의 요원.

카라의 눈이 부릅떠졌다.

"카라 허드?"

"아, 아닌데요? 사람 잘못 보셨어요. 전 케일라……."

퍼억!

"……!"

배를 얻어맞은 카라가 그대로 바닥을 나뒹군다.

"컥! 커헉! F, FBI가 선량한 시민을…… 악?!"

카라의 머리채를 잡아 꺾은 종혁은 상냥하게 웃었다.

"이 쌍년이 어디서 아가리를 털어? 옥수수를 확 다 털
어 버릴라."

순간 그녀의 심장을 얼리는 살의.

정말 모든 게 끝났다는 걸 깨달은 카라 허드는 혀를 차
며 스스로 몸을 뒤집어 양팔을 뒤로했고, 코지는 그런 카
라에게 수갑을 채우는 종혁을 일그러진 눈으로 노려봤
다.

'최종혁 이 개……!'

* * *

"아이고, 죄송합니다. 많이 놀라셨죠?"

카라 허드를 동료에게 인계한 종혁이 코지에게 다가선
다.

"하마터면 큰일을 당하실 뻔했습니다."

"크, 큰일이요? 아니, 제 여자친구가 무슨 짓을 했다는
겁니까! 빨리 풀어 주세요!"

"그건 좀 곤란합니다. 당신의 여자친구가 아주 유명한
사기꾼이거든요."

"……예?"

"카라 허드. 돈 많고 사회적인 지위가 높은 남성들을 대상으로 사기를 치는 골드디거입니다."

"카라…… 허드요? 아닙니다. 제 여자친구 이름은 케일라 버드입니다."

"예. 이번엔 그런 이름을 쓴 것 같더군요."

코지는 다급히 카라를 봤고, 카라는 콧방귀를 뀌며 고개를 돌렸다. 그에 충격 받은 모습을 보이는 코지.

"어, 어떻게…… 그, 그럼 그 모든 게……."

"사기였습니다. 당신과 동거를 하고, 매일 아침을 차려주고, 저녁에 침대에서 사랑을 속삭이던 모습 모두."

"마, 말도 안…… 잠깐?"

코지는 그걸 어떻게 아냐는 듯 종혁을 응시했고, 종혁은 머리를 긁적였다.

"이거 피해자분께는 죄송하게도 카라에게 감시자를 붙여 놔서요. 본의 아니게 다 알게 됐습니다. 사과드립니다."

'그럼 설마 아까 그놈이?!'

순간 열이 뻗힌 코지는 얼른 감정을 수습했다.

"그런……."

"아무튼 상황이 이렇다 보니 피해자분께서도 조사를 받으셔야 하는데…… 일단 성함과 직업을 좀 알 수 있을까요?"

"코지. 코지 나카모토입니다. 루한 컨설턴트에 영업과

장을 맡고 있습니다."

"어? 그래요?"

'저년이 뭔 일이지?'

그동안 사회적 지위가 높은 직업을 지닌 이들만 타깃으로 삼았던 카라 허드.

의아해하던 종혁은 아차 했다.

"아, 일본분이셨구나. FBI의 최종혁입니다. 실례지만 잠시 시간이 괜찮으시다면 저희와 함께 가 주실 수 있을까요?"

워싱턴에서 일하는 코지가 뉴욕까지 진술 조사를 받으러 올 순 없을 테니 지금 다 해치워야 했다.

"아니면 나중에 뉴욕으로 오셔도 됩니다."

"그건…… 후, 아닙니다. 지금 하죠."

"하하. 잘 생각하셨습니다. 그럼 가시죠."

그들은 공항 내 직원들이 쓰는 휴게실 같은 공간으로 향했다.

＊　＊　＊

"협조 감사합니다. 그리고 심심한 위로의 말을 전합니다."

"아닙니다. ……감사합니다."

"아, 저 그런데 혹시 일본에서 특수부대 같은 걸 나오셨습니까?"

"아니요. 전 미국 사람입니다."

"아, 그렇군요. 실례했습니다."

"아닙니다. 그럼."

카라 허드를 형언할 수 없는 감정이 가득 들어찬 눈으로 응시하던 코지는 몸을 돌려 공항을 빠져나가기 시작했다.

"어, 나야. 작전 취소. 최종혁 떴다."

―뭐요?! 그놈이 왜요!

"내가 알아! 그보다 고객들에게 연락은 했어? 아직 안 했지? 안 했다고 해라, 제발."

―일단 물건 상태를 보고 연락하려고 했는데……

"잘했어. 곧 복귀할 테니까 끊어."

신경질적으로 통화를 종료한 코지는 이를 갈았다.

빠드득!

"최종혁, 이 개새끼……"

아주 인생에 도움이 안 되는 새끼였다.

한편 어느새 점처럼 멀어진 코지를 바라보던 종혁이 눈을 가늘게 뜬다.

"흐음. 희한하네."

"뭐가?"

'왜 이 몸뚱이가 저 양반을 경고했지?'

코지를 보자마자 자연스럽게 긴장을 했던 몸.

아무리 봐도 일반 회사원이었는데도 말이다.

"뭔데?"

"아니에요. 갑시다. 얼른 돌아가서 파티 열어야죠."

그동안 FBI의 골머리를 썩게 만들었던 카라 허드를 검거했다.

일주일 내내 파티를 열어도 모자랐다.

'일본이 아니라 미국의 특수부대 출신이었나? 아님 비밀 요원 출신?'

종혁은 갸웃거리며 출국장으로 향했다.

워싱턴 본부의 요원들이 들이닥쳐 카라 허드를 뺏어 가기 전에 얼른 토껴야 했다.

"뭐해요? 안 달려요?"

"마, 맞아! 뭐해! 다들 달려!"

"드롭! 카라 들어!"

그들은 도망치듯 뉴욕으로 향했다.

* * *

짝짝짝짝짝!

카라 허드를 앞세우고 복귀하는 요원들을 향해 박수가 쏟아진다.

"하! 그러면 먼저 잡으시든가! 내 새끼가 사비 써 가면서 잡은 놈이거든? 끊어!"

분위기를 싸늘하게 식게 만든 전화를 끊은 캘리 그레이스는 고개를 모로 기울였다.

"뭐해? 다들 박수 안 쳐?"

"브라보!"

"잘했어, 친구들!"

캘리도 종혁들을 향해 박수를 쳤다.

"수고했어, 아들들."

"푸하핫······!"

"큭큭큭큭!"

"자, 다들 키보드에서 손 떼고 주목!"

순간 캘리에게 모이는 시선들.

"드디어 저 개 같은 년이 잡혔다. 아마 이번 달 최고의 실적일 거야. 다들 동의하지?"

"예!"

"그럼 모두 컴퓨터를 끄고 일어나 외투를 챙긴다! 실시!"

순간 눈치를 챈 요원들은 활짝 웃으며 얼른 작업을 하던 걸 저장하기 시작했다.

"그리고 지금 당장 존스 펍으로 돌격!"

"우와아아아!"

요원들은 앞다투어 사무실을 빠져나갔고, 캘리는 종혁을 향해 손을 까딱였다.

"애 좀 대신 넣어 줘요."

"맡겨만 둬."

드롭이 카라 허드를 끌고 가자 종혁은 캘리 그레이스의 사무실 안으로 들어갔다.

"예, 보스."

"한 대 피울래?"

"오?"

종혁은 거부하지 않고 담배를 받아 들었다.

찰칵! 치이익!

"후우우."

순간 그녀의 사무실을 뿌옇게 물들이는 담배 연기.

캘리 그레이스가 종혁을 복잡한 눈으로 응시했다.

솔직히 그녀는 종혁을 불러들이면서 많은 걸 바라지 않았다. 제아무리 수사기법을 창시한 종혁이라고 해도 혼자였으니까.

그저 골치 아픈 사건 두어 개만 해결해 줘도 감지덕지였다.

그런데 지난 몇 개월 동안 종혁이 해결한 초대형 사건이 몇 개던가. 또 종혁에게 조언을 얻어 해결한 사건은 몇 십 개던가.

얼마 전 용커스시에서 일어난 사건은 다시 생각해도 아찔했다.

'만약 최가 그 조던이라는 아이를 주시하지 않았다면?'

전 미국을 강타할 총기 난사 사건이 벌어졌을 거다. 조던은 해외 파병을 나가 전사한 군인인 부친에게 총 쏘는 법을 배운 아이였으니까.

어떻게 감사를 표현해야 할지 감이 잡히질 않았다.

"고맙다면 그냥 고맙다고 하시면 됩니다."

피식!

"그래, 고마워."

"뭘요."

잠시 서로를 따뜻하게 바라보는 둘.

"이거 진짜 욕심나네. 최, 정말 FBI에 남을 생각 없어?"

"예, 예. 얼른 가셔서 취하셔야죠."

"두고 봐. 내가 어떻게든 최를 남게 할 테니까."

"네. 저는 오늘 위스키 사 주십쇼."

"쯧."

담배를 끈 캘리는 외투를 챙겨 들었고, 둘은 그들의 단
골 펍으로 향했다.

* * *

"그럼 먼저 퇴근할게. 문단속들 잘하고 가."

"들어가세요, 사장님."

어느새 해가 저물다 못해 어두워진 저녁, 손을 저은 고
정숙이 집으로 향한다.

그때였다.

─뚜뚜루 뚜뚜뚜 키싱 유 베이베!

"네, 여보세요."

─안녕하세요, 사장님! 전에 한번 뵀었죠? 저 원푸드
컨설팅의 김경식 대리……

"네. 안 합니다."

-아뇨, 사장님! 사장님께선 정말 아무것도 안 하셔도 된다니까요! 그냥 레시피와 운영 노하우만…….

"제 아들 경찰입니다. 끊습니다."

매정하게 전화를 끊은 그녀는 핸드폰을 보며 혀를 찼다.

"요새 자꾸 이런 전화가 오네."

예전에도 심심치 않게 왔지만 요새 들어 부쩍 심해졌다.

뷔페를 프렌차이즈화하자, 뚱뚱이 김밥을 프렌차이즈화하자 등 자꾸 사기꾼들이 달라붙는다.

"내가 돈 많은 호구처럼 보이는 거야, 아니면 내 음식이 맛있다는 거야? 아님 둘 다인가?"

그래도 실소가 나온다.

아들 종혁이 아니었다면 아직도 길거리에서 분식을 팔았을 자신.

어느 순간 정신을 차린 아들이 자신을 설득해 권&박 홀딩스에 투자를 하지 않았다면 여전히 반지하에 살고 있었을 테고, 이런 전화는 일평생 받아 보지 못했을 거다.

그래서인지 이런 전화를 받을 때마다 격세지감을 느낀다.

"엄마 음식 최고."

"어마, 깜짝아. 이고르! 내가 인기척 좀 내고 다니랬지!"

"놀랐다면 미안, 엄마."

고정숙은 머리를 긁는 덩치 큰 삼십대 사내, 정혁빌딩 경비 이고르의 모습에 쓴웃음을 흘렸다.

덩치는 종혁보다 반배는 큰데, 하는 행동은 강아지가 따로 없는 그.

"밥은 먹었어? 또 빵 따위로 때운 거 아니지?"

"……."

"으이그, 내 그럴 줄 알았다. 배고프면 뷔페 와서 먹으라니까."

"알았어, 엄마."

"말이나 못하면 다행이지. 알았어! 오늘도 파이팅 하고. 우리 빌딩 잘 지켜 주고!"

"파이팅."

거수경례를 한 이고르가 손전등을 만지작거리며 복도를 걷자, 푸근하게 웃은 고정숙은 엘리베이터에 올랐다.

띠디디디디딕, 삐리릭!

문을 열고 들어가자 그녀를 반기는 휑하고 넓은 거실.

인기척 하나 느껴지지 않는 거실에 그녀의 낯빛이 좀 어두워진다. 그러다 양 볼을 짝짝 치며 우울해지려는 생각을 쫓았다.

"아줌마 왔다!"

벌컥! 후다닥!

"다녀오셨어요."

고정숙에게 배꼽 인사를 하는 순희.

"그래. 숙제는 다 했고?"

"네!"

"철이는?"

얼마 전 시보 생활을 끝내고 근처 경찰서에 배치받은 순철.

"아직 퇴근 안 했어요."

"오늘도 바쁜가 보네."

누가 경찰 아니랄까 봐 야근을 밥 먹듯 한다.

"알았어. 쉬어. 과일 깎아 줄까?"

"아니요! 괜찮아요! 아, 맞아. 여기요!"

"응?"

순희가 내민 성적표를 받아 든 고정숙은 깜짝 놀랐다.

평균 96점에 전교 2등.

"어이구, 내 새끼. 잘했다. 잘했어. 언니한테는 보여 줬고?"

"히히히. 이따가 보여 줄 거예요."

"그래. 얼른 보여 드려."

"네!

다시 제 방으로 뽀로로 달려가는 순희.

그 모습을 흐뭇히 바라보던 그녀는 거실 한편에 세워 둔 청소기를 들었다.

기이잉!

역시 사람이 없어서인지 치울 게 별로 없는 집. 그래도 워낙 넓다 보니 금세 땀이 송골송골 맺힌다.

그렇게 부엌을 치운 그녀는 습관적으로 종혁의 방으로 들어갔다가 잠시 멈췄다.

벌써 거의 1년 동안 주인이 들어오지 않아서 그런지 향기가 사라진 방.

고정숙은 아들의 책상에 놓인 가족사진을 멍하니 응시했다. 매일같이 통화를 하는데도, 이 방만 들어오면 왜 이렇게 가슴이 먹먹해지는지 모르겠다.

"쯧. 진짜 갱년기가 오려나."

고개를 턴 그녀는 다시 청소를 시작했다. 아들 종혁이 언제 돌아오든 떠나기 전처럼 편히 잘 수 있게.

이후 씻고 나온 그녀는 팝콘을 튀겨 TV 앞에 앉았다.

어느새 나온 순희도 그 옆자리에 앉아 팝콘을 훔쳐 먹으며 고정숙과 함께 하하호호 웃는다.

그때였다.

띠디디디디! 띠리릭!

"에고. 철이 왔나 보⋯⋯."

무릎을 짚으며 몸을 일으키던 고정숙은 문을 열고 들어오는 사람을 보곤 그대로 굳어 버렸다.

"아임 컴백! 다녀왔습니다!"

"오빠⋯⋯!"

후다닥 달려간 순희가 종혁의 품에 안기고, 종혁은 그런 그녀의 머리를 쓰다듬으며 어머니를 향해 미소 지었다.

"뭐야. 아들이 왔는데 반겨 주지도 않는 거야?"

순간 무너질뻔한 그녀는 비척비척 종혁에게 다가갔다.

그리고 손을 높이 들었다.

짜아악!

"으따따따?!"

"왜 전화도 없이 왔어!"

화를 내지만 눈에 눈물을 보이는 엄마.

"하하. 서프라이즈?"

"서프라이즈가 다 얼어 죽겠네……. 뭐해? 얼른 들어와!"

"옙!"

종혁은 환하게 웃으며 집 안으로 발을 내딛었다.

드디어 휴가다운 휴가였다.

* * *

통통통통!

아침을 깨우는 칼질 소리.

햇살의 포근함을 가득 머금은 이불 속에서 뒤척이다 눈을 뜬 종혁이 시간을 확인했다가 헛웃음을 터트린다.

"늦잠 잤네."

아침 6시.

시차 때문인지, 아님 오랜만에 집에 와서 긴장이 풀린 것인지 몰라도 꽤 늦장을 부려 버렸다.

머리를 긁적이며 방을 빠져나온 종혁은 이른 아침부터

갈비찜을 만들고 있는 어머니 고정숙을 뒤에서부터 끌어
안았다.

"굿모닝입니다, 마더."

"들러붙지 마. 더워."

"씁. 어젠 굉장히 반겼던 것 같은데."

"네. 얼른 떨어지세요, 아드님. 엄마가 칼 들고 있어
요."

"오케이."

살기마저 느껴지는 음성에 다급히 양손을 들고 물러난
종혁은 부엌 식탁에서 식어 가는 널찍한 육전을 한입에
넣었다.

"아들을 너무 사랑하는 거 아니셔? 대체 몇 시에 일어
난 거야?"

"왜, 그래서 싫어?"

"좋아서 그렇지."

"그럼 얼른 씻고 나와서 밥 먹어. 갈비찜 다 익어 가니
까."

"옛썰!"

"아, 맞아. 너 언제 들어와?"

"글쎄? 8월? 9월? 별일 없으면 9월이나 그 전에 들어
올 거예요."

"그럼 바로 복귀하는 거야?"

살짝 떨리는 목소리에 종혁의 눈이 빛난다.

"아직도 이 아들을 몰라? 당연히 우리 여사님이랑 여행

갈 시간은 빼야지."

"……허튼소리 말고 얼른 씻기나 해."

"흐흐. 이따가 봐용?"

종혁은 몸을 돌렸고, 그런 그의 등 뒤로 고정숙의 외침이 날아들었다.

"콘돔은 썼지?"

휘청!

"아, 진짜!"

혀를 찬 종혁은 어머니가 무슨 소리를 더 하기 전에 얼른 화장실 안으로 뛰어들어갔다.

"와. 형님이 오니까 아침 밥상이 달라집네다."

"거기. 계속 아침 얻어먹고 싶으면 입 다물지?"

"아, 아무 말도 안 했습네다!"

"큭큭."

소리 죽여 웃던 종혁은 벌써 그릇을 들고 일어나는 어머니의 모습에 미간을 좁혔다.

"밥 좀 천천히 먹으라니까. 그러다 진짜 고생한다니까요? 곧 쉰인 양반이 말야."

"쉰 되려면 멀었거든?!"

"오, 신경 쓰고 계셨…… 사랑합니다."

"쯧. 오늘 몇 시에 들어올 거야?"

"저녁 먹기 전엔 들어올 거예요."

고개를 끄덕인 고정숙은 다 먹고 설거지하라는 말을 남

기고는 출근을 했고, 종혁은 여전히 일을 손에서 못 놓는
어머니의 모습에 입맛을 다셨다.

일을 관두게 하고 싶은 마음은 여전히 굴뚝같지만, 어
머니가 원하지 않으니 어쩔 수가 없었다.

"맞아, 철이 너 요새 무슨 일 있어? 계속 야근한다며?"

순철이 배치를 받은 곳은 사이버 수사팀이었다.

"중고 거래 사기와 아이템 거래 사기가 많아서 그럽네
다."

"큭큭. 현장 일은 좀 어때? 할 만해?"

"죽갔습네다. 아새끼들이래 뭔 욕심들이 이리 많은지……."

중고 거래나 아이템 거래 사기범을 잡다 보면 태반이
십대와 이십대다. 차라리 인터넷에서처럼 패왕이 따로
없으면 화풀이라도 하겠는데, 현실에서 만나 영장을 보
여 주면 한 번만 봐 달라고 울기 바쁘다.

아주 질려 버릴 정도였다.

"조건은?"

"그것도 넘쳐 납네다. 어휴, 진짜……."

비몽사몽 밥을 먹는 순희만 아니었다면 종혁을 붙잡고
한탄을 했을지도 모른다. 종혁이 하는 걸 보며 각오는 했
지만, 현장은 그 각오 이상의 지옥이었다.

종혁은 일그러지는 순철의 얼굴을 보며 고개를 끄덕였
다.

'잘 배우고 있나 보네.'

때려치우고 싶다는 말을 하지 않은 것만으로도 순철은

이미 한 사람의 훌륭한 경찰이었다.

"9월까지 제대로 배워 둬. 나 돌아오면 바로 특별인사 이동으로 콜업할 거니까."

움찔!

종혁의 말에 순철의 눈이 빛난다.

"정말 그 수사팀이 만들어질 수는 있는 겁네까?"

종혁이 떠나기 전 말했던 수사팀.

현장 일에 대해 제대로 모르던 그때야 그러려니 했지만, 실제로 현장을 뛰어다니다 보니 종혁이 말하는 수사팀이 얼마나 어이없고 실현 불가능한 곳인지 알 수 있었다.

"그게 거래거든. 아무튼 그럴 거니까 그때까지 네가 뭐 좀 만들어 줘야겠다."

"걱정 마시라요. 안 그래도 개발 중에 있습네다."

"어?"

"영장이 필요한 금융 기록 등의 자료를 제외한 생활기록부나 공용 CCTV 등 범인에 대한 모든 자료를 빠르게 접속 검색할 수 있는 프로그램을 말하는 거 아닙네까?"

……달그락.

젓가락을 내려놓은 종혁은 이것 봐라 하며 순철을 봤다.

"거기에 안면인식 및 체형인식 프로그램도 개발 중에 있습네다. 아마 내년이면 만들어질 겁네다."

현재 세진은행 해킹 사건 때 큰일을 당할 뻔한 지인들

과 열심히 만들고 있는 중이다.

"푸핫핫!"

여포의 적토마가 이런 걸까, 천군만마라는 게 이런 걸까.

종혁은 별거 아니라는 듯 갈비찜을 씹는 순철을 보며 몸을 떨었다.

"그런 건 어떻게 떠올리게 됐어?"

"드라마 보면 다 나옵네다."

종혁은 다시 눈물이 쏙 빠지도록 웃음을 터트렸다.

"그래, 고맙다. 부족한 건 없고?"

"돈과 인력, 제도적인 문제가 부족합네다."

이 중 가장 중요한 건 아무래도 제도적인 문제다. 거기에 부서 간의 협력 문제도 있다.

"알았어. 그 부분은 내가 처리해 놓을게."

인력이야 오래전부터 인연이 있는 디지털 포렌식의 창시자인 이치로 교수와 이치로 교수의 지인이자 차량용 블랙박스 및 고화질 CCTV, 바디캠 등의 창시자 정수찬에게 부탁을 한다면 충분히 끌어모을 수 있을 거다.

"아니, 아예 계열사 하나 차려 놓을 테니까 영광이랑 다른 분들보고 그냥 입사하시라고 해."

세진은행 사건 때 큰 봉변을 당할 뻔한 고영광과 그 지인들.

"지금 일하시면서 버시는 것보다 몇 배는 더 벌 수 있을 테니까."

안면인식 프로그램 하나만 해도 한 해에 족히 20억은 넘게 받을 수 있는 보물이다.

종혁은 그들이 만든 보물을 제값의 가치를 받을 수 있도록, 아니 그 이상의 가치를 받을 수 있도록 해 줄 생각이었다.

"알았습네다."

"그리고 제도적인 문제는…… 잠깐만?"

시간을 확인한 종혁은 현몽준 당대표에게 전화를 걸었다.

"예, 당대표님. 이른 아침부터 전화를 드려서 죄송합니다. 아뇨, 어제 저녁 늦게 한국에 들어왔습니다. 하하, 연락 못 드려서 죄송해요. 다름이 아니라 전에 말씀드린 걸 슬슬 시작할까 해서 전화 드렸습니다."

베테랑인 종혁이 어찌 제도적인 문제에 대해 모르고 있었을까. 이미 이 부분은 현몽준 당대표와 상의된 상태였다.

"예. 아마 늦어도 일주일 안에 언론 쪽에서 움직이기 시작할 겁니다. 아니요. 그렇게 오래 있지는 못합니다. 4박 5일로 휴가를 받아서요. 아, 그럼 모레 저녁에 뵙겠습니다. 예, 감사합니다."

이후 오랜 인연인 박영일 사회부 부장을 비롯한 언론사 기자들에게 전화를 마친 종혁은 입을 헤 벌리고 있는 순철을 봤다.

"제도적인 문제와 부서 및 공공기관의 협력 문제는 내

가 완전히 한국으로 복귀할 때쯤에는 마무리될 거야."

내일부터 각 기관들의 느릿한 정보 협력 탓에 잡을 수 있었던 범인도 놓치게 됐다는 논조의 기사들이 쏟아질 테니 말이다.

부서 간의 협력 문제는 여론이 형성되면 자연스럽게 따라올 수밖에 없고, 그래도 걸리는 게 있다면 박종명 경찰청장이 해결할 거다. 그게 거래였으니 말이다.

"거기에 무게 차이에 의한 차량의 높낮이를 알 수 있는 프로그램과 영장이 필요한 자료도 빠르게 검색할 수 있게 만들어 봐. 전담으로 강 검사님이 붙을 테니까."

"아버님이 말입네까? 알갔습네다."

"그래, 부족한 거 있으면 언제든지 재깍재깍 말하고."

연신 고개를 끄덕인 순철은 다시 본격적인 식사를 이어 갔고, 종혁은 그런 순철을 보며 재밌다는 듯 웃었다.

* * *

"팀장님-!"

"나와, 최 팀장-!"

"억?!"

오랜만에 찾은 본청 외사국, 종혁을 발견하자마자 달려오던 최재수를 밀친 백이도 과장이 종혁을 와락 끌어안는다.

"몸은 좀 괜찮아? 밥은 잘 먹고 다니지? 아이, 얼굴이 왜 이렇게 반쪽이 됐어? 언제 들어왔어?"

"천천히 하나씩 물으세요. 숨넘어가겠어요."

"최 팀장이 왔는데, 지금 숨넘어가는 게 문제야?!"

'문제인데요…….'

종혁은 백이도 과장을 오래 봤으면 싶었다.

"최 팀장−! 뭐야! 꺼져!"

"억?!"

백이도 과장을 걷어 찬 함경필 국장이 종혁을 와락 끌어안는다.

"다친 곳은 없지? 밥은 잘 먹고 다녀? 아이, 얼굴이 왜 이렇게 푸석해? 언제 들어왔어? 서, 설마 FBI 그 쌍것들이 최팀장 보고 눌러앉으라고 꼬시는 건 아니지? 그렇지?"

"숨 쉬세요. 숨."

"지금 숨이 문제야?!"

'문제라고요.'

백이도 과장만큼 오래 봤으면 싶은 함경필 국장.

"다친 곳 없고, 밥 잘 먹고 다니고, 얼굴이 푸석한 건 어제 비행기 타고 와서 그렇고, FBI가 열심히 러브콜을 날리는 중입니다."

어디 FBI뿐일까.

DEA, 마약단속국도 열렬히 구애 중이다.

"내가 이럴 줄 알았지! 이 상도의도 모르는 양키 쉬키들! 최 팀장! 그런 꼬드김에 넘어가면 안 돼! 걔들이 얼마나 신의 없는…….”

“안 가요. 제 집이 여긴데 어딜 가요.”

“푸하하하핫! 다들 들었지? 이런 애국심을 가지고 있어야 참된 경찰이라고 할 수 있는 거야! 특히 국제협력!”

세계 경찰인 인터폴과 수사를 하다 보니 외사국의 다른 부서들보다 목이 뻣뻣한 곳이 바로 국제협력과다.

“에라이! 거 집 나간 막내아들 돌아왔다고 너무하는 거 아닙니까!”

“그럼 어깨에서 힘 빼! 니들이 지금 인터폴 들어간다고 해서 곧바로 인정받을 수 잇을 것 같냐?!”

“너무하시네, 진짜!”

“에이 씨.”

종혁은 오늘도 유쾌한 외사국의 모습에 웃음을 터트렸다.

“그런데 못 보던 분들이 몇 명 계시네요?”

“아, 올해 초에 받은 신입들.”

거의 다 경찰대 출신으로 순환보직을 마친 경위들이다.

“선배님들이네요.”

“선배는 무슨. 경찰은 계급이 장땡이지.”

경정과 경위. 종혁과 저들 사이엔 어마어마한 벽이 있었다.

종혁은 어색하게 웃었다.

함경필의 말이 맞긴 하지만, 지금쯤 순환보직으로 구르

고 있을 경찰대 동기들을 떠올리면 마냥 함부로 대할 수
가 없었다.

"아, 들어와. 들어와."

"아니요. 오늘은 잠깐 오 경감님, 재수와 식사를 하러
온 거라서요."

"아냐, 아냐. 오랜만에 왔는데 그러면 쓰나. 들어와서
차라도 한잔하고 가. 씁, 나 그렇게 경우 없는 사람 아니
다?"

"음. 그래 볼까요?"

어차피 점심 시간이 되려면 시간이 좀 남아 있다.

함경필의 얼굴이 확 밝아지는 순간이었다.

"국장님!"

다급한 목소리.

흠칫 몸을 굳힌 함경필은 외침이 터져 나온 국제협력과
와 종혁을 번갈아 보며 안절부절못했고, 종혁은 피식 웃
었다.

"일 보세요. 전 잠깐 담배 좀 피우고 올게요."

"진짜지?! 막 가고 그러면 나 삐진다? 정말 삐질 거야!"

걱정 말라는 듯 웃은 종혁은 최재수와 오택수에게 시선
을 보내곤 돌아서서 자신의 수사팀 사무실로 향했고, 함
경필은 별일 아니기만 해 봐라 하며 국제협력과에게 다
가갔다.

찰칵! 치이익!

그동안 주인이 없어 싸늘한 냉기만 흐르는 사무실.

최재수와 오택수는 임시로 다른 팀 소속이 되어 그곳에서 먹고 자고 했다.

담배에 불을 붙인 종혁은 먼지 하나 없는 사무실의 모습에 살짝 놀랐다.

"계속 관리했나 보네."

"이놈이 맨날 청소했거든."

"헤헤헤."

웃는 최재수를 본 종혁의 입가에 미소가 맺힌다.

"맨날 통화하긴 했지만 잘 지냈지? 어디 다친 곳은 없고?"

"그럼요! 전 건강하니…… 악!"

종혁은 오택수에 의해 어깨가 찔리자 경기를 일으키는 최재수의 모습에 눈을 동그랗게 떴다.

"뭐야, 다쳤어? 많이 다쳤어?"

"아, 아뇨! 그렇게 다친 건 아니고…….."

"베트남에서 범인 쫓다가 총 맞았다."

"……웃통 까 봐."

"그, 그냥 스친…….."

"까."

차갑게 가라앉은 종혁의 눈빛에 눈동자가 흔들린 최재수는 이내 한숨을 내쉬며 상의를 벗었다.

그에 드러나는 오른쪽 어깨의 흉터.

종혁은 최재수의 어깨를 잡아 뒤로 돌렸다.

"윽!"

"스쳤네."

정확히는 어깨 끝부분을 관통했다.

"다행이지."

동감한다며 고개를 끄덕인 종혁은 얼굴을 구겼다.

"새끼가 총이나 맞고 다니고 말이야. 내가 그렇게 가르쳤냐?"

"죄, 죄송합니다!"

"그래서 범인은?"

"그, 그게……."

"옆구리에 똑같이 구멍 뚫어 줬댄다. 그것 때문에 징계 받았고. 처음이라서 감봉 처리."

종혁은 최재수를 봤다.

그에 슬그머니 어깨를 움츠리는 최재수.

종혁은 그런 그의 등짝을 후려쳤다.

짜아악!

"끄아악!"

"잘해 놓고 왜 쫄아?"

"네?"

"잘했어. 아니, 못했지. 왜 하필이면 옆구리야! 쏠 거면 무릎이나 발등을 쏴 버리지!"

"……예?"

종혁은 살벌하게 웃었다.

"그럼 죽일 걱정도 없이 병신 만들 수 있잖아."

"아."

괜히 한국에서 범인의 상체나 머리를 쏘지 말라는 게 아니다. 자칫 죽을 수 있기 때문이다.

그렇다 보니 이런 부위에 총을 발사했을 때의 징계 수위는 굉장히 높은 편인데, 어차피 징계를 받을 거라면 차라리 무릎이나 발등, 발가락을 날려 버려 영구 장애를 입혀 버리는 게 낫다.

그 말에 최재수는 입을 떡 벌렸고, 오택수는 "하여튼 저 또라이." 하며 킬킬 웃었다.

피식 웃은 종혁은 담배를 끄며 정색했다.

"저 완전히 복귀하면 얼마 안 있어 그 수사팀이 출범할 겁니다."

그 말에 오택수와 최재수도 진지해진다.

"팀원은 여전히 우리 셋?"

"순철이 아시죠? 걔가 팀원으로 합류할 거예요. 현석이도 군복무 마치면 바로 합류할 거고요."

나머지 팀원은 아직 고르지 못했다.

정 안 되면 미국이나 러시아에서 스카웃을 할 생각이다. 현재 벤과 드롭이 가장 유력한 후보였다.

'정말 아니면…… 미친개들을 끌어모으든지.'

직급, 나이, 신분 구별 없이 누구나 물어뜯어 징계를 밥 먹듯 받기에 미친개라 불리는 경찰의 골칫덩이들.

'그 조직 놈들에 의해 제거됐던 걸로 추정되는 사람들도 있고.'

하지만 이 부분들은 조심스럽게 접근해야 된다.

우연히 놈들에 대해 알게 되어 제거가 된 건지, 아니면 팽을 당한 건지 모르기 때문이다.

이미 예전부터 이들에 대한 감시 역시 들어간 상태다.

또한 미친개들도 쉽게 끌어들일 수는 없다.

미친개가 왜 미친개라 불리겠는가. 제어를 하기가 불가능해서 미친개라 불리는 거다.

아무리 팀원이 필요하다지만, 종혁은 자신의 제어를 벗어나 제멋대로 움직이는 사람은 원하지 않았다.

"크. 드디어 우리 팀도 2개조 이상으로 움직일 수 있다는 거구만? 소속은?"

"일단은 외사국 소속일 겁니다."

그러나 곧 독립 부서로 개편될 거다.

"광수대나 마약대, 특수범죄수사과와 같은, 아니 그보다 더 높은 권한을 가질 테고요."

여차하면 외사국의 영역까지 넘보게 될 거다.

"오케이. 알았어. 정 사람 못 구하면 내가 추천해도 되지?"

"있어요?"

종혁은 눈을 빛냈다.

"당연히 있지.

"재수 넌? 질문할 거 없어?"

"음. 그럼 그 사람들 계급은 어떻게 돼요?"

"응. 없나 보네."

지이잉! 지이잉!

종혁은 갑자기 울리는 핸드폰의 발신자를 보곤 피식 웃었다.

"자, 그럼 들어갑시다. 국장님이 애타시나 보네요."

"계급은 어떻게 되냐고요! 저 심각하다니까요?"

* * *

서울 외곽의 한정식집.

오늘 하루 중요한 손님을 맞이하기 위해 문을 닫은 한정식집의 한 룸에 종혁이 양반다리를 한 채 생각에 잠겨 있다.

"당대표님이 왜 날 만나자고 한 걸까."

박명후 정권이 출범한 지 고작 몇 달 안 된 상황이다.

"한창 바쁘실 텐데…… 흠."

그때였다.

똑똑똑.

"손님께서 도착하셨습니다."

"아."

몸을 일으킨 종혁은 이내 곧 문을 열고 들어오는 현몽준의 모습에 웃고 말았다.

언제나 사람의 마음을 편하게 만드는 그의 미소.

"하하. 이거 좀 늦었습니다."

"아닙니다. 저도 방금 왔는걸요."

둘은 그동안 만나지 못했던 아쉬움을 담아 서로의 손을

꽉 잡았다.

쪼르륵!

새하얀 잔에 따라지는 차갑게 식힌 술이 방 안과 입안에 은은한 국화 향기를 퍼트리고, 그 향기가 솔잎으로 찐 내장으로 맛을 내고 두릅으로 감싼 보드라운 전복과 어우러지며 나른한 한숨을 선사한다.

"하아."

"후우."

서로를 본 종혁과 현몽준은 웃음을 터트렸다.

"이곳의 두릅전복찜은 언제 먹어도 일품이네요."

"저도 그래서 봄이 될 때마다 자주 찾으려고 노력합니다."

요리사의 고뇌와 정성이 가득 느껴지는 요리. 한 점밖에 맛을 볼 수 없다는 게 아쉬울 따름이다.

종혁은 얼굴이 밝아진 그에게 술을 따르며 입을 열었다.

"요새 많이 피곤하신가 봅니다."

움찔!

몸을 굳힌 현몽준이 씁쓸히 웃는다.

"저런. 정치인이 표정을 드러내고 말았군요."

"쇠고기 파동 때문이십니까?"

2008년 현재, 대한민국을 뜨겁게 달구고 있는 미국산 쇠고기 파동.

일명 광우병 사태.

동물의 뼈를 섞은 사료를 먹은 소가 소해면상뇌증,

BSE(Bovine Spongiform Encephalopathy)라는 뇌 질환을 앓게 될 수 있는데, 이걸 인간이 섭취했을 때 똑같은 병에 걸릴 수 있다는 것에서 시작된 사태.

"전 정권도 비켜 갈 수 없는 문제이기도 하니까요."

한미 FTA에서 비롯된 미국산 쇠고기 수입. 그건 전 정권인 박노형 정권에서부터 시작된 일이다.

현 대통령인 박명후 대통령이 미국과의 쇠고기 협상과정에서 수입할 수 있는 쇠고기의 연령 제한(30개월)을 철폐하면서 현 사태를 불러일으켰지만 말이다.

"물론 이번 일이 저희 야당에 호재인 건 맞습니다."

그러나 문제는 광우병이 걸린 소를 섭취했을 때, 인간이 광우병에 걸리냐는 아직 검증되지 않았다는 점이다.

이미 수많은 학자들과 미국 식약청이 광우병과 인간 광우병의 연관 관계가 없다고 말하고 있기에 함부로 정부를 공격했다가는 역풍을 맞을 수 있다.

게다가 뼈, 즉 단백질을 섞은 사료가 문제가 된다면 한국의 한우 농가도 이번 일에서 벗어날 수가 없었다. 한국도 한우에 단백질을 섞은 사료를 쓰기 때문이다.

그럼에도 일부 야당 정치인들이 루머에 선동된 국민들의 앞에 서서 부추기고, 또 정부를 공격하고 있다.

"이번 사태가 일부 세력과 루머에 의해 선동된 것임이 드러났을 때 대체 어쩌려고 이러는지……."

그렇다고 야당의 수장으로서 가만히 있을 수도 없는 노릇이니 현몽준으로서는 정말 하루하루 피가 마르는 심정이었다.

종혁은 마치 기다렸다는 듯 말을 쏟아 내는 그의 모습에 입맛을 다셨다.

'한풀이하러 오셨구만?'

그래도 이 정도로 가까운 관계가 됐다는 것이 너무 기꺼운 종혁이었다.

"왜요. 카메라빨 잘 받으시던데요."

"최 팀장도 저를 놀리는 겁니까?"

"하하하."

웃음을 흘리던 종혁은 이내 낯빛을 굳혔다.

"그래도 잘하고 계십니다. 뼈가 섞인 사료를 다년간 섭취한 늙은 소가 비정형 BSE에 걸릴 확률이 높은 건 맞으니까요."

또 일말의 확률을 없애기 위해서라도 소뇌 같은 위험 부위를 수입하지 말아야 했다.

현몽준이 방금과 다른 한숨을 내쉰다.

"저도 그 때문에 박명후 대통령에게 화를 내는 겁니다."

이 부분이 아니었다면 현몽준은 국민의 여론이 어떻든 절대 카메라 앞에 서지 않았을 것이다.

"후우. 곧 국민들이 가두행진을 할 것 같은데……."

움찔!

가두행진.

종혁은 그 단어에 밀려오는 씁쓸함을 술로 씻어 내려

했다.

그러나 아무리 술잔을 꺾어도 씁쓸함이 사라지긴커녕 도리어 더욱 짙어졌다. 현몽준이 지적하는 시위로 인해, 시위를 막아서는 경찰의 매뉴얼을 바꾸는 물건이 등장하기 때문이다.

"아마 시위대의 발길이 청와대로 향한다면 경찰은 물대포를 준비할 겁니다."

쿵!

현몽준이 눈을 부릅뜬다.

"무, 무슨……!"

지금이 쌍팔년도 군사정권 시절도 아니고, 아무리 그래도 이건 종혁이 너무 지나치게 생각하는 건 아닌가 싶었다.

"시위가 언제까지 평화적으로 이어질 것 같으십니까?"

처음에는 평화적인 촛불 시위로 시작할 것이다.

그러나 얼마 지나지 않아 폭력 시위로 돌변하며 지나치게 과열된 양상을 띠게 된다.

"거기다 아시잖습니까. 박명후 대통령께서 얼마나 욕심이 많으신지."

박명후 대통령뿐만 아니라 현 경찰청장인 박종명 역시 기회주의적이면서도 공권력 향상에 열을 올리는 성격을 가지고 있는 인물이다.

박종명은 정부의 명령과 경찰을 보호하기 위함이라는 명분 아래 물대포를 꺼내 들 것이 분명했다.

물론, 예상과 달리 경찰의 강경한 진압에 시민들이 더욱 반발하며 격렬한 시위를 이어 나가자, 박명후는 한발 물러서며 쇠고기의 연령 제한을 철폐하겠다는 입장을 거둔다.

"허어……."

어이없어하던 현몽준의 표정이 곧 굳기 시작한다.

"말려야겠군요."

시위대를 말리든, 경찰을 막아서든 어떻게든 말려야 한다.

종혁은 그렇게 다짐하는 그를 말릴 수 없는 자신의 모습에 한숨을 내뱉었다.

정치인이 국민들을 지키려고 한다는데 어떻게 말릴 수 있을까.

"……부디 다치지 마시길."

종혁은 현몽준이 다치지 않기만을 바랄 뿐이었다.

그런 종혁의 묵직한 진심이 전해진 것인지 놀란 현몽준이 이내 푸근히 웃는다.

"걱정 마십시오. 정말 극단적인 상황이 아니라면……."

"그래야 곧 이어질 사태를 대비하고 맞설 수 있으실 테니 말입니다."

"그게 무슨……."

"얼마나 알고 계시는지 모르겠지만, 미국의 상황이 심상치 않습니다. 현재 5대 투자은행 중 한 곳이 파산했으며, 미국의 은행들이 줄줄이 넘어가고 있습니다. 제가 있던 뉴욕주에서만 100개가 넘는 은행이 파산을 했습니다."

그뿐만이 아니다. 월가에 실업자가 넘쳐 나고, 연금과 집을 빼앗긴 사람들이 살려 달라 시위를 벌이고 있다.

종혁은 자신이 봤던 뉴욕의 상황을 생생하게 전달했다.

"그리고 FBI의 금융범죄를 전담하는 부서의 내부 정보에 의하면 그 가치가 수백조 원에 이르는 투자은행인 리먼 브라더스 홀딩스도 간당간당하다고 합니다."

한국의 산업은행이 이 기회를 노려 리먼 브라더스의 일부를 싼값에 인수하기 위해 움직이지만, 예상 이상으로 심각한 리먼 브라더스의 상태에 결국 인수를 포기하기로 한다.

그리고 산업은행과의 협상이 결렬된 리먼 브라더스는 살길을 모두 잃고 그대로 파산을 맞이한다.

"그런데 문제는 이 리먼 브라더스 홀딩스를 간당간당하게 만든 주범, 서브프라임 모기지 상품이 고꾸라졌을 때 그를 배상할 보험의 거의 전부를 미 최대 보험사인 AIG가 가지고 있다는 겁니다."

쿠웅!

현몽준이 갑자기 타들어 가는 속에 술을 들이켰다.

"미국의 다른 은행들이 그런 거대 은행을 가만 놔두겠습니까?"

"부채가 어마어마하다고 합니다. 1, 2, 3위 은행들도 감히 한입에 삼킬 엄두를 못 낼 정도로 말입니다."

또 4위의 은행이 이 정도의 부채를 가지고 있는데, 그 1, 2, 3위의 은행들이라고 무사할까.

"현재 미국의 많은 경제학자들과 제 러시아 지인들이 미국의 경제대공황을 예견하고 있습니다."

"으음. 경제대공황……."

현몽준의 속이 더 타들어 간다.

"제3의 블랙먼데이가 재림할 거라고 말하더군요. 물론 정부가 금융구제안을 발표하겠지만……."

"문제는 한국이겠군요. 미국이 기침을 하면, 한국은 독감에 걸리니 말입니다."

맞다. 그래서 말하는 거다. 국민들이 조금이라도 덜 아프게 만들고자.

현몽준은 한숨을 내쉬었다.

"이거 계속 최 팀장에게 받기만 하는 것 같습니다."

현 사태에 대해 강력하게 경고만 해도 정치인으로서의 입지가 높아질 터. 대통령이란 정점에 한 발자국 더 다가간 느낌이었다.

"괜찮습니다. 저 역시 대표님께 받는 게 많은걸요, 뭐."

현몽준이 발의하고 입법하고 개정한 법률이 몇 개던가. 현몽준 덕분에 이 나라는 이전보다 훨씬 살기 좋은 나라가 됐다고 봐야 했다.

"허어. 그건 최 팀장 개인을 위한 일이 아니잖습니까."

"저 돈 많습니다, 대표님."

"으하핫! 그렇죠. 내 그 부분을 잠시 잊었습니다."

현몽준의 눈이 따뜻해진다.

시민의 안전을 위해서라면 영혼까지 바칠 수 있는 경찰, 최종혁.

'참 감사한 사람이야.'

현몽준은 종혁의 잔에 술을 따랐다.

"산업은행이 리먼 브라더스 홀딩스 M&A를 은밀히 준비하고 있다는 정보는 전달받았습니다만, 그게 그렇게 심각한 사안인 줄은 미처 몰랐군요."

"저도 그 정보를 알게 된 후 얼마나 놀랐는지 모릅니다."

"어떻게 아시게 된 겁니까?"

"제가 미국에서도 여러 사고를 치지 않았겠습니까. 그렇다 보니 FBI의 핵심 부서들을 견학할 수 있게 됐는데……."

"거기서 듣게 됐다는 소리군요."

고개를 주억거린 현몽준이 웃음을 터트린다.

고마움과 놀라움, 미안함 등 참 많은 감정이 섞인 웃음이었다.

"내 최 팀장의 소식은 계속 전해 듣고 있습니다. 거기서도 많은 분들을 구했다지요?"

아무래도 놀랐던 건 수십만의 재향군인 피해자를 양성할 뻔한 사기 사건을 해결했다는 것이다.

그로 인해 한국의 재향군인과 군인 인권에도 관심을 가지게 된 현몽준은 미군과 한국군의 대우가 얼마나 차이가 나는지 인식하게 되었고, 현재 이를 타파하기 위해 뜻을 함께할 정치인들을 모으고 있는 중이었다.

"제 할 일을 한 것뿐입니다."

머리를 긁적이는 종혁의 모습에 현몽준의 눈길이 더 따뜻해진다.

'이 나라에 이런 사람이 많아야 할 텐데…….'

"제가 요새 미국에서 별의별 일을 겪다 보니 그렇게 뜨겁게 쳐다보시면 이상한 오해를 할지 모릅니다."

"뭐요? 으하하하핫!"

피식 웃은 종혁도 농담이라는 듯 술을 따랐고, 현몽준도 술주전자를 넘겨받아 종혁의 잔에 술을 따랐다.

"이거 푸념할 사람이 없어 최 팀장을 찾았다가 큰 숙제를 받아 갑니다."

"정치인이시니 열심히 하셔야죠. 물론 내일부터 말입니다. 제가 오늘 나오려고 어머니 눈치를 얼마나 봤는지 모릅니다."

"푸하하하핫! 어이구, 제가 최 팀장 어머니께 안 좋게 찍히는 거 아닌지 모르겠습니다."

"이미 그러셨습니다. 그 바쁜 분이 왜 저 따위를 부르냐며 이 아들과 대표님을 모두 돌려 질책하시더군요."

"저런…… 이거 죄송하다고 찾아뵈어야겠습니다. 물론 오늘 최 팀장의 소중한 시간을 뺏은 만큼 흠뻑 논 이후에 말입니다."

"저도 혼나고 나온 만큼 일찍 돌아갈 생각이 없습니다. 그럼 짠 하실까요?"

"그럴까요?"

둘은 서로를 즐겁게 응시하며 잔을 부딪쳤다.

채앵!

둘의 술자리가 본격적으로 시작되었다.

"푸흐."

시작이 있으면 끝도 있는 법.

자정이 다 되어 가는 시각 종혁과의 술자리를 마무리 지은 현몽준이 아쉬워하면서도 미소를 짓는다.

"최 팀장을 만나실 땐 언제나 웃는 것 같으십니다."

"……푸흐. 내가 가만히 바라보니 이상한 오해를 할지 모른다더군. 그리고 정치인이니 열심히 하라고 질책도 했지."

"최 팀장답군요. 오늘도 많이 혼나셨습니까?"

"혼만 났다 뿐일까."

종혁이 아니라면 누가 제1야당의 당대표에게 이런 말을 할 수 있을까.

미소를 머금던 현몽준은 이내 눈빛을 굳혔다.

"당사로 가세. 아무래도 올 한 해는 잠을 잘 수 없을 것 같으니."

종혁이 말한 수사팀 때문도 있다.

올 한 해는 정신없이 바쁠 듯했다.

"예."

현몽준은 차가 속도를 높이자 열어 두었던 차창을 닫았다.

오늘도 가족을 위해, 또 보다 나은 삶을 위해 자정이
됐음에도 불이 켜져 있는 빌딩들이 차창에 맺히기 시작
했다.

* * *

부산의 JH메디컬.

"네. 아, 투자를 하고 싶으시다고요?!"

"어서 오세요. 자, 여기로 앉으실까요?"

"상모병원 자료 어떻게 됐어?"

오늘도 아침부터 시끄러운 JH메디컬의 사장실.

다리를 꼬고 앉은 조희구가 우아하게 모닝커피를 마시
고 있다.

"현재 투자금이 얼마나 모였지?"

비서실장은 말 대신 조희구의 컴퓨터를 조작해 천문학
적인 숫자를 보여 주었다.

"크으!"

하루 일과처럼 매일 아침마다 확인하는 것임에도 언제
나 짜릿한 액수. 매일 갱신되는 액수.

"기뻐하실 때가 아닙니다, 대표님. 투자 모집이 하향세
에 접어들고 있습니다."

새로운 투자자들의 돈으로 기존 투자자들의 투자금을
메우는 그들의 사업 방식. 새로운 투자자가 줄어든다면
그만큼 그들의 돈으로 손해를 메워야만 했다.

그리고 모여든 투자금이 커진 만큼 발생하는 손해 또한 천문학적인 금액에 달했다.

그 말에 조희구의 표정이 급변한다.

"알아."

싸늘히 퍼지는 그의 목소리.

그렇지 않아도 이 프로젝트를 시작할 때 사정했던 목표치를 이미 넘기다 못해 2번이나 더 수정했다.

회사의 특성상 목표액을 달성하면 프로젝트를 접어야 함에도 종혁 때문에 본 피해가 이만저만이 아니었고, 또 마치 높은 산에서 눈이 구르듯 투자자가 다른 투자자를 불러왔기에 멈출 수가 없었다.

하지만 꼬리가 길면 결국 밟히는 법.

경찰과 검찰 쪽에서도 정말 안전한 것 맞냐며 진한 걱정을 드러내고 있기에 슬슬 프로젝트를 접을 준비를 해야 됐다.

"미국이 심상치 않다고?"

"도산하는 기업과 은행이 많다고 합니다. 이미 5위의 투자은행도 무너진 상황이고요. 여기에 유가도 계속 치솟고 있으니, 본사 기획실에서 말하길 경제학자들이 경제대공황을 경고하고 있다고 합니다."

"아쉽군."

세계 최강국 미국에서 무려 5위나 하는 투자은행이 무너질 정도, 아니 얼마나 더 무너질지 모르는 판.

만약 자신이 여기에 뛰어들었다면 얼마나 벌었을까.

아마 지금보다 배는 더 벌었을 거다.

그런 생각을 하니 못내 아쉽기만 하다.

이미 천문학적인 이익이 발생하고 있음에도 아직도 배가 고픈 조희구.

"본사에서 연막을 새로 설정하겠다고?"

그들이 무사히 한국에서 철수하기 위한 연막.

"예. 현재 4위의 은행도 거의 넘어갔다 하고, 산업은행이 그 은행을 인수하기 위한 준비를 하고 있다고 하니…….."

"산업은행이 그 은행을 인수하는 순간이 우리가 철수할 시기겠군."

"그렇습니다. 경제대국 한국. 11년 만에 지워 낸 IMF의 악몽, 이런 논조로 기사를 쏟아 내겠다고 했습니다."

조희구는 알겠다는 듯 고개를 주억거렸다.

"알았어. 나가 봐."

고개를 꾸벅 숙인 비서실장이 사장실을 나서자 몸을 일으킨 조희구는 창가로 걸어가 담배를 물었다.

"조 단위라……."

현재 조 단위로 모인 투자금.

그렇다면 인센티브 역시 조 단위다.

"조…… 조…… 푸흡! 아, 이거 돈을 어떻게 써야지?"

상상만 해도 행복해 미칠 것 같자 조희구는 몸을 부들부들 떨고는 저 아래에서 마치 일개미처럼 바쁘게 돌아다니는 사람들과 차량을 보며 입술을 비튼다.

"하찮군."

오늘도 어떻게든 벌어먹고 살겠다고 발버둥 치는 꼴이
참 불쌍하고 하찮지 않은가.

"큭큭큭."

조희구의 몸이 다시 들썩이기 시작했다.

* * *

"미국산 쇠고기를 반대한다!"

"반대한다! 반대한다!"

"정부는 국민을 죽이려는가!"

"죽이려는가! 죽이려는가!"

결국 청와대로 향하기 시작한 사람들.

그리고 그 선두에 선 현몽준이 말한 일부 정치인들.

"후우."

아마 꽤 많은 사람들이 다치게 될 거다.

그럼에도 어느 한쪽의 편을 들 수가 없다.

실제로 미국산 쇠고기를 먹고 광우병에 걸린 사람이 단
한 명도 없음에도 불안함을 이기지 못하고 시위에 나선
이들의 심정도 이해가 갔고, 미국과의 경제 협력이 얽혀
있는 터라 이것만 놓고 생각할 수 없는 정부의 입장도 이
해가 갔기 때문이다.

개인의 생각으로 무엇이 정답이라고 답을 내릴 수 있는
문제가 아니기에 종혁으로서는 그저 지켜보는 수밖에 없
었다.

"쯧."

혀를 찬 종혁은 담배를 던지며 돌아섰다.

미국으로 돌아갈 시간이었다.

* * *

"헉! 헉!"

어두운 밤, 피로 물든 주먹.

붉게 충혈된 한 쌍의 눈이 변기에 얼굴을 묻고 있는 작은 소녀를 죽일 듯 노려본다.

"후우. 다신 반항하지 마. 알았어?"

정신을 잃은 건지 미동도 없는 작은 소녀.

"이게 진짜……!"

발끈한 그림자가 소녀를 잡아 흔든다.

그러자 이리저리 꺾이는 소녀의 목.

마치 인형의 그것처럼 섬뜩한 모습에 그림자가 멈칫한다.

"얘, 얘야?"

이번엔 조심스럽게 소녀를 흔드는 그림자.

이번에도 소녀의 목이 힘없이 흔들린다.

마른침을 꿀꺽 삼킨 그림자는 소녀의 코에 손가락을 가져갔다가 털썩 주저앉는다.

"미, 미친."

죽었다.

죽어 버렸다.

그림자의 두 눈이 사정없이 떨리기 시작했다.

* * *

어느새 완연해진 봄.

봄기운을 만끽하고자 커피를 한 손에 든 채 걷던 종혁이 잠시 푸른 하늘을 본다.

"아, 씨발."

피곤하다.

어머니 고정숙과의 나들이 때문에 오늘 새벽에야 겨우 도착한 뉴욕.

비행기에서도 푹 자고, 도착해서도 2시간 정도 자긴 했지만 아무래도 시차 적응 없이 바로 출근하려니 몸에 힘이 없다.

아니, 그냥 출근하기가 싫다.

"에휴. 그래도 출근은 해야지."

그래야 한 명의 피해자라도 더 구하지 않겠는가.

한숨을 푹 내쉰 종혁은 FBI 뉴욕지국 안으로 발을 내디뎠다.

"오, 최!"

"좋은 아침입니다, 데런!"

"휴가 갔다며? 잘 다녀왔어?"

"덕분에요! 수고하세요!"

FBI 뉴욕지국의 로비를 지키는 경비들과 인사를 한 종혁이 사무실로 향한다.

"최!"

"휴가는 즐거웠냐, 이 배신자야!"

　오늘도 다크서클이 팬더처럼 짙은 사무실의 동료들의 모습에 종혁은 히죽 웃었다.

"으음! 즐거웠냐? 노노. 행복했냐? 오케이."

"……저거 죽여!"

"우와아아아아!"

　종혁은 달려드는 그들의 모습에 남은 커피를 모두 들이켜곤 양 주먹을 들었다.

"뎀벼."

　그렇게 사무실에 잠시 다대일의 MMA 경기가 열렸다.

"아오, 씨. 저 인간들 진심으로 때렸어."

"큭큭. 그러게 누가 도발하래?"

　탕비실, 벤과 드롭이 킬킬 웃자 종혁의 얼굴이 더 구겨진다.

"쯥. 이래서 검은 머리 짐승은 거두질 말아야 한다니까. 콱 선물을 주지 말까 보다."

"검은 머리는 몇 명 없…… 응? 선물?"

"내 앞으로 소포 온 거 있죠?"

　눈이 동그래진 둘이 다급히 탕비실을 빠져나간다.

　그리고…….

"응? 벤, 그거 최 앞으로 온 소포…….”

부우욱!

"우와아아악!"

"홀리 쉣!"

"다들 모여 봐! 이거 최가 우리에게 주는 선물이래!"

탕비실 바깥으로 고개를 내민 종혁이 크게 외쳤다.

"거기에 이름들 써져 있으니까 알아서 가져가요!"

쿠당탕!

다급히 종혁의 자리로 달려간 요원들.

이내 곧 사무실이 환호성에 휩싸인다.

"오, 예쁘다! 최, 이게 한국의 인형이야?"

"내 건 화장품이네? 힉?! 가, 가격이……!"

"나 이거 알아! 엄청 좋은 성분들로만 만든 거라고 했
어!"

"와우. 이게 한국의 전통 과자인가?"

각자의 취향을 제대로 저격한 상품들.

요원들이 흥분에 젖어 든다.

그 소란 때문일까. 이제 막 출근한 캘리 그레이스의 얼
굴이 구겨진다.

"뭐야, 아침부터 왜 이렇게 시끄러워? 아, 최 왔어?"

"보스! 얼른 와 보세요! 최가 저희를 위해 선물을 가져
왔어요!"

"선물?"

눈을 빛낸 캘리 그레이스가 요원들에게 다가가고, 막
탕비실에서 나온 종혁이 그 뒤를 쫓는다.

"내 건?"

"보스 선물은…… 응?"

"아, 보스 건 이거예요."

종혁이 들고 온 슈트백을 책상 위에 올려 지퍼를 내린다.

지이익!

그러자 드러난 화사한 한복.

"호오?"

화사하고 고급스러운 색상에 캘리 그레이스뿐만 아니라 다른 여성들의 눈도 빛난다.

"한국의 전통의상인 한복이라는 건데, 이게 속치마거든요?"

속치마를 꺼내 든 종혁이 가슴을 감싸듯 치마를 입자, 이번엔 남성과 여성들의 눈이 동그랗게 떠진다.

얼마나 얇은 건지 속이 다 비추는 속치마.

종혁이 음흉하게 웃으며 캘리 그레이스의 귓가에 입을 가져갔다.

"밤엔 이것만 입어도 돼요."

"……Thank you."

"I know, my boss."

"흠흠."

속치마를 집어넣고 슈트백을 잠근 캘리 그레이스가 갑자기 돌연 낯빛을 굳히며 리모컨을 찾아 TV를 켠다.

─흐윽!

눈을 감은 이십대 여성의 어깨를 꼭 끌어안고 있는 삼십대의 남성.

의아해하던 종혁은 곧 이어진 그들의 절규에 낯빛을 딱딱하게 굳혔다.

-만약 제 딸을 보신 분이 계시다면 꼭 좀 연락 부탁드리겠습니다. 이렇게 부탁드리겠습니다! 제발! 제발-!

자식을 잃어버린 아비의 절규.

어느새 사무실에 지독한 침묵이 내려앉는다.

TV를 끈 캘리는 딱딱하게 굳은 요원들을 둘러보며 입을 열었다.

"오늘부터 우리가 지원 나가야 하는 사건이다. 최, 벤, 드롭."

"예."

"너희들이 맡아."

"옙!"

믿는다며 고개를 끄덕인 캘리 그레이스는 사건 자료를 넘겼고, 그걸 받아 든 종혁은 한숨을 내쉬었다.

휴가에서 돌아오자마자 사건이었다.

아동 납치와 실종이 수시로 발생되는 미국.

가슴이 답답해지기 시작했다.

* * *

사건은 뉴욕의 브루클린에서 발생했다.

웅성웅성.

미국 어느 곳에나 볼 수 있는 평범한 이층집.

그리고 그 맞은편에 있는 방송국 차량들.

차에 앉은 종혁이 얼굴을 구긴다.

"지랄한다."

"어쩔 수 없잖아. 저렇게 주기적으로 뉴스를 타야 빨리 찾을 수 있으니까."

"그건 아는데……."

그걸 왜 모르겠는가.

문제는 방송국 차량 앞을 서성이다 자신들을 발견하자마자 눈을 빛내며 달려오는 리포터와 카메라를 켜는 카메라맨이다.

특종에 대한 탐욕으로 가득한 눈들.

그들을 본 벤과 드롭의 입에서도 한숨이 쏟아진다.

"에휴. 내립시다."

선글라스를 낀 종혁과 둘이 내리자마자 들이밀어지는 마이크들.

"현재 수사는 어떻게 되어 가고 있습니까!"

"소피아 양에 대한 제보 전화가 있었습니까?"

"FBI가 특별 수색팀을 조직해야 되는 게 아닌가 싶습니다!"

종혁은 등 뒤에서 들리는 소리들에 주먹을 쥐었다.

"mother fucker. 이미 조직됐다, 이 하이에나들아."

아동 실종 사건이 접수된 순간, 경찰뿐만 아니라 FBI

의 아동 실종 및 납치 전담 부서가 움직인다.

그걸 모를 리가 없는 언론일 텐데도 특별수색팀을 언급한다는 건 시청률을 위한 개소리일 뿐이었다.

분노를 드러내는 드롭의 모습에 종혁은 손에 힘을 풀고 그의 등을 두드렸다.

"됐어요. 하루 이틀입니까. 들어갑시다."

혀를 차며 집 안으로 들어가는 그들을 싸늘한 공기가 맞이한다.

따뜻한 바람이 불어오는 봄임에도 마치 겨울처럼 싸늘히 죽어 있는 공기.

종혁은 침중한 표정으로 거실에 모여 있는 소피아의 가족에게 다가섰다.

"제, 제 딸은 찾았습니까!"

아내의 위로를 받고 있다가 그들을 발견하곤 벌떡 일어나 다가오는 남편.

종혁은 그가 기대하던 대답을 줄 수 없음에 가슴이 옥죄이는 듯한 느낌을 받으며 고개를 저었다.

"아."

결국 무너지듯 소파에 털썩 주저앉는 남편과 그런 그의 등을 토닥이는 아내.

손녀가 실종됐다는 소식에 먼 곳에서 달려왔던 노인이 종혁의 멱살을 잡는다.

"대체 뭘 하는 거요! 벌써 36시간이나 지났는데 왜 내 손녀를 못 찾는 거냔 말이오! 찾을 생각이 있는 거요, 없는 거요!"

"죄송합니다. 저희도 열심히 찾고 있는 중입니다."

"말만 하지 말고 찾으란 말이야!"

"……죄송합니다."

"이! 이……!"

종혁의 얼굴을 후려치려는 듯 주먹을 들고 부르르 떨던 노인은 곁에 있던 할머니가 손을 잡자 얼굴을 구기며 뒷문으로 향했다.

"미안해요. 제 남편도 속이 상해서……."

"아닙니다. 죄송합니다."

자식이, 손주가 사라졌는데 어떻게 침착할 수 있을까.

그들의 감정을 이해하는 종혁은 도리어 고개 숙여 사과를 하곤 다시 입을 열었다.

"몇 가지 확인할 사항이 있어서 이렇게 찾아왔습니다. 혹시 몸값을 요구하거나 말없이 끊는 전화를 받진 않으셨습니까?"

종혁의 질문이 유괴를 의미함을 알아차린 할머니는 순간 눈을 크게 떴다가 고개를 저었다.

"제가 있을 땐 없었어요. 데니?"

할머니의 부름에 소피아의 부친, 데니 또한 고개를 저었다.

"저도 없었어요."

"저도요."

데니의 아내마저 고개를 젓자 종혁이 한숨을 내뱉는다.

보통 돈을 목적으로 아동을 납치한 경우 납치범들은 늦어도 24시간 안에 부모에게 연락을 한다.

즉, 이번 사건은 금전을 목적으로 한 납치일 가능성은 낮다는 거다.

'이러면 더 골치 아파지는데…….'

FBI의 전담팀이 반경 2킬로미터를 이 잡듯 뒤지며, CCTV와 블랙박스까지 모두 확인했음에도 소피아의 흔적을 찾지 못했기 때문이다.

과연 9살 꼬마가 CCTV를 전부 피해서 혼자 반경 2킬로미터를 벗어날 가능성이 얼마나 될까.

이번 사건은 단순 실종으로 보기는 어려웠다.

세상에는 일반인들은 생각지도 못할 발상으로 아이를 유괴하는 제정신이 아닌 놈들이 넘쳐 났다.

그런 놈들이 소피아를 납치한 거라면…… 상황은 매우 위험하다고 할 수 있었다.

'돌겠네.'

종혁은 아내의 맞은편에 앉으며 입을 열었다.

"제일 처음 신고하신 게 아내분이시라고요."

"마리나 콥스예요."

'마리나 콥스. 26세.'

직업은 딱히 없고, 2년 전 애아빠인 데니 콥스와 결혼하였다.

즉, 마리나는 소피아의 계모였다.

"예, 마리나 씨. 괴로우시겠지만 당시의 상황을 다시

설명해 주실 수 있겠습니까? 혹시라도 새로 떠오르는 게 있을지 모르기에 여쭤보는 겁니다."

그 말에 데니 콥스가 간절한 눈으로 아내 마리나를 본다.

마리나는 잠시 생각에 잠겼다가 입을 뗐다.

"그게 아마 오후 3시쯤이었을 거예요."

친구 집에 숙제를 하러 간다며 집을 나선 소피아.

멀리도 아니고 바로 옆옆집에 불과했기에 마리나는 현관문 앞에서 소피아를 배웅했고, 소피아가 그쪽으로 향하는 걸 보다가 갑자기 전화가 와서 집 안으로 들어갔다.

그리고 저녁 10시. 시간이 늦었음에도 소피아가 집에 돌아오지 않자 마리나는 소피아의 친구 집에 전화를 했고, 소피아가 오지 않았다는 걸 알게 된 후 다급히 집을 뛰쳐나가 딸을 찾다가 11시에 실종신고 전화를 했다.

"그때 제가 데려다줬어야 했는데…… 제가……."

얼굴이 일그러지는 마리나의 모습에 데니가 그녀의 손을 잡는다.

"마리나……."

"미안해요, 데니! 난 정말 나쁜 엄마인가 봐요!"

데니의 품에 안기는 마리나.

살짝 미간을 좁히던 종혁의 눈에 붕대가 감긴 마리나의 양손이 들어온다.

"그 손은?"

"아, 소피아를 찾다가 넘어져서……."

고개를 끄덕인 종혁은 말을 이어갔다.

"혹시 주변에서 낯선 사람이나 차량을 봤다는 소리를 들으신 적은 없으십니까?"

마리나는 고개를 저었다.

"아니요. 없어요."

"사소한 거라도 좋습니다. 평소와 조금이라도 다른 것이 있다면 기탄없이 말해 주십시오."

"……아니요. 없었어요. 죄송합니다."

한숨을 뱉은 종혁은 실망하는 데니를 응시했다.

"출장을 가셨었다고요."

"예…….."

데니 콥스. 34세. 직업은 리모델링 전문업자.

주택 리모델링을 전문적으로 하는 업자로, 전 부인과 이혼하며 딸 소피아의 양육권을 가져온 후 2년 전 마리나 콥스와 재혼을 했다.

"제 크루와 함께 시러큐스로 2박 3일의 출장을 갔었습니다."

"멀리 가셨군요."

종혁의 눈이 가늘어진다.

뉴욕에서 시러큐스까지는 자동차로만 6시간이 넘게 걸리는 거리. 타이밍이 공교롭다.

"예전 고객님께서 소개를 해 주셔서……."

또 시기가 시기다. 좋은 대학을 나온 엘리트들도 잘리는 마당에, 고객이 멀리 있다고 일감을 거부했다가는 파산을 하는 수가 있었다.

종혁은 그 말에 이해한다는 듯 고개를 끄덕였다.

"그럼 일이 끝나고 바로 돌아오신 겁니까?"

"아니요. 딸이 실종됐다는 전화를 받자마자 비행기를 타고 돌아왔습니다."

"그런가요. 그럼 연 매출은 얼마나 되십니까?"

"작년 매출이 대략 120만 달러 정도 됩니다. 순수하게 제 몫으로 돌아오는 돈은 8만 달러 정도고요."

'역시 돈을 노린 범행은 아닌 건가.'

데니의 옷차림이나 집의 규모, 마당에 세워진 차량까지.

그의 소득이 적은 건 아니지만, 겉만 보고 판단하기에는 그를 협박한들 많은 돈을 뜯어낼 수 있으리라 생각하기 어려웠다.

똑같이 위험 부담을 짊어진다면 더욱 부유한 사람의 자녀를 노리는 것이 나았다.

"알겠습니다. 감사합니다."

"요원님! 부디…… 제발……."

종혁은 자신의 손에 얼굴을 묻으며 눈물을 뚝뚝 흘리는 데니의 모습에 가슴을 두드릴 수밖에 없었다.

너무 꽉 막혀 숨이 쉬어지지 않았다.

"어떡할 거야, 최?"

전담 부서가 받은 진술과 다를 게 없는 진술들.

성과가 없으니 복귀를 해야 마땅하지만, 이대로 돌아가
자니 발이 쉬이 떨어지지 않는다.

"일단······."

입술을 달싹이던 종혁은 담배를 물었다.

"주변 탐문부터 하죠."

소피아가 보호자의 시선에서 사라진 시각이 오후 3시.

제 발로 동네를 벗어났다면 분명 목격한 사람이 있을
터.

"소피아를 본 사람이 없다면?"

"낯선 사람이나 차량이 지나다니는 걸 본 적 없는지를
물어야겠죠."

"납치?"

"예."

현재로선 단순 실종보다는 납치일 확률이 높다.

돈이 아닌 다른 것을 노린 납치.

종혁의 눈빛이 차갑게 가라앉았다.

* * *

소피아의 친구 에이미는 소피아가 자신을 찾아오려다
실종된 것이 엄청난 충격이었던 것 같다.

훌쩍훌쩍 울음을 삼키는 에이미.

마음고생이 심했는지 아이의 얼굴이 수척했다.

"그러니까 토요일에는 소피아의 집에서 화장놀이를 하

며 놀았다는 거니?"

"네……."

그렇게 대답한 에이미가 화장놀이용 장난감을 가져온다.

꽤 오래 쓴 듯 거의 닳아 없어진 화장놀이 장난감.

소피아의 방에서 놀던 에이미는 오후 6시가 되자 찾아온 엄마와 함께 집으로 복귀했다.

"일요일에 숙제를 하려고 했던 것도 맞고?"

에이미는 고개를 끄덕였다.

"저흰 매주 일요일에 모여서 숙제를 하거든요."

종혁의 눈이 빛났다.

소피아에게 일정하게 움직이는 동선이 있었다.

만약 납치범이 이를 알고 있다면 납치를 하기 쉬울 터. 이는 매우 중요한 정보였다.

"혹시 너희가 매주 만난다는 걸 아는 사람이 있니?"

"으음. 우리 엄마랑 소피 엄마랑 또…… 또……."

선뜻 떠오르지 않는 것인지 에이미의 눈에서 눈물이 또르륵 흐른다.

"아, 친구들도 있어요!"

에이미는 친구들 이름을 하나하나 말했고, 종혁은 그 이름들을 모두 받아 적었다.

"그래, 힘들었을 텐데 대답해 줘서 고마워. 마지막으로 하나만 더 물어도 될까?"

"네."

"혹시 소피아가 어딜 가고 싶다고 했다든지, 엄마나 아빠가 무섭다든지 그런 말을 한 적 있니? 혹시 남자친구가 있다거나?"

분명 납치일 확률이 높지만, 가출의 가능성도 완전히 배제할 수 없다.

에이미가 의아해하고, 그 옆에서 에이미의 손을 잡고 있던 에이미의 모친이 깜짝 놀란다.

"음…… 네."

종혁의 눈이 빛났다.

"새엄마가 무섭다고 했어요, 많이많이. 남자친구는 없고요."

"그랬니?"

종혁은 일단 체크를 했다.

"그래. 다 말해 줘서 고마워."

"아니에요. 궁금한 게 있다면 더 물어봐 주세요. 그래서 에이미를 찾을 수 있다면…… 있다면……."

다시 터져 버리는 눈물.

"아저씨! 소피 좀 꼭 찾아 주세요, 네?!"

"당연히 그래야지. 꼭 찾을 테니 걱정 마렴."

종혁은 에이미의 모친에게 고개를 끄덕였고, 그녀는 에이미를 데리고 화장실로 향했다.

아내가 자리를 뜨자, 에이미의 부친은 종혁을 향해 미안하다며 입을 열었다.

"아닙니다. 많은 도움이 됐습니다. 그런데 실례가 안

된다면 소피아가 사라진 일요일 그 시각에 어디 계셨는지 여쭤봐도 되겠습니까?"

"그날 아내는 마트에 장을 보고 왔고, 저는 그 이후에 번화가의 펍에 갔습니다. 오랜만에 친구들과 만나기로 했거든요."

"그 시각이 정확히 몇 신지 기억하십니까?"

"오후 2시쯤 됐을 겁니다. 나온 시각은 오후 6시고요."

오랜만에 만난 거라고 해도 각자 가정이 있어서 오래 놀지는 못했다.

"그렇습니까? 그럼 혹시 이번 일이 발생하기 전 누군가 데니 콥스 씨나 마리나 콥스 씨를 찾아온 적이 있습니까? 아니면 원한을 가질 만한 사람이나."

"아니요. 데니야 워낙 성실한 친구라 동네 이웃들 모두 좋아하고, 마리나 역시 싹싹해서 적을 만들 사람이 아닙니다. 아, 맞아. 가끔 부부싸움을 하기는 합니다."

"부부싸움이요?"

"아마 데니의 잦은 출장 때문일 겁니다. 융자금 문제도 있는 것 같더군요. 하지만 그렇게 심하게 다투지는 않았습니다."

그런 거라면 어쩔 수 없다.

어느 가정이나 있는 문제.

그래도 일단 체크를 한 종혁은 에이미의 부친을 빤히 응시하다 고개를 끄덕였다.

"소피아는 평상시 어떤 아이였나요?"

"데니를 닮아 인사성이 밝아서 주변 이웃들 모두 소피를 예뻐했습니다. 아, 산만한 경향이 있는 건지 자주 다치곤 했죠."

"자주 다쳤다라······. 알겠습니다. 마지막으로 혹시 수상한 사람이나 차량을 보신 적이 있습니까?"

"아뇨, 못 봤습니다."

상점가라면 모르되 이곳은 주택가다. 외지인이 찾아오면 바로 알 수밖에 없었다.

"감사합니다. 협조해 주셔서 감사합니다."

"아닙니다. 소피를 꼭 찾길 바랍니다."

웃으며 몸을 돌린 종혁은 기웃거리는 리포터를 외면하며 다시 담배를 문다.

속이 답답해서 절로 담배를 찾게 된다.

찰칵! 치이익!

'일단 저 사람들은 아닌 것 같고.'

보통 납치 사건은 면식범에 의해 발생할 확률이 높은데, 현재로선 에이미의 부모가 콥스 일가족과 가장 접점이 높은 사람들이다.

그래서 자세히 살펴봤는데, 아무래도 아닌 것 같았다.

알리바이도 확실하고, 동기도 없었다.

원한을 가질 만한 사람이 있냐고 물었을 때 흔들리지 않은 에이미의 부친.

담배 연기를 내뿜던 종혁은 주변 탐문을 마친 벤과 드롭이 다가오자 입을 열려다가 쓸쓸히 웃었다.

"뭐 없었어요?"

"없어."

"나도."

종혁의 표정이 더 어두워진다.

"반경 2킬로미터 내에 관련 범죄를 저지른 범법자들도 없다고 했죠?"

"2킬로미터 내에는 없고, 5킬로미터 내에 아동 성범죄자가 두 명 있긴 한데 한 명은 여성이야."

"다른 한 명은요?"

"교도소에서 병신이 돼서 나왔어. 휠체어가 없으면 움직이지를 못해. 왼손가락도 모두 잘려서 자동차도 못타."

거기다 음경도 박살이 났다고 한다.

"저런."

미국은 아동 성범죄를 철천지원수 수준으로 증오하는데, 여기서 우스운 건 범죄자도 그렇다는 점이다.

그래서 아동 성범죄를 저지르고 교도소에 수감되면, 그 범죄자에겐 두 가지 길밖에 없다.

맞아 죽든가, 아님 자살을 하든가.

같은 수감자들에게 매일같이 괴롭힘을 당하니 어떻게 복역을 마친다고 해도 몸 성히 출소할 확률은 거의 제로에 수렴한다.

"아동 납치나 살인 전과를 가진 놈도 5킬로미터 내에는 없고. 정확히는 한 명 있긴 했는데, 두 달 전 노환으로 사망했어. 아동 포르노도 없고."

"그래요……."

'미치겠네.'

제외할 수 있는 경우의 수를 다 제외하다 보니 남는 게 없다.

사건이 오리무중이 되어 가고 있었다.

"후우."

눈앞이 막막해지는 기분.

이럴 땐 처음으로 돌아가야 한다.

'자, 처음부터 생각해 보자.'

사건이 발생한 일요일 오후 3시. 집을 나선 소피아가 친구의 집으로 향한다.

'소피아의 집 현관에서부터 에이미의 집 현관까지 거리는 약 22미터.'

신장 125cm, 몸무게 24kg의 체구가 작은 소녀라고 해도 1분 안에 닿을 거리다.

즉, 범행은 이 1분 사이에 벌어진 거다.

종혁은 주변을 둘러봤다.

"쯧."

소피아의 집을 중심으로 반경 80여 미터가 CCTV 하나 없는 공백 지대다. 심지어 사건이 발생했을 시간에 주차되어 있던 차량 중 블랙박스가 설치되어 있는 차량이 한 대도 없었다.

"비명 소리를 들은 사람도 없고."

"차가 갑자기 출발하는 소리를 들은 사람도 없대."

일요일 오후 3시다.

대부분 모두 집에 있을 시간임에도 누구도 비명 소리를 듣지 못했다면 답은 하나다.

"역시 면식범일 확률이 높다는 소린데……."

이래서 종혁이 에이미의 부모를 의심한 것이다. 그게 아니라면 현재의 상황을 설명할 수가 없으니 말이다.

미간을 좁힌 종혁의 시선이 소피아의 집과 에이미의 집 사이에 자리하고 있는 집으로 향했다. 그건 벤과 드롭도 마찬가지였지만, 둘은 이내 한숨을 내쉬었다.

"저긴 아니잖아, 최."

"……그렇기는 하죠."

보행기가 없으면 움직일 수조차 없는 팔십대 할머니가 사는 집.

이미 옛적에 용의선상에서 지워졌다고 봬야 한다.

"아오! 진짜 돌아 버리겠네!"

차라리 금전을 요구하는 납치범이었다면, 돈을 건네는 것만으로 아이가 무사할 수 있다면 다행이었을 것이다.

그런데 이번에는 범인의 목적이 무엇인지 알 수조차 없으니 수사의 방향성을 잡기가 쉽지 않았다.

"대체 어떤 새끼냐고!"

대체 어떤 놈이기에 1분 만에 범행을 저지르고, 그 누구의 의심도 받지 않은 채 사라질 수 있는 것일까.

모든 단서가 면식범임을 말하고 있지만, 아무리 생각해

도 답이 나오지 않는다.

그건 벤과 드롭도 마찬가지였다.

"후우. 일단 복귀하자고. 더 탐문해 봤자 뭐가 나오진 않을 것 같으니까."

"하아. 그러죠. 시간도 늦었으니 내일 다시 오도록 해요. 데니 콥스의 직장 쪽은 사라네 조가 맡는다고 했던가요?"

담배를 던지며 돌아서던 종혁은 순간 뭔가를 발견하고 멈춰 섰다.

마치 뭔가를 깨달은 듯 멍해지는 눈.

종혁의 손이 발견한 것을 가리키기 시작한다.

"벤, 드롭. 저거……."

"응?"

벤과 드롭은 저 멀리서 이쪽을 향해 다가오는 아이스크림 트럭을 보곤 눈을 크게 떴다.

있었다. 이 동네 주민들이 수상하다 여기지 않으면서도 마음껏 돌아다닐 수 있는 외부 차량이!

서로를 본 셋은 헛기침을 하며 아이스크림 트럭을 향해 다가갔다.

* * *

주로 주택가를 돌아다니며 아이스크림을 파는 미국의 명물, 아이스크림 트럭.

아이스크림 트럭이 떴다 하면 집에서 잠을 자고 있던 아이들까지 벌떡 일어나 뛰쳐나올 정도로 미국의 어린아이들에게 사랑을 받는 명물이다.

종혁이 손을 흔들자 아이스크림 트럭이 멈춰 선다.

쿠당탕!

빠르게 트럭칸으로 넘어온 사십대의 대머리 남성이 활짝 웃는다.

"어서 오세요! 무슨 맛으로 드릴까요? 바닐라, 딸기, 초코, 민트초코, 마치 빅뱅처럼 입안에서 파바박 튀는 갤럭시맛까지 다 있습니다!"

"와, 아이스크림 트럭은 오랜만이네. 이 생김새는 옛날이나 지금이나 다를 게 없구만? 벤, 나 사진 좀 찍어 줘요."

"그럴까?"

종혁이 대머리 남성의 옆에 서자 낭황하던 남성은 어색하게 웃으며 브이를 그렸고, 벤은 사진을 찍었다.

"아, 감사합니다. 난 딸기맛으로 주세요. 둘은요?"

"바닐라."

"초코."

"하여튼 흑인이라고 초코는 무쟈게 좋아하지."

"뭐라고?"

"들으셨죠? 셋 다 특대 사이즈로 주세요."

"옙! 딸기, 바닐라, 초코 맞으시죠? 조금만 기다리세요!"

남성은 얼른 콘을 꺼내 아이스크림통을 긁기 시작했고, 종혁은 그런 그를 보며 눈을 가늘게 떴다.

"그런데 음악을 안 트시네요?"

아이스크림 트럭에선 언제나 특유의 동요 같은 노래가 흘러나오는데, 잠을 자던 아이도 이 노랫소리를 듣고 집을 뛰쳐나온다.

"아, 며칠 전에 스피커가 고장 났거든요. 이게 고친다, 고친다 하면서도 그 몇 푼이 아까워서…….."

종혁과 벤, 드롭의 눈이 빛난다.

"경기가 많이 안 좋나 봅니다."

"어휴. 말도 못하죠."

경제가 어려워서 그런지 매출이 반토막도 아니고 반의반으로 토막이 났다.

"거기다 기껏 연금을 넣어 놨던 은행도 파산해 버리고…….."

"저런. 아, 그래서 아직 여름이 오려면 멀었는데도 나오신 거군요?"

여름의 시작을 알리는 아이스크림 트럭.

거리에 아이스크림 트럭이 나타나면 사람들은 그제야 아 여름이 왔구나, 생각을 한다.

"하하. 예, 그렇죠. 그런데…… 이 동네에 무슨 일 있습니까? 방송국 차량들도 있고, FBI 요원님들도 계시고…….."

"일요일에 한 아이가 실종 됐거든요."

"예?! 일요일에요?!"

"왜요?"

"아, 아뇨. 크흠. 여기 아이스크림입니다."

"오. 많이 주셨네. 여기 돈이요. 응? 그런데 손을 다치셨나 보네요?"

"아, 아이스크림을 옮기다가 찢겼습니다."

"저런. 조심하시지. 거스름돈은 됐어요."

"가, 감사합니다. 그럼 수고하세요."

후다닥 운전석으로 달려간 남성은 아이스크림 트럭을 출발시켰고, 방송국 차량들 앞에 멈춰 설 생각 없이 계속해서 멀어졌다.

그에 종혁은 입술이 비틀린다.

"매출이 반의반으로 토막 났다던 사람이 저렇게 손님이 몰려 있는데도 차를 세우지 않는다라······."

그 때문에 한 계절 빨리 나타났음에도 말이다.

"스피커도 고장 났다잖아."

"수상하죠?"

"엄청."

코도 간질거리기 시작한다.

종혁의 눈빛이 서늘하게 가라앉았다.

"벤."

"지금 하고 있어. 몰리? 나 벤. 방금 전에 이 번호로 사진 한 장 들어갔지? 그거 데이터베이스 좀 돌려 주고, 번호판이랑 소유주 좀 조회해 줘. 아이스크림 트럭인데······."

벤은 차량 번호에 대해 말해 주었고, 이내 곧 답이 들려왔다.

"아, 그래……. 그렇단 말이지……?"

서늘해지다 못해 살벌해지는 벤의 음성.

"알았어. 고마워."

전화를 끊은 벤은 입술을 비틀었다.

"이름 지미 쿠퍼. 나이 42세. 그리고……."

순간 벤의 눈에서 살의가 폭발한다.

"아동 성범죄 전과 2범."

쿵!

둔중한 충격이 그들 사이에 내려앉았고, 종혁은 품에서 권총을 꺼내 들어 탄창을 확인했다. 벤과 드롭도 마찬가지다.

그리고 다시 품에 집어넣는 셋.

종혁의 눈에서 감정이 사라진다.

"가시죠."

그들은 타고 온 차를 향해 걸어갔다.

툭, 투둑!

한 입도 먹지 않은 아이스크림이 쓰레기 더미에 버려졌다.

(회귀 경찰의 리셋 라이프 23권에서 계속)

소설 속 최강의 빌런이 되었다

[아카데미 흑막 시점]

불치병에 걸려 퇴장할 운명의 빌런, 아론 스팅레이
소설 속 지식으로 죽음의 위기를 벗어나자
세계는 또 다른 국면을 맞이하게 되는데

"뭐야, 얘는 왜 죽은 거지?"

주인공이 없는 소설의 끝은 파멸
이 세계의 고인물이자, 최강의 무력을 갖춘
아론의 활약이 시작된다

"이렇게 된 거, 내가 주인공이 되어야겠군."

**때로는 선한 주인공으로, 때로는 냉혹한 빌런으로
못 하는 게 없는 남자, 아론의 일대기를 주목하라!**

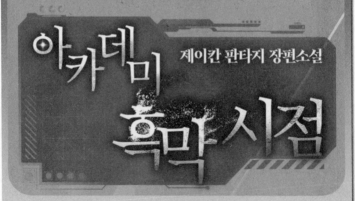

아카데미
흑막 시점

제이칸 판타지 장편소설